厉彦林 ◎ 著

齐风淄火

作家出版社
山东文艺出版社

厉彦林，山东莒南人，当代作家。自幼热爱文学，公开发表作品40余载，已出版《灼热乡情》《享受春雨》《春天住在我的村庄》《赤脚走在田野上》《地气》《人间烟火》等。作品先后获齐鲁文学奖、冰心散文奖、长征文艺奖、《人民文学》奖、徐迟报告文学奖等。长篇纪实文学《延安答卷》与《沂蒙壮歌》，被誉为讴歌脱贫攻坚与乡村振兴的"姊妹篇"。多篇散文入选语文教材、教辅或作为中高考试题，《沂蒙壮歌》等作品被翻译成外文出版。

巍巍齐长城

国家一级博物馆　齐文化博物馆

稷下学宫遗址

孔子闻韶处

陶琉之都

华光华青瓷 千峰翠色系列

琉璃艺术品制作

蒲松龄纪念馆内景

蒲松龄雕像

博山焦裕禄纪念馆

焦裕禄雕像

百年老字号瑞蚨祥

周村古商城街景

周村烧饼制作现场

周村芯子表演

淄博烧烤海月龙宫体验地

淄博烧烤微场景

马踏湖湿地掠影

海岱楼钟书阁外景

海岱楼钟书阁内景

目　录

第一章　齐风泱泱云飞扬

齐国故城前世今生 / 006

"姜太公钓鱼——愿者上钩" / 009

从"一箭之仇"到"一匡天下" / 012

"不飞则已，一飞冲天；不鸣则已，一鸣惊人" / 015

"以史为镜，可以知兴替" / 017

万流归宗，一脉流淌 / 020

第二章　一簇绚烂的思想之花

追逐历史足迹 / 032

"如切如磋，如琢如磨" / 035

"孔子闻韶处"为哪般？ / 040

思想种子持续萌芽 / 043

第三章　"陶琉之乡"火正红

窑火赤热 / 053

近代涅槃 / 058

"中国文化名片" / 065

第四章　扬善刺恶撼人寰

命运多舛 / 073

为百姓执笔 / 076

为民鼓与呼 / 083

第五章　焦裕禄成长记

北崮山的少年郎 / 089

兰考大地上的"焦桐" / 094

矗立心头的雕像 / 097

第六章　大商之道在"无算"

低调繁忙的老街 / 107

天下同利 / 110

诚信立世 / 116

大商无算 / 120

左手捧《论语》，右手拨算盘 / 124

薪火传承 / 129

第七章　"淄博烧烤"传奇

民以食为天 / 138

青春约定：双向呵护与成就 / 144

民心力量 / 152

文明与文化的火焰 / 161

"当仁不让" / 169

"功成不必在我" / 177

未来可期 / 186

第八章　马踏湖畔碧浪滔天

锦湖水色胜湘湖 / 199

美丽湖泊 / 202

踏湖淘"金" / 207

桨声渔火点浪漫 / 211

第九章　谁拨动青春的心弦？

穿越时空的答案 / 221

诗意栖居 / 227

青春之城 / 234

参考文献 / 242

后记　为"齐鲁文脉"续一把柴 / 245

第一章

齐风泱泱云飞扬

　　山东淄博临淄是"春秋五霸之首，战国七雄之冠"齐国的故都。齐国立世八百多年，上演过中国文明史上的重大事件，诞生了众多明君贤相、英帅良将。沉睡的历史年轮、先辈足迹和文化基因，依然昭示影响国运盛衰、朝代更迭、人民命运的因素与秘密。

海岱茫茫，齐风泱泱。

中华民族是世界上唯一文明从未中断过的民族。历史的车轮滚滚向前，每个朝代都留下了独特印记。自盘古开天辟地，黄帝创建华夏古国，历朝历代，到新中国成立，上下五千年，都已成为中华民族文明史这一串悠长项链上的颗颗珍珠，成为或亮丽或暗淡的历史风景线。

淄博襟连海岱、地处黄河下游，是历史悠久、文化璀璨的齐国故都，以其显赫的历史功绩和独特的文化魅力载入中华文明的光辉史册，令人叹为观止。2023年，"淄博烧烤"火爆出圈，引起人们对淄博这座城市历史文化、民风习俗的热切关注和深度思考。有人说，上次淄博这么"火"，还是在齐国的时候。人们一边品尝淄博美食盛宴，任味蕾狂欢，一边一页页掀开久负盛名、叱咤风云的齐国历史，品尝一道精神大餐……

山东素称"齐鲁之邦"，在这片神奇古老的土地上曾孕育了中华优秀传统文化。以曲阜为中心的鲁国是鲁文化的发源地，淄博则是齐文化的发源地。

司马迁《史记·齐太公世家》曰："吾适齐，自泰山属之琅邪，北被于海，膏壤二千里，其民阔达多匿知，其天性也。"

"齐风泱泱"一词出自《左传·襄公二十九年》，吴国公子季札欣赏乐工演唱的《齐风》，称赞曰："美哉，泱泱乎，大风也哉！"意思是，真是气魄宏大的大国风范呀。

《战国策》记载："齐地方二千里，带甲数十万，粟如丘山。……临淄甚富而实，其民无不吹竽、鼓瑟、击筑、弹琴、斗鸡、走犬、六博、蹋鞠者；临淄之途，车毂击，人肩摩，连衽成帷，举袂成幕，挥汗成雨；家敦而富，志高而扬。"当时，齐国的疆域西至河，东至海，北从孤竹，南至盱眙，是名副其实的东方大国。

自西周吕尚封齐，淄博临淄作为"春秋五霸之首，战国七雄之冠"的齐国故都屹立八百余年，上演过太公封齐、桓公称霸、景公复霸、田氏代齐、威宣盛世、闵王称帝、乐毅攻齐、田单复齐等中国文明史上的重大事件，诞生过姜太公、齐桓公、管仲、晏婴、孙武、孙膑、荀卿、邹衍等伟大人物。多少明君贤相、英帅良将，共同创建书写了一部雄壮曲折的齐国史。时光流转，岁月更迭，齐风瓷韵，云飞神扬，无数人文地标，依然闪耀着青春气息和精神光芒。

2023年初夏，我怀着敬畏且忐忑的心情再一次踏上淄博大地，脚下是沉睡的历史年轮和先辈的足迹，我在观察和思考影响国运盛衰、朝代更迭、百姓命运的因素，看谁在解这古代、现代与时代之谜。

惊心动魄的故事和英勇悲壮的名字，在岁月长河里流淌三千年。轻轻拨开历史尘封的面纱，传奇鲜活的故事、机智神勇人物，依然音符一般跳跃在眼前，这是历史和文化代代传承的模具、锁扣、钥匙或环链。

我的一位好朋友得知我到了淄博，迅即给我推荐了一首歌颂临淄的诗：

> 高阳馆外酒旗风，矮矮槐阴夏日浓。
> 秋入龙池月皎皎，春回牛山雨蒙蒙。
> 古冢遗迹怀晏相，荒台故址吊桓公。
> 淄江钓罢归来晚，西寺楼头听晓钟。

这是明代脍炙人口、广为流传的临淄古八景诗。当下均有实景，且风采各异，可惜我分身无术，没能逐一去领略和欣赏。

临淄地名源于淄水。《水经注·卷二十六·淄水》记载："淄水又北径其城东，城临淄水，故曰临淄。"淄河又称淄水或淄江，齐故城因为临近淄水，所以得名临淄。淄河是山东境内的重要河流之一，也是淄博境内最大的河流。淄河沿途有很多风景名胜，它作为临淄建立和发展的历史见证者，引得无数文人墨客留下了许多优美的篇章。

淄水无言，见证了临淄故城的繁华与落寞。作为春秋战国时期齐国的国都，临淄曾是列国中最为繁华的都市之一。如今，千百年的风云变幻，临淄故城曾经的繁华早已被淹埋于地下，但从残存的历史遗迹中，仍能感受到曾恢宏豪迈的景象和叱咤风云的辉煌史诗。

齐国是周朝的诸侯国，分姜齐（吕齐）和田齐两个时代。自姜太公封齐立国算起（约公元前1046年），到齐王建降秦为止（公元前221年），齐国政权存续时间八百多年。这中间换了一次主人，即春秋晚期的"田氏代齐"，但齐国政权本身没什么本质变化，因此田氏齐国仍算作齐国。田氏代齐以后，田氏齐国第三任君主田午，死后的谥号也叫"桓"，这就是所谓的另一个齐桓公，史籍多称其为"田侯午"，当代学界亦称其为"田齐桓公"。真正的齐桓公只有一个，就是春秋五霸之首的齐桓公，他是姜太公的后代，姜姓，吕氏，名小白。有人认为"齐国有两个齐桓公"，这种表述其实不够准确。秦国统一六国建立秦朝之前，中国不存在统一王朝，夏、商、周王朝时代，实际上只是松散的邦国联合体，周国虽然天下共主，但齐国等其他诸侯国也都是拥有独立军、政、财权的国家，从国家性质上说，这些诸侯国与周国没有区别，其实都是独立而完整的政权，因而研究齐国这段历史具有典型意义。

齐国在战国时期占据了现山东偏北的大部分区域和河北省的东南部，东临大海，南倚泰山，西部邻魏、卫、赵、燕等国，南部与鲁、宋、卫、魏、楚等国相连，疆域面积颇大。

齐国称霸春秋、争雄战国，其间涌现出许多明君贤相。生前，他们显赫于世，创造过传世业绩；仙逝后，他们则长眠在这块土地上。当地已相继建成齐国历史博物馆、姜太公祠、中国古车博物馆、足球博物馆等十大博物馆，实现了由"地下博物馆"向"地上博物馆"的转变。"临淄墓群"也十分壮观。据统计，仅临淄就有大小古墓156座。墓主多为王侯、大臣、贵族及名士。

"一个博物馆就是一所大学校。"那天，我再次走进位于淄博市临淄区临淄大道308号的齐文化博物馆时，干脆关掉手机，虔诚地沉醉进齐国恢宏历史画卷，倾听中华文明的历史回响。博物馆外观像一本扭转的厚重台历，徐徐展开齐文化的历史册页，沿齐国史的脉络，寻找齐国故都八百年的兴衰变迁踪迹，这是一座集文物收藏、展陈、保护、研究、教育、休闲功能为一体的综合博物馆,更是一幅展示齐文化起源、兴盛和传承的"全景图",既是中华文明的历史缩影,又是对考古历史的铭记和礼赞。我时而顿足,时而凝思,时而被"镇馆之宝"吸引,时而欣赏外地研学的孩子在恭恭敬敬地做着笔记……

齐文化博物馆展现了齐国故都八百年的兴衰变迁,由雄浑厚重的历史陈列与特色鲜明的专题陈列组成,基本陈列分为先齐文明、西周之齐、春秋齐国、战国之齐、秦汉齐风、稷下学宫、余韵传承等几部分。

西周时期,姜太公至国修政,因其俗,简其礼,通商工之业,便鱼盐之利。人民多归齐,齐国遂为东方大国。

春秋时期,齐桓公不计"一箭之仇",任管仲为相,富国强兵,尊王攘夷,九合诸侯,一匡天下,齐国成为春秋五霸之首。

战国时期,田氏代姜,继往开来。齐威王悬赏纳谏,励精图治,一鸣惊人,一飞冲天,齐国列为战国七雄之冠。

"今人不见古时月,今月曾经照古人","俱怀逸兴壮思飞,欲上青天揽明月"。无论古人,还是今人,都是行云流水般的匆匆过客,只有文化灿若繁星,烛照岁月,让人敬畏景仰。

齐国故城前世今生

城市的灵魂与底蕴,都靠千百年来沉淀的历史文化凝聚和支撑。

《史记》曰:"洋洋哉,固大国之风也!"

《战国策》曰:"齐南有太山,东有琅邪,西有清河,北有渤海,此所谓四塞之国也。"

淄博,齐文化发源地。"淄"指淄川,"博"指博山,"淄博"一名最早出现在我党领导淄川与博山二县工人运动时期,称为"淄博专区"。这是个有山有水、人杰地灵、文化底蕴深厚的好地方。古临淄,曾是全国最大工商业聚集地,也是鲁商的源头,冶金、纺织、制车、制陶、铸镜等手工业兴盛至极，天下熙攘，车马辐辏，商贾云集……曾有人称其为"东方古罗马"。

齐国故都在临淄。《孟子》记载："当尧之时，天下犹未平，洪水横流，泛滥于天下……"距今四千三百年左右，黄河下游的渤海之滨到处是一片泽国。早在三皇五帝时期，临淄曾是爽鸠氏聚居地；夏朝时期，季萴氏栖居在这里；商初，临淄是逢伯陵氏的属地；商末，蒲姑氏在此居住。周朝时期，公元前1045年，太公封齐建国时，此地被定为国都；公元前859年，齐献公吕山复都营丘，并以营丘临靠淄水而改名临淄。汉朝时期，西汉高祖刘邦封其庶长子刘肥为齐王，东汉光武帝刘秀封刘璋为齐王，皆以临淄为都，并传多代齐王于汉末。唐时，唐高祖李渊封房玄龄为临淄侯，唐玄宗李隆基早年被武则天封为临淄郡王（临淄王）。

临淄作为"三齐故都，两汉王城"，在中国历史上，特别是先秦两汉时期，声名显赫，地位极其重要，曾是东方的政治、经济、文化中心和最繁华的都市。战国时期的纵横家苏秦评价说："临淄之中七万户……家敦而富，志高而扬。"西汉大臣主父偃曾说过："齐临淄十万户，市租千金，人众殷富，巨于长安。此非天子亲弟爱子不得王此。"《汉书·食货志下》记载："遂于长安及五都立五均官，更名长安东、西市令，洛阳、邯郸、临淄、宛、成都市长皆为五均司，司市称师。"由此可知，当时临淄城经济何等发达和繁华。

齐国故城遗址集中在今临淄区齐都镇，是最大、保存最完整的先秦国都遗址之一。据文献记载，临淄城有城门13座，现已探明11座。齐国故城遗址分大城与小城。大城为平民所居，建于西周时期；小城位于大城的西南隅，是国君居住和官吏办公的宫城，建于战国时期。宫殿区在小城北部，遗址主要保存有桓公台和10号宫殿遗址。桓公台为宫殿区的中心建筑，是整个齐国故城的制高点，唐长庆年间建齐桓公和管子庙于其上，故名桓公台。10号宫殿遗址则是"一鸣惊人""无盐娘娘""邹忌讽齐王纳谏"等故事的发生地，是战国时期齐王宫的一座标志性建筑。

主要的商业区在大城北部偏东的区域，即大城的两条南北大道与两条东西大道相交叉形成的"井"字形区域,这一带春秋战国时期商贸兴盛、人口稠密,是齐国"国市"所在,是齐都临淄城内最大的商业中心。"挥汗如雨""摩肩接踵"等成语都是形容此处商业繁华。

小城外西南方约1公里处有齐威王与田忌赛马、齐景公与晏子论和同之地——"歇马台";小城西和西南有世界最早的官办学府——稷下学宫遗址;大城西部,小城西门外有一代贤相、廉洁奉公的楷模——晏婴故宅以及晏婴冢;大城东南部韶院村有春秋时期孔圣人听齐韶后盛赞"尽善尽美"的孔子闻韶处;大城东门外有孟子见齐宣王论"与民同乐"的雪宫台;故城西北10公里处有齐国宫台遗址中最雄伟的高台建筑——梧台等。

诞生于淄博孝妇河上游博山的清代大诗人赵执信到梧台游览时,抚今追昔,感慨万千,写下了《梧台诗》,诗云:城西万木入天风,雨送秋声过梧宫。总是于今萧索地,当年那更树梧桐。

我曾数次来淄,多是走马观花地欣赏。癸卯年初秋再次来临淄追古溯今,感慨万千,苦心追寻究竟。有专家介绍说,临淄建城后,淄河河道已经固定。齐故城埋藏并不深,城墙、城中高地桓公台等都还于野可见。因岁月风沙沉淀,五胡乱华及人口剧减等,尤其是政治中心的转移,导致故城废弃……

作为齐文化圈中的重要历史文化景观,临淄齐国故城考古遗址公园于2013年年底立项,次年开始建设。考古遗址公园建设,将古城遗貌真实地呈现在世人面前,能够实现齐国故城遗产价值的可持续合理利用。它有效整合齐文化的文学、艺术、考古、建筑等资源,将历史文化资源和民俗资源进行综合开发,为广大市民和游客提供一个遗产保护、生态休闲、文化交流、旅游观光的场所,从而带动周围景点的协同提升发展,正显现出良好的旅游价值、经济效益和社会效益。

作为齐文化发祥地,临淄良将、名家雄才辈出,先后涌现了周师齐祖姜太公、春秋首霸齐桓公、中华名相管仲、一代廉相晏婴、兵家之圣孙武等明君贤臣。此外,西汉前期的政治家主父偃、医学家淳于意、孝女缇萦、唐朝贤相房玄龄等,均是齐文化精神的创造者、体现者和传承者。

齐地先后出现后李文化、北辛文化、大汶口文化、龙山文化、岳石文化……让人目不暇接。其中，远古时期的后李文化，距今已有八千余年，早于北辛文化近千年。这有力说明，齐地的史前文化是连续发展的，并且成为齐文化的直接渊源。齐地原属东夷，东夷人是这里的土著居民，由于居于海滨，浩瀚无垠、诡谲多变的大海铸就了他们发达的思维、爽朗坚强的品格和奇思遐想的浪漫精神。《管子》《考工记》《齐民要术》《孙子兵法》等传世之作，倍受世人青睐。遗存的一砖一瓦，都是历史符号，叠印刀光剑影，闪耀人文光泽，诉说"总观千古兴亡局，尽在朝中用佞贤"的历史脉络和警世名言。

"姜太公钓鱼——愿者上钩"

这则人人皆知的歇后语的故事原型，最早见于《六韬》。《武王伐纣平话》载：姜太公退隐在渭河边，经常在河边钓鱼，他钓鱼的方式很特别，钓竿很短，钓线只有三尺长，钓钩是直的，而且不放鱼饵，人们讥笑他，他说"愿者上钩"。"姜太公钓鱼——愿者上钩"，这便是齐国崛起的开始，后人用此比喻心甘情愿上别人当、做可能吃亏的事。

我们知道的姜太公，大都源于《封神演义》和《封神榜》里被神化的姜子牙。历史上的姜子牙的确很神奇，高山仰止，千古奇人。

商朝末年，纣王无道，和宠姬妲己过着穷奢极欲的生活，动用残酷的刑罚来镇压反抗的民众。纣的残暴加速了商朝灭亡。而这时西部的一个部落正一天天兴盛起来，这就是周。周文王姬昌在领地内施仁政，爱人民，善待有才能的人，所以，一些有才能的人都来投奔他。当时，年近八十却怀才不遇的有识之士姜尚，也就是姜太公，隐居在陕西渭水边，那里正好是周文王的领地。他听说文王是一个有德的明主，就希望能得到他的重用。于是，姜太公每天拿着一根渔竿到渭水边钓鱼，还不停地自言自语："鱼儿呀，鱼儿呀，你们愿意的话，就自己上钩吧！"

历经波折，最后周文王听说此处有奇人，驾着一辆华丽的马车，亲自来到渭水河边，恭敬地向姜太公施礼，请姜太公做军师帮他安邦定国。《诗经·大雅·大明》中这样赞美道：牧野地势广阔无垠，檀木战车光彩明亮，驾车的驷马健壮有力，师尚父姜太公好像是展翅飞翔的雄鹰，辅佐武王，袭击殷商，到了黎明便天下清平。

商之后，周武王姬发在中原取代殷商建立西周政权，迁都镐京，修治周朝政务，与天下人共同开始创造新的时代，号为"周天子"，成为新的天下共主，周朝八百年历史也由此揭开帷幕。姜太公成为西周开国的大功臣。

大风起兮云飞扬。自姜太公的地位确立，风起云涌、波澜壮阔、英雄辈出的春秋战国时代便缓缓拉开了序幕……

武王灭商之后，周王朝在各地的统治并未实际确立，尤其是东夷各国，观望新生的周王朝，甚至抱有敌意。为巩固统治，周武王将宗室、功臣分封到各地建立诸侯国，作为拱卫周王室的屏障。姜太公作为功臣之首，被分封到营丘（今淄博市临淄区）建立诸侯国，作为抵御东夷各国的最前线，国号为"齐"。不久武王去世，成王即位，"三监之乱"爆发，姜太公辅助平叛有功，周成王尊称姜太公为"尚父"，将参与叛乱的蒲姑国（今山东博兴一带）旧地加封给他，因而齐国领土得到扩张，并获得"五侯九伯，实得征之"的军事征伐权，齐国逐渐强大，成为周初的大国，奠定了齐国此后八百年"大国"地位的根基。

姜太公被封营丘时，"地潟卤、少五谷、人民寡"，本来多是盐碱地，人烟稀少，加上多年征战，百姓生活艰难。如何治理土地不适宜耕种的齐国，面临严峻困难和挑战。加之，齐地属于东夷文化圈，民风尚武，莱人未服。姜太公实行正确的治国方略，不仅稳定了局势，还奠定了齐国富强的基础，成为齐文化的奠基人。

政治上"尊贤尚功"。国初立，百废待兴，亟须大量优秀的人才建功立业。"尊贤尚功"的政策，核心是尊重贤能和有智之士，奖励有功之人，开中华传统文化"唯才是举""任人唯贤"的先河。姜太公被分封到齐国之初，周公曾问他如何治国，姜太公回答："举贤而上功。"周公所代表的周王室用人"尊尊亲亲"，即任人唯亲。姜太公的这种人才激励政策，冲破了用人框框的束缚，相比西周普遍崇尚以血缘关系为基础的用人办法，无疑更有利于真正有才能的人脱颖而出，促使众多杰出人才涌入齐国。

经济上"商工立国"。营丘周边的封地多为盐碱地，不适宜耕种，但适合种植桑麻。由于濒临大海，发展渔业和盐业又非常便利。于是结合盐碱地环境发展养蚕业、纺织业，"通商工之业，便鱼盐之利"；鼓励妇女纺织刺绣，又让人们把鱼类、海盐贩运到其他地区；对外注重招商引资，营造良好营商环境。"一乘者有食，三乘者有刍菽，五乘者有伍养。"同时，还减少各种税费，结果别国的人和财物纷纷流向了齐国。

文化上"因俗简礼"。齐地为"东夷之土"，姜太公了解这片土地几千年来形成的历史与文化，深知在东夷人中间推行周礼、移风易俗绝非易事。因此，他来到齐国后便修明政务，采取"因其俗、简其礼"的政策，尊重和因袭东夷自身的文化和祭神等风俗，将周王朝礼制中的一些繁文缛节也予以简化。这里的人民宽厚豁达，又足智多谋；乡土观念重，不愿迁徙；怯于聚众斗殴，却敢于持刀剑杀人。姜太公"因俗简礼"的政策顺应了民心，统治秩序得以很快建立，营造了一个宽松的政治环境和文化氛围。这一系列新制度创立，使齐国在"礼崩乐坏"的大背景下率先完成了国家治理体系的根本性变革，使齐国成为当时最强大的诸侯国，有能力承担起"尊王攘夷"的历史重任，成功保护了华夏文明的延续。更重要的是，因俗简礼保留了东夷民族的文化财富和民俗风情，也使新的地域文化在继承中得以发展壮大。可以说，齐文化深深根植于东夷文化的土壤之中，悄然开启了文化融合。用当下眼光看，就是文化的变革、创新。

《史记·鲁周公世家》记载，姜太公治理齐国五个月，便向周王朝述职，周公感到很惊讶，问道："怎么这么快？"姜太公回答："我简化了齐国的君臣礼节，尊重他们的风俗习惯。"周公被封到鲁国，由于需要留在西周辅政，他就派长子伯禽去治理鲁国，结果伯禽三年后才去向周公述职。周公问："怎么这么慢？"伯禽回答："我变革当地的风俗礼仪，所以来迟了。"周公叹道："唉！鲁国后世将臣服于齐国了。政令不简便易行，百姓就不会亲近；政令平和易行，百姓必定归附。"

姜太公立足本地实情，因时、因地提出对策，在齐国推行的"三大国策"这些治国方略，很快使齐国富强起来，在西周初期就发展为诸侯中的大国。通过平定管蔡之乱，齐国获得了征伐诸侯的特权，为日后进一步开疆辟土、称霸诸侯创造了条件。又因齐国能制造冠带衣履供应天下所用，东海、泰山之间的诸侯们便都整理衣袖去朝拜齐国。

齐国独辟蹊径，成功走了一条迥别于其他诸侯国，尊工重商的发展道路。

《史记》记载太公活了一百多岁。他不忘根本，去世后返葬回周都镐京，具体地点尚不得而知……后世子孙和齐地百姓不忘这位伟大的开国之君，他的衣冠冢至今耸立在淄博市临淄区闻韶街道，北侧修建了祠堂，立有"天齐至尊"牌坊，气势巍峨，庄严肃穆，供后人祭拜和追思。

从"一箭之仇"到"一匡天下"

公元前 770 年，周平王迁都洛邑，史称东周，历史跨入春秋时期。

齐襄公即位后，横蛮暴戾，荒淫无道，导致政局混乱。公元前 686 年，公子纠跟着他的师傅管仲到鲁国去避难，公子小白则跟着他的师傅鲍叔牙逃往莒国。

公元前 685 年夏，齐国内乱，逃亡在外的公子纠与小白见时机成熟，为君位展开了激烈争夺。他们都急忙想办法回国，夺取国君宝座。鲁庄公知道齐国无君后，万分焦急，立即派兵护送公子纠回国。管仲决定自请先行，率兵车截击公子小白。管仲一行赶到淄河入临淄的水陆交汇处、王子山下南阳村道口不久，正好遇见鲍叔牙一行陪同小白乘马车向齐国进发。管仲等公子小白车马走近，便操起箭来对准他射去，一箭射中，公子小白应声倒下。管仲见公子小白口吐鲜血，已被射死，就率领人马回去迎接公子纠。其实公子小白没有死，管仲那一箭射中他的铜制衣带钩，公子小白急中生智，考虑到对方人多势众，不能硬拼，咬破舌尖口淌鲜血，装死倒下。经此惊险遭遇，公子小白与鲍叔牙更加警惕，飞速向齐国挺进。管仲没走多远，为防万一，又派人急忙回追小白。公子小白一行兵马少，在鲍叔牙的辅佐下，不走大道，改走山高林密的岑山。为迷惑公子纠，鲍叔牙令士兵将数只山羊倒吊树上，羊蹄下放置战鼓，羊蹄乱蹬，鼓声大震，即"悬羊击鼓"；又在一路劳顿的战马脖子上系上铜铃，屁股上捆上荆棘，战马被驱赶时因疼痛而狂奔，铃声大作，即"饿马嘶鸣"。公子小白则率众军悄然下山，绕青州益都奔回齐国。鲁君以为小白已死，觉得再也没有人与纠争国君之位了，于是护送纠回国的队伍的行军速度就不那么急迫了。六天后，当鲁国护送纠到达齐国的时候，高傒、国氏早已拥立小白为国君，是为齐桓公，即齐国第十五任国君。民间为铭记齐桓公这段命悬一线的经历，将岑山更名为悬羊山，现已成为一处旅游景点。

齐桓公即位后，因高氏、国氏两大家族支持，迅速稳定了局面。齐桓公询问鲍叔牙如何安定社稷，鲍叔牙向齐桓公力荐管仲。

鲍叔牙说："我是你的一个庸臣。你照顾我，使我不挨冻受饿，就已经是恩赐了。如果要治理国家的话，那就不是我所擅长的。若论治国之才、富国强兵，大概只有管仲了。"

桓公说："管仲曾用箭射中了我的衣带钩，使我险些丧命，有'一箭之仇'。"

鲍叔牙解释道："他那是为他的主子出力啊。你若赦免他，让他回来，他也会那样为你出力的。"

桓公问："那怎样使他回来呢？"

鲍叔牙说："得向鲁国提出请求。"

桓公又说："施伯是鲁君的谋臣，若知道我将起用管仲，一定不会放还给我的。那可怎么办？"

鲍叔牙回答说："派人去向鲁国要求说：'我们国君有个不遵守命令的臣子在贵国，想在群臣面前处死他，警训百官，所以请交还给我国。'这样鲁国就会把他放回了。"

于是桓公照鲍叔牙说的那样，给鲁国写信说："子纠，亲也，请君讨之；管、召，仇也，请受而甘心焉。"鲁庄公询问施伯如何处置这件事。施伯回答说："这不是想处死他，而是要起用他来执政。管仲是天下的奇才，他所效劳的国家，一定会称霸于诸侯。让他返齐，必将会长久地成为鲁国的祸患。"庄公说："那怎么办呢？"施伯答道："杀了他把尸体交还给齐国。"

庄公准备处死管仲，齐国使者要求说："我们国君想亲自处决他，如果不把他活着带回去在群臣面前施刑示众，还是没能达到要求。请让他活着回去。"于是庄公被迫将公子纠杀死，并派人把管仲捆缚起来交给齐国使者。

公子纠的师傅召忽，为尽人臣礼节，遂为公子纠自杀殉节。

管仲之所以没有像召忽一样为公子纠自杀，他自己解释说："我作为人君的臣子，是受君命奉国家以主持宗庙的，岂能为纠个人而牺牲？我要为之牺牲的是：国家破、宗庙灭、祭祀绝，只有这样，我才去死。不是这三件事，我就要活下来。我活对齐国有利，我死对齐国不利。"

"不羞小节而耻功名不显于天下"的管仲，很快以囚徒的身份到达齐国。鲍叔牙亲自到齐、鲁两国交界处——堂阜（今山东省蒙阴县）迎接。齐桓公在庙堂之上以礼相待管仲，向管仲请教为政治齐之道。很快，"桓公厚礼以为大夫，任政"。出身卑微的管仲从一个囚徒转瞬成了地位显赫的齐国国相，也留下"管鲍之交"的美谈。

管仲任相之初，齐桓公对管仲的建议并非言听计从，而是一意孤行，穷兵黩武。他起兵伐宋，各诸侯国兴兵救宋，大败齐军；他兴师伐鲁，败于长勺；他与宋国联兵攻打鲁国，结果铩羽而归。经过多次碰壁，齐桓公逐渐悔悟，开始认真倾听管仲的意见。

管仲从长计议，推行改革，主要有四个方面：

政治方面推行"四民分业""三国五鄙"制度。"四民分业"即将广大群众分为士、农、工、商四种职业群体，按各职业聚居在固定地区，既能提高劳动效率，保证职业技能的接续传承，又能稳定统治秩序。"三国五鄙"制度，"三国"就是把国都临淄21个乡一分为三，"五鄙"就是把临淄以外的齐国其他地方分为五个属，使全国在行政上形成统一而完整的整体。

经济方面强调治国必先富民。在农业生产上提出"均地分力"主张，即把土地经过公开折算后租给农民，使其分户耕种，提高农民的生产积极性和劳动效率；推出"相地而衰征"的土地税收政策，依据土壤的肥瘠征收数额不等的实物农业税，使征税做到最大限度的公开、公平、合理；对工商业实行"官山海"政策，由国家专营盐业、矿产、盐铁专卖及采取各种方式控制山林川泽，开辟了重要财政来源。同时，设立各种优惠政策，广泛招商引资，"天下之商贾归齐若流水"。

社会保障方面实行"九惠之教"。具体就是九件事："老老"，即尊老养老；"慈幼"，爱幼；"恤孤"，抚恤孤儿；"养疾"，抚养残疾人；"合独"，鳏夫寡妇合为一家；"问疾"，慰问病人；"通穷"，了解民间之穷困者的情形；"振困"，赈困，救济穷困之人；"接绝"，国家出资祭祀那些为国捐躯而又没有后代的人。这每一件事国家都设有专人掌管。注重关怀弱势群体，保障社会下层人民基本生活，促进齐国稳定发展。

对外则举起"尊王攘夷"的大旗，尊奉周王为中原之主，与各诸侯约盟，协助维护内部秩序，抵御北方游牧民族以及南方楚蛮的大举入侵，主动承担起大国责任。

当时的周王朝政治衰微，诸侯坐大，戎狄内侵，内忧外患。为协助平息宋国内部争夺郡位的变乱，齐桓公顺应形势要求，经周天子授权，在管仲辅佐下，于公元前681年，在北杏（今山东东阿）第一次主持会盟，迈出开创霸业第一步。齐桓公以霸主身份召集诸侯会盟十几次，史称"九合诸侯"；支持周襄王继承王位、登上了周天子的宝座，"匡正天下"。

齐桓公从消弭"一箭之仇"到"一匡天下"，带领齐国走向巅峰时刻，成为春秋首霸。

"不飞则已，一飞冲天；不鸣则已，一鸣惊人"

公元前391年，田和将齐康公迁到海滨，只给他一座城做食邑，姜姓公族退出了齐国的政治舞台。公元前386年，田和得到周天子的准许，正式成为齐侯。公元前379年，齐康公死，姜姓绝祀。至此，田氏最终完全取代了姜齐的政权，不过仍然保留"齐"作为国号，历史上称为"田齐"，田和史称田齐太公。

田午弑兄夺位成为田齐第三位君主，可能是对齐桓公姜小白时期盛况的向往，谥号"孝武桓"。后人为避免与齐桓公混淆，故多称为"田齐桓公"或"田桓公"。他整顿吏治，并设立了稷下学宫。

公元前356年，田午之子田因齐即位，即齐威王。齐威王是田齐的第四代国君。

齐威王很年轻就当上了国君，年轻的他因此开始骄傲自满，每天饮酒作乐，不但不认真处理国家大事，更不准大臣劝阻，如果有人不听他的话或违反他的规定，就会受到死刑的处罚。

一晃三年，国家政治混乱，邻近的魏国也常派兵攻打。大臣们对国家的安危很是担心，却又不敢劝告。大夫淳于髡知道齐王喜欢表现自己，那日见齐威王高兴，就故意出了个谜语："宫中有一只大鸟，三年来都不飞不叫，大王知道这是什么鸟吗？"

齐威王本是一个聪明人，一听就知道淳于髡是在讽刺自己身为一国之尊却只知享乐，毫无作为。于是他回答淳于髡说："此鸟不飞则已，一飞冲天；不鸣则已，一鸣惊人。"

从此，齐威王接纳了淳于髡的谏言，励精图治，开始整顿国家。

"知屋漏者在宇下，知政失者在草野。"齐威王接受邹忌的建议，广开言路，虚怀纳谏。目前，全国统编语文教材中九年级下册第21课就是《邹忌讽齐王纳谏》。王曰："善。"乃下令："群臣吏民能面刺寡人之过者，受上赏；上书谏寡人者，受中赏；能谤讥于市朝，闻寡人之耳者，受下赏。"令初下，群臣进谏，门庭若市；数月之后，时时而间进；期年之后，虽欲言，无可进者。燕、赵、韩、魏闻之，皆朝于齐。

齐威王既善纳谏言，得到了许多兴利除弊、治国理政的好主意，又不拘一格任用贤能。他一方面选拔宗室之中有作为的人为官，比如任命具有军事才能的田忌为将军，一方面又选拔了一批门第低下、出身寒微的士人任职，比如因受妒而惨遭迫害的著名军事家孙膑，以及出身赘婿、受过髡刑，却博闻强识的淳于髡。邹忌任相后，进一步建议"谨择君子，勿杂小人其间""谨修法律而督奸吏"，举荐了多位贤能之士，一时间，齐国许多人才脱颖而出，尊贤重士在齐国蔚然成风。齐威王虚心纳谏，惩治贪官，奖赏提升清廉有才能的官员，加强军队力量，国家日渐强大。

齐、魏"徐州相王"后，齐国借此奠定了诸侯中的霸主地位，开创了齐国自春秋初期齐桓公首霸之后的又一辉煌时代。

从田齐太公田和被周天子封侯，到田建降秦，田齐共经历了八代君主，历时一百六十多年，其间经几代君主的努力实现了威宣盛世，作为战国七雄之一盛极一时，一度与秦国东西并强，难分胜负。然而随着各国政治举措、国力角逐、强弱起伏等各种因素的变化，齐国最终在大一统的历史大势中为秦所灭。

"以史为镜，可以知兴替"

"夫以铜为镜，可以正衣冠；以史为镜，可以知兴替；以人为镜，可以明得失。"

遥望历史长河，几千年来，或刀枪剑戟，或唇枪舌剑，历代各个王朝粉墨登场，似乎永远跳不出从兴起到鼎盛再到衰亡的历史周期率，这当中原因错综复杂、内因外因交织，成败兴衰的核心和根本在于人，在于政治家治国安邦的雄才大略和政治抱负，在于卓尔不群、经天纬地的各类人才出神入化地施展才华。这是走进齐国故都留给我们的深刻启示。

让我们回头梳理一下齐国历史的几个重大节点。齐桓公在管仲辅佐下霸业虽盛，但是后继乏人。管仲去世后，鲍叔牙、隰朋等人也已到了风烛残年，竖刁、易牙等奸臣当道，致使齐桓公惨死，齐国在中原的霸主地位也因此丧失。

管仲"病榻论相"，可谓其从政生涯的绝唱。齐桓公四十一年（公元前645年），管仲病重，齐桓公去探望管仲，询问谁可以继任齐国国相，管仲推荐了小事善于装糊涂、大事不糊涂的隰朋，并请求齐桓公驱逐竖刁、易牙、堂巫、卫公子开方等奸佞之臣。竖刁、易牙、开方是齐桓公晚年的三名近臣。竖刁为了接近齐桓公，自受宫刑，为齐桓公管理内宫而受宠；易牙为齐桓公管理饮食，为了讨齐桓公欢心，主动把自己的儿子杀死，蒸了让齐桓公吃；卫公子开方为了侍奉齐桓公，十五年不回国看望自己的父母双亲，甚至连父亲去世都没有回去送葬。齐桓公认为三人是不可多得的忠臣，想在管仲去世后任用他们为相。而管仲认为他们都是佞臣，连自己的身体、子女、父母都不爱的人，不可能爱国君，他们违反人性的反常行为只能出于非常的野心。如果他们受宠得势，只能是害君殃国。管仲去世，齐桓公一开始还遵守管仲遗言，任用隰朋为相，废除了竖刁等三人的官职并将他们驱逐出宫。可惜，隰朋在管仲去世的当年也去世了。齐桓公离开了易牙等小人的侍奉，食不甘味，寝不安席，政事不理，后宫混乱，又恢复了他们三人的官职，致使三人专齐国之大权。三人专权将近一年，便开始作乱，建筑高墙，堵塞宫门，把病重的齐桓公软禁在一个屋子里，不允许任何人出入，并对外假传齐桓公命令以号令群臣，齐桓公"饥而欲食，渴而欲饮，不可得"。公元前643年冬天，齐桓公去世，无人收殓，以至于尸体上生蛆虫。孔子的七十二弟子及其学生们在所作的《礼记》中记载："大道之行也，天下为公，选贤与能，讲信修睦。"

　　齐桓公去世后，因为没有处理好君权继承问题，他去世后，五子争位，国力大耗，外加当时晋国、楚国崛起与壮大，渐渐取代了齐国中原霸主的地位。齐桓公有三位夫人，都没有儿子，但是齐桓公宠爱的六位如夫人都有儿子。齐桓公死后，他宠爱的六个儿子，有五个当过国君。直至公元前609年，齐人立公子元（齐桓公之子）为国君，是为惠公，才结束了桓公五子争夺君位的内乱。

　　田建是齐国历史上的最后一任国君。齐王建十六年（公元前249年），君王后死去，齐王建亲政，齐国大权落入了齐王建的舅父，也就是齐相后胜的手中。后胜是贪财庸碌之辈，收受了秦国许多贿赂，竭力逢迎秦国，促使齐王建大力奉行"谨事秦"政策，劝齐王建不修战备，也不助五国攻秦。齐王建在位时期，出现了"王建立四十余年不受兵"的局面。同时，秦国利用后胜贪财的特点，向齐国派遣大批间谍，造成齐国内乱。

公元前230年，秦国展开吞并六国的行动，十年之间，秦先后灭掉了齐国以外的五国，只剩下一个孤零零的齐国在东方。公元前221年，秦将王贲率军从燕地向南发起了进攻齐国的战争。齐国因长年不修战备，根本无力抵抗，面对如狼似虎的秦军，齐军望风而逃。这时，齐王建仍然不作任何抵抗准备，反而打算到秦国入朝称臣，幻想用这种方法获得秦国的怜悯。许多大臣反对齐王建的做法，但齐王建不以为然。就在这时，秦王嬴政派使臣来诱骗齐王，说只要齐王投降，秦王可以封他五百里的采邑，齐王建信以为真，不顾国内臣子的反对和劝谏，没作任何抵抗，投降了秦国，至此，齐国亡国。齐国是最后一个被秦国灭国的诸侯国。

齐国本来有条件和能力统一六国，可惜从齐湣王穷兵黩武时就埋下齐国衰败的种子，最终在最后一代国君齐王建的昏庸和奸臣后胜的贪贿谄媚中灭亡了。尽管天下大势分久必合，合久必分，用历史的眼光看，那时的统一是有利于社会发展进步的。但在当时的历史条件下，由谁来统一中国，齐国作为曾经处于春秋五霸之首、战国七雄之冠的东方大国最终为强秦所灭，是有其深层次原因的。齐国政治上日益腐败、军事上策略失误、丧失民心是其败亡的内在原因。正所谓民心存，其政举，民心亡，其政息。

从齐、秦对比上看：一方面，齐俗尚侈而秦俗尚朴，"临淄甚富而实，其民无不吹竽、鼓瑟、击筑、弹琴、斗鸡、走犬、六博、蹴鞠者"，而秦"百吏肃然，莫不恭俭敦敬，忠信而不楛"，秦国百姓"修习战备，高上气力，以射猎为先"；另一方面，齐人开始重利，好功尚功已不及秦人。到战国中后期，由于经济发达，奢侈之风盛行，齐人贪图安逸之心日重，"众庶百姓，皆以贪利争夺为俗"。而秦国则不然，秦国地处西陲，其民有浓厚的戎狄特点，好战好斗，特别是自秦孝公用商鞅变法之后，"变法修刑，内务耕稼，外劝战死之赏罚"，极大地调动了秦人勇于战斗的热情，使秦军成为当时作战最勇敢、战斗力最强的军队。秦国在列国纷争的局面中具备了取胜的优势。

春秋战国时期，列国战争频繁，百姓生活艰难。结束诸侯割据局面，完成国家统一，是历史发展的必然趋势。一次大的统一往往是政治、经济、人文、军事、自然地理等多种因素共同作用的结果。在整个春秋战国时期的演变和发展中，随着各国政治举措、国力角逐、强弱变化以及时机把握等各种因素的演变，秦国逐渐壮大崛起，最终由秦国完成统一，而齐国则一次次错失良机，最终没有逃脱败亡的命运。齐之败亡有一定的偶然性，但更多的是必然性，用贤则治，用愚则乱，用奸则败。"德不称其任，其祸必酷；能不称其位，其殃必大。"这是铁定的历史规律。三国时"受任于败军之际，奉命于危难之间"的诸葛亮一语中的："亲贤臣，远小人，此先汉所以兴隆也；亲小人，远贤臣，此后汉所以倾颓也。""齐国立世八百年，历代君王扬短长；文武周王今安在？只见农夫挥锄忙！"

"独学而无友，则孤陋而寡闻。"那日我和朋友聊起齐国这段历史，他突然问我："假如春秋战国时代，齐国灭了秦国，中国历史该如何？"，"假如齐文化兴盛，山东和中国会如何？"我说："历史没有回头路，也没有假设！我们庆幸都是历史的亲历者、见证者和创造者。"应当说，中华各民族在文化上兼收并蓄、经济上相互依存、政治上追求统一、情感上相互亲近，是国人之幸、国之幸也。

万流归宗，一脉流淌

文化是个大花园，什么品种、形状和颜色的花草都有，所以才五彩缤纷、万紫千红。

齐文化是一棵枝繁叶茂的大树，有深厚、多元的历史根基和久远、强大的文化基因，有我们看不见的发达根系，这根须联系着经济、社会和历史、文化、艺术、哲学、教育等，也联系着人们的日常生活。精神之花、物质之果源于文化之根，文化乡愁源自精神传承。任何文化的兴起和发展，都有根有源，有其根脉性和必然性。当然，既各有短长，又有统一性和多样性。齐文化就像这个大花园中一朵璀璨的奇葩，以自己独特的魅力，汇入了花朵的浩渺海洋。

中华民族母亲河——黄河，孕育着五千年灿烂的华夏文明，见证中华民族历史岁月的变迁，气势磅礴，英名远扬。因湟水、白河、黑河、洮河、清水河、大黑河、窟野河、汾河、无定河、泾河、渭河、洛河、沁河、金堤河、大汶河等众多支流的相继汇入，才有了主河道。万流归宗，即使地势险峻，沟壑纵横，也有势不可挡、气贯长虹的底气和力量，既趋利避害，滋润、灌溉沿途农田，又涵养生态系统、丰富生物群落，让炎黄子孙感恩戴德、繁衍生息、绵延不绝。

中华文明是世界上唯一绵延不断且以国家形态发展至今的伟大文明。山东省，又称齐鲁大地，先秦时这里是齐、鲁两大诸侯国的封地，故称山东为"齐鲁之邦"。齐国的第一位君主是姜子牙，都城设在临淄；鲁国的第一位君主是鲁公旦的儿子伯禽，都城设在曲阜。齐、鲁两国的建立，是周文化与东夷文化相互结合，逐步衍生形成更为先进的文化——齐文化和鲁文化，也是古代中国文化中心由西而东的一次迁移。姜太公和周公是齐、鲁两国（周朝诸侯国）的缔造者，同样也是两国文化的奠基人。春秋时代，齐国霸业和鲁国礼乐文化的发展，促进了两国文化的相互吸收和融合；战国时代，齐国疆域向鲁地扩展，而齐国的稷下学宫，成为百家争鸣的文化中心，儒学、墨学等联系现实密切的"显学"，借助稷下学宫和齐鲁文化的交往、交流、交融，在齐鲁大地迅速传播，呈现出思想和文化空前丰富与繁荣盛况。

战国之时，各诸侯国之间兴起兼并战。为赢得主动，各诸侯国纷纷沿国界线兴建长城，这股风潮是由齐国带起的。即使修建时间较早的秦国东长城，也比齐长城晚了一百五十年左右，齐长城当之无愧是中国最古老的长城，被誉为"长城之父"。长城如一根常青藤，历经风霜雨雪，凝结着无数可歌可泣的精彩故事，凝聚着中华民族自强不息的奋斗精神和众志成城、坚韧不屈的爱国情怀。

"夫地形者，兵之助也"，齐长城西起黄河，东至黄海，在泰沂山脉山脊线上蜿蜒千余里，"长城之阳，鲁也。长城之阴，齐也。"淄川区太河镇涌泉村是当年齐国与鲁国中段相交的边境山村，目前保存着最完好的一段齐长城。蜿蜒曲折的齐长城建于悬崖绝壁之上，地势之险要，让人惊心动魄。确有一夫当关、万夫莫开之气势，成为当年横亘在齐鲁大地上的齐长城军事要塞，孟姜女哭长城的传说来源此地。涌泉村是齐长城下的中国传统村落，村里遍地是石房石屋、石街石巷，山村古朴宁静，树龄几百年的梨树、杏树、海棠树、柿子树、山楂树、车梁树和楷树，成为涌泉村悠久历史的见证者。

巍峨泰山的庞大根系深深滋养了山东人的优秀品格，所体现的中华精神已深深融入山东人的血脉。齐鲁文化同根同源，互学互敬，在漫长的历史长河中，通过互相学习，相互融合，包容、认同、赋能，逐步走向"尚一统、求大同"。这也是中华文明从未中断、延绵至今的原因之一。

秦灭六国、一统天下后，秦始皇对齐地的宗教信仰、哲学思想、政治学说乃至方仙道思想都情有独钟，秦帝国的顶层设计中同样渗透着齐文化的多种元素。秦始皇敬重和钟爱齐鲁之地，三次东巡，亲抚齐鲁；封禅泰山，昭告天下；镂刻金石，冀传恒久；照临大海，曾为上蓬莱岛求仙药不遗余力。汉初的数代最高统治者高祖、吕后、文帝、景帝，在黄老之学的指导下体恤民众、轻徭薄赋、休养生息，使自战国以来久经摧残的中国社会逐渐恢复了生命元气。

在漫长历史发展过程中，历史与现实、古老与时尚、外地文化与本土文化兼容并蓄、交汇互存，发育形成了各具特色的齐文化、鲁文化，还有影响力较大的莒文化等。自秦汉时期始，齐鲁文化互相交融，共同促进了中华民族文化的融合、繁荣与发展。齐鲁文化不仅是山东优秀传统文化的代表，一直被称为中国传统文化的正宗，而且在中国古代文化发展过程中起着核心与主导作用，地位举足轻重。

虽然齐鲁两国文化都起源于东夷，却因建国目的、治国策略、人文环境、地理条件等的差异出现文化上的差别。齐国尚法治，鲁国尚礼治。这是两种不同的文化传统，齐文化倡导"尊贤尚功"的文化价值取向，鲁文化则遵从"亲亲尚恩"的伦理旨向。这恰好为我们当下协调"德"与"法"的关系提供了历史借鉴。鲁偏重于德，齐强调德法兼治,更倾向法。从实践看,市场行为必然会削弱伦理道德在人际关系中的约束作用,促使人们不知不觉地更重视物质利益和功利满足等世俗化诉求。由于文化内涵、功能作用和思想认识、工作推动等,"齐鲁文化"这二者的待遇不一样,齐文化时常被忽视冷落、边缘化。

应当看到,齐文化在三千年的形成发展过程中,经过碰撞、交流和融合,穿越时空隧道,融入满天繁星,汇入中华文明主脉,推动中国历史、中华传统文化,特别是中国早期文明的形成与发展。齐国时期形成的文化在溪流般汇入中国传统文化这一多元统一的文化体系之中以后,以新的形式和形态继续向前发展,从未间断。一方面,齐文化通过对儒文化渗透、融合,成为中华传统文化的主要来源之一和重要组成部分;另一方面,齐文化中的阴阳五行学说、方仙道、黄老之学逐渐融合,产生了中国历史上影响巨大的正统宗教——道教。梳理起来,战国荀子是推进齐鲁文化融合的先驱和代表人物,他融合鲁齐礼法形成了"礼法并施"的治国思想。应当看到,春秋战国时代是社会由奴隶制向封建制转变的关键转型期,诸侯王纷纷争霸称雄,这个时候社会的主旋律是大刀阔斧的改革,而荀子的"礼法并施"尚不太合时宜,过于温和,不足以帮助诸侯王完成雄心大略,反而容易使推行温良的政策的国家被别的诸侯国吞并。

辉煌发端于苦难,苦难孕育着辉煌。子曰:"齐一变,至于鲁;鲁一变,至于道。"新中国成立七十多年来,党领导人民创造了两大世所罕见的奇迹:一是经济快速发展奇迹,二是社会长期稳定奇迹。总的来看,齐、鲁文化同根同源、同生共存,相互融合、互认、包容、赋能,逐步走向"尚一统、求大同",成为中华优秀传统文化的主脉,齐鲁大地成为天下向慕的"礼仪之邦"。当然,齐文化、鲁文化各有千秋、各有侧重。外在地看,鲁文化注重维稳守成,齐文化关注变革突破。内在分析,鲁文化内核是"仁",讲究"仁义礼智信",侧重做人,解决的是社会有序问题;齐文化内核是"智",重视"尚功""重商",侧重做事,解决的是社会活力问题。推进中国式现代化,解决好面临的诸多难题,巧渡"金沙江",攀登"十八盘",创造新的伟大奇迹,必须矢志不移地传承中国文化,延续中华文明,弘扬中国精神,凝聚中国力量。

许多人对齐文化、鲁文化的区分，往往陷于看待"义"与"利"的态度和"守成"与"开放"的选择，其实这是不全面的。鲁文化并不排斥"利"，它强调利的正当性，齐文化也讲究"利缘义取"。齐文化的"开放"以诚信为本，鲁文化的守成以社会有序为前提，更以诚信为本，并不是僵化保守的"守成"。晚清最后一次科举的进士、留美博士陈焕章，一生阅历非凡、学贯东西，他在西方出版的著作《孔门理财学》，是20世纪早期"中国学者在西方刊行的第一部经济思想名著，也是国人在西方刊行的各种经济学科论著中最早一部名著"。经济学家凯恩斯为著作写过书评，熊彼特对其著作的评价甚高。书中，陈焕章深入阐释儒家如何重视"利"，如何把握"义"与"利"的关系。其实，在他的笔下也能看出鲁齐文化融合的端倪。"在中国，人们被分为四个阶层——士人、农民、工匠和商人。"事实上，齐国从姜太公时就"四民分业"，把民众分为士、农、工、商四种职业群体。陈焕章在其《结论》中写道："对于中国人的整个经济生活而言，我们可以说较之于任何西方人的经济生活更为社会主义化。……中国在春秋和旧中国时期就达到了一个高度的文明，后世从未有所超越。……中国变得强大以后，孔子主张的大同世界即将到来，世界国家将会出现。那时，国家间的情谊将被建起，战争再也没有了，有的只是永久和平。"

当下，世界各国在现代化的艰难探索进程中，都面临着相同的难题，那就是如何处理好"社会秩序"与"社会活力"这二者的关系，社会既不能惊涛骇浪，也不能一潭死水。尤其是国家在从传统社会向现代社会转型，必定经历社会矛盾和风险的高发期。该当如何破局？归根到底靠文化。鲁文化强调个人修养、重德隆礼，重视维护社会的有序运转问题。齐文化强调变革、开放、务实、包容，重视激发社会活力问题。同步研究挖掘和弘扬传承鲁文化、齐文化的深刻内涵与时代价值，就能找到一把社会活跃有序、活而不乱、热气腾腾、动态平衡的"金钥匙"。

长期以来，齐文化犹如璀璨的无价之宝隐藏在地下，虽价值连城却没有充分呈现于世。社会发展到今天，齐文化仍具有强大的生命力，成为文化自信、文化自强的宝贵历史文化资源。毛泽东同志曾经指出："革命党是群众的向导，在革命中未有革命党领错了路而革命不失败的。"中国共产党人把中华民族一切优秀传统"看成和自己血肉相连的东西"，把马克思主义的思想精髓与中华优秀传统文化的精神特质融会贯通起来，破解中国革命、改革、建设面临的问题，尤其是中国式现代化面临的难题。伴随民族兴衰、国运强弱，不时也会出现文化"自卑自弃"和"自大自傲"等倾向，或多或少、或轻或重地对文化产生不良影响。罗素曾经指出："中国至高无上的伦理品质中的一些东西，现代世界极为需要。"真正实现从文化觉醒到文化自觉、从文化自信到文化自强，是一个十分漫长的历史过程。推进强国建设、民族复兴伟业，既需要强大的物质力量，也需要强大的精神力量。伴随中华优秀传统文化的赓续传承和各种先进文化的交流融合，凝聚磅礴思想伟力，中华文化必定繁荣兴盛、铸造新辉煌。在新的赶考之路上，当代中国和中华民族始终保持清醒与坚定，增强历史自信和文化自觉，就一定能交出优异答卷。

据记载，江西省宜春市万载县黄茅镇王家祠堂旁有一景观：一株颇为有名的重阳木，测算下来已近六百岁，属中国原产树种。该树稀奇，天工神力，远观如一把撑起的遮阳伞。这株树令人称奇的是，在雷击的枯殒处茂盛地生长着香樟、木荷、乌桕等多种树木，其中最粗的已有几拃粗。这树上的树枝繁叶茂，苍劲挺拔，绿叶间阳光摇曳，一树有九种错缀枝梢，绿叶大小形状不等，一直到冬至时节，尚有不坠树叶。重阳木是长寿树，可能是几百年来树干的局部腐烂，加之经年积累起来的树叶、尘土，鸟类在此树上栖息时又衔来或从粪便中排出了一些植物的种子。条件一成熟，种子便发芽，树木便成长起来了，因此有了树木相互成就、兼容并蓄的奇观。

子曰："为政以德，譬如北辰，居其所而众星共之。"为政者的心性、德行如同北辰不被宇宙中众多的暗物遮蔽时，明亮的光辉才会突现出来，达到"众星共之"。马克思在《评普鲁士最近的书报检查令》一文中说："你们赞美大自然悦人心目的千变万化和无穷无尽的丰富宝藏，你们并不要求玫瑰花和紫罗兰散发出同样的芳香，但你们为什么却要求世界上的东西——精神只能有一种存在形式呢？我是一个幽默家，可是法律却命令我用严肃的笔调。我是一个激情的人，可是法律却指定我用谦谨的风格。"以百家争鸣、百花齐放为特征的稷下学宫在齐国出现，各种思想得以产生、集合与发展、成熟。儒家、道家、墨家、法家、阴阳家、纵横家、名家、杂家、农家、小说家等诸子百家成为中华思想文化发展的源头和基础，形成了中华优秀传统文化的主脉。如果说，中华大地是中国民族精神谱系的琴键，那么诸子百家就是跃动的神采各异的精神音符，构成了点燃思想和文明火种的百花园。这是了不起的伟大功绩！今天，我们可用异彩纷呈来形容诸子散文的繁荣与延续。先秦诸子散文风格各异，直接影响后世作家。汉代贾谊、晁错深受韩非影响；董仲舒、刘向则效法《荀子》；韩愈推崇孟子，其文也受《孟子》影响；苏轼文章深得《庄子》神韵。明清时期，学子们对诸子散文的喜爱和学习蔚然成风，注释评点层出不穷，直接影响了明清时期的散文。

走进临淄城这片齐文化核心区，齐文化元素扑面而来。齐陵街道、雪宫街道、太公路、管仲路……一处处饱含古齐风韵的街名、路名让人心潮澎湃，仿佛回到了几千年前，它们又如同一张张灵动的城市文明标签，于无声处诉说着文明，让市民感受到扑面而来的文明新风。

站在淄河大桥上极目远眺，淄河之畔、牛山脚下的齐都文化城在太公湖北岸与我们静静守望，那里还有十多家民间主题博物（艺术）馆聚集栖落，这座历史文化底蕴厚重的城市正吸引着八方游客。

齐文化已经融入我们的日常生活，就说我们常用的成语，就有一千多个产生于齐国。譬如：一鸣惊人、一箭之仇、二桃三士、卜邻而居、九合一匡、门庭若市、义不帝秦、内忧外患、水深火热、勿忘在莒、风调雨顺、东食西宿、东郭之迹、田忌赛马、老马识途、有恃无恐、讳疾忌医、呆若木鸡、围魏救赵、余音绕梁、鸡鸣狗盗、杯盘狼藉、画蛇添足、和而不同、秉笔直书、狐假虎威、泱泱齐风、南橘北枳、狡兔三窟、唇亡齿寒、爱屋及乌、趾高气扬、鸾凤和鸣、悬羊击鼓、割肉相啖、滥竽充数、愿者上钩、管鲍之交、螳臂当车、覆水难收……

齐文化的文化内涵和滋养的仁人志士在历史的长河中弹奏着人生

的乐章。汉朝取代秦朝后,经过多年战争,土地贫瘠,国力空虚,人民生活陷入贫困。汉初,曹参担任了封国齐国的宰相后,采纳师承齐国稷下学宫黄老思想的学者盖公的主张,无为而治,不折腾。汉惠帝即位后,曹参接替萧何为相国后,"萧规曹随"按旧规办事,继续推行"无为而治",休养生息的政策得到老百姓拥护,其影响延及文帝和景帝,西汉王朝出现了"文景盛世"。齐文化学者王志民先生认为:"文景之治",实际上就是"齐文化之治"。

齐鲁优秀传统文化有着特别丰富的资源优势。守正创新,兼容并蓄,赓续齐鲁文脉,成为一大时代命题。这些年,山东和淄博越来越重视齐文化的研究和传承。山东既崇文又尚武,在文化传承上想了很多招,积极探寻与当代文化相适应、与现代社会相协调,弘扬跨越时空、超越国界、魅力无穷、具有当代价值的优秀文化精神。淄博更是冲锋在前,连续举办齐文化节,充分运用齐文化博物馆,改造齐国故城考古遗址公园,运用现代科技手段,通过声光电、全息技术展示齐文化,让齐文化传承"活"起来、"火"起来。他们深知,不贪虚名,不求虚荣,踏实、扎实、真实地做事,提升全民人文素质,是何等重大和紧迫。当然,弘扬传统文化,必须重视运用市场手段,但不能被市场牵着鼻子走、被市场左右。市场并非万能,也会"失灵"。

2023年9月12日,齐国故都临淄举行了纪念姜太公诞辰3162周年祭姜大典。秋雨淅淅沥沥,在《齐韶九成》之《祭礼》乐曲中拉开帷幕,姜氏后裔们身披黄色绶带,与淄博市民汇聚、肃立太公像前,共同寻根问祖。祭姜大典,至今已连续举行20年,持续打响了海内外"寻根问祖"的品牌。

"文变染乎世情,兴废系乎时序。"中华民族生生不息,饱受挫折又不断浴火重生,始终离不开中华文化的精神支撑。创新是时代的主题,变革是使命的召唤。推动社会转型与新生,更好聚焦实现人民群众对美好生活的向往。必须赓续中华民族上下五千年的文化血脉和文明基因。齐文化变革、开放、务实、包容的精神内核,穿越时空,散发时代气息,闪烁不朽的思想光芒,成为时代变迁和社会变革的思想先导和行动引导。稷下学宫与希腊"柏拉图学园"同为世界轴心时代文明的摇篮,在那个旷世人才辈出的时代,为战国七雄们励精图治、变法图强,提供了大量足智多谋、风流倜傥的雅士才俊。1917年,24岁的毛泽东在《心之力》中阐明:"人生于天地之间,形而下者曰血肉之躯,形而上者曰真心实性。……盖古今所有文明之真相,皆发于心性而成于物质。德政、文学、艺术、器物乃至个人所作所为均为愿、欲、情等驱使所生,精悟则可改天换地。"

淄博作为一座历史文化名城,齐文化像一棵大树的根须一样遍布淄博大地,繁茂着多样的文化因子。譬如,齐国故都临淄的齐文化、稷下文化、蹴鞠文化,蒲松龄家乡淄川区的聊斋文化、陶瓷文化,鲁菜重要发源地博山的饮食文化和孝文化,旱码头周村的商埠文化、丝绸文化,清代诗学泰斗王渔洋的家乡桓台县的廉政文化和建筑文化,牛郎织女传说的起源地沂源县的爱情文化和沂蒙文化,北靠黄河、南临小清河的高青的湖河文化,淄博所在地张店的民俗文化……

大道如砥,奋斗如歌。中国式现代化的宏伟蓝图正徐徐展开,铿锵脚步正在远行。踔厉奋发、勇毅前行,深入探讨齐文化的分量和当代价值,推动中华优秀传统文化焕发旺盛生命力,祖宗文化遗产与人类文明智慧叠加赋能新时代,推进从文化自信迈上文化自觉的漫长道路,奏响"我劝天公重抖擞、不拘一格降人才"的生动乐章。

千年文脉历久弥新,文化精神薪火相传。想你时你远在天边,又近在眼前。其实你从未走远,时刻拥抱着我们火热的生活与美好期盼……

第二章

一簇绚烂的思想之花

　　人类文明的轴心时代，涌现出诸多伟大的精神导师。如果说春秋战国的"百家争鸣"是中国文化史上的"轴心时代"，那么稷下学宫就是它的"轴心"。任何文化精神，必定与文化基因、特定历史阶段的政治社会氛围相依存，有生命力的文化必定与时代同频、社会同步。文明生生不息，齐文化的思想和精神之花没有凋零。

恩格斯在《自然辩证法》中写道："地球上的最美的花朵——思维着的精神。"

地处临淄区的稷下学宫，它是耸立在人类历史上的精神大厦，是中华优秀传统文化的圣殿，盛开思想之花，闪烁思想之光，跳跃精神之魂。

任何一种真理都不是伟大人物的心血来潮或偶然发现，而是遵循人类社会发展规律、探求真理的智慧结晶。

公元前500年前后，同时出现在中国、西方和印度等地区的人类文化突破的时代被称为轴心时代。在轴心时代里，各个文明都出现了伟大的精神导师——古希腊的苏格拉底、柏拉图、亚里士多德，以色列的犹太教先知们，古印度的释迦牟尼，中国的孔子、老子、墨子……孔子比释迦牟尼略小几岁，孔子去世后不久，苏格拉底出生。他们在人类历史长河中交替闪现，其精神基因和思想成果塑造了不同文化传统，一直影响着后世子孙和人类社会。

正如德国哲学家雅斯贝尔斯所说："至今人类依然靠着那时所产生、所创造以及所思考的东西生活。每值新的飞跃产生之时，人们都会带着记忆重新回归到那轴心时代，并被它重燃激情。"

司马光《稷下赋》曰："致千里之奇士，总百家之伟说。"

阳光能够直接普照河山万物，精神之光必须经过中转或传播，经过心灵的咀嚼消化，才可能照耀心灵、启迪人心、烛照未来。因为精神之光，人类开始告别愚昧荒昧，开始走向理智与冷静、高贵与崇高。

任何建筑都可能倒塌，而精神大厦与其他建筑不一样，它筑在人心上，高高耸立于灵魂之巅。稷下学宫随着秦始皇统一中国而终结，接下来，秦始皇"焚书坑儒"，开始文化专制，其实齐国方士是其直接的诱因和主要对象。一百年后，汉武帝"罢黜百家，独尊儒术"，"百家争鸣"的局面难以延续，虽然树立起文化权威，却也抑制了其他学派的生长，摧残、禁锢了文化发展，钳制了人民思想，不久又在京城建立太学，在强化官方意识形态的同时广开言路、招揽人才，又在一定程度上开启了主导文化与多元文化融合的艰难历程，推动文化螺旋式循环发展。

地处山东淄博的"稷下学宫"，其汗牛充栋的经典著作已融入中华文明的滚滚河流，绽放出一束束中国最早的思想之光和照耀中华文明的灿烂思想之花，若一盏盏明灯，照亮中国两千多年的历史，汇集成中华民族生生不息的文化血脉。

历史沉浮，岁月更迭，昔日的繁华被黄土掩埋，一段辉煌历史归入沉寂与落寞，而思想之花却旷日持久地默默开放。

追逐历史足迹

司马迁记述："自如淳于髡以下，皆命曰列大夫，为开第康庄之衢，高门大屋，尊宠之。"

稷下学宫始建于齐桓公田午时期（公元前374年），因位于当时齐国国都临淄城的西门——稷门之外而得名，存续达一百五十余年，是世界上第一所公立大学，是我国最早的"社会科学院"，更是中国思想学术史上"百家争鸣"的神圣园地。

2023年8月22日11时，汽车戛然停在一片茂密的玉米地旁，我们已经来到"稷下学宫"遗址。太阳火辣辣地照着，气温还在上升，有气无力的风，带不走身上的热量，反而给人一种炙热的感觉。遗址位于淄博市临淄区齐都镇小徐村西，东与临淄齐国故城小城西墙相接，北距临淄齐国故城小城西门约200米，东墙南侧发现了宽约8米的门址，出土遗物和测年显示建筑主体时代为战国中期到末期。这是齐国故城西墙及南墙外侧唯一一处战国时期高等级的宫院式建筑群。

遗址正在考古发掘，尚不对外开放。穿过遗址中部的乡村公路名叫"黉"（hóng）道，由此路进入村庄的大门名为"黉门"，不远处还建有中天门、南天门、碧霞祠、玉皇阁等景点的黉山。考古发掘遗址的南侧便道旁矗立着成排的钢管当护栅用，上边悬挂着红布横幅，书写着"祖先的，我们的，子孙的，保护文化遗产""千年文明博大精深，后人爱惜薪火相传"的标语。

据工作人员介绍，"稷下学宫"虽被岁月掩埋，却没有被遗忘。经过长期研究考证，它已初露端倪，即将揭开神秘的面纱。经发掘，目前已发现了东墙和南墙，将继续寻找西墙和北墙。正在挖掘的遗址整体呈长方形，南宽北窄，略呈直角梯形，东西最宽约210米、南北长约190米，总面积近4万平方米。遗址内到处是开挖过的地坑，时而还有标注的方牌，东侧的那片坑窝，正用防雨塑料布覆盖着，必定掩盖着什么秘密。东侧堆放着开挖出来的黄土，如同小山丘，还长满了杂草。

我们站在南侧，仔细观察东西向的黄土墙垣，竟然6米多宽。部分地段在墙垣下预置排水管道，东南方的排水管道，约在墙垣的中间部位，椭圆形的陶片有的已破碎，离地面有1.5米深。不知道为什么，面对这正在挖掘的遗址，我高兴不起来，还有一丝的悲伤，甚至悲哀。

返程时，在大门口遇上守门的胡长林，57岁的他得意地说："我是小徐庄留守人员中比较年轻的。"他家有二分地在被租赁挖掘的范围内，前几年，政府每年补偿每分土地280元。"具体我也说不明白，反正守护好祖宗留下的宝贝，我义不容辞！"

此时太阳已爬上头顶，天气炽热，云彩和小鸟都躲起来了，我的衬衫已经被汗水浸湿，我抿了抿干渴的嘴唇，仍不舍得浪费这短暂的探访时光。远远望去，只见到处是枝繁叶茂、生机盎然的绿野，一片片、一畦畦正扬花吐穗的玉米，时而有暗香随风飘来，玉米叶"沙沙"作响，分明是诉说玄言秘语，让人立刻感到一股浓浓的蓬勃向上的学术氛围和昂扬的生命气息，仿佛听到学子们激情澎湃的讨论声甚至是辩论声。

如果说春秋战国的"百家争鸣"是中国文化史上的"轴心时代"，那么，稷下学宫就是它的"轴心"。

傅斯年在《夷夏东西说》里提出："自春秋至王莽时，最上层的文化只有一个重心，这个重心便是齐鲁。"

郭沫若先生说："这稷下之学的设置，在中国文化史上实在是有划时代的意义……周秦诸子的盛况是在这儿形成了一个最高峰的。"

"稷下学宫的价值早已超越了齐文化的范畴，不仅仅是整个春秋战国时代的文化代表，它也具有世界文明的价值和意义。"通观齐国历史，也可以说"稷下"兴则国运兴，"稷下"衰则国势危，"稷下"灭则齐国终。

"稷下学宫是国家为知识分子提供的一个聚徒授学、自由议论政事、探寻治国安邦与经略天下之策的基地、平台，而柏拉图、亚里士多德、芝诺所建立的学园则是一家一派之学的活动园地。前者是国办的，后者是私办的，其规模与影响不可等量齐观。"

前不久，我又联系上了负责这个考古项目的专家。他介绍：推测该建筑基址群与稷下学宫相关。首先是位置与多数文献记载的稷下学宫相合，其与齐故城小城一体规划建设的地层关系也揭示了田齐建设稷下学宫的目的；其次，这处建筑主体时代与文献记载稷下学宫使用的年代相吻合；再次，这处建筑基址群规模较大、等级较高，但格局并非宫室建筑，其实用性的排房格局、封闭的院落特征也与稷下学宫的功能相符合；最后，经过大规模勘探试掘，证明齐故城西南外侧，只存在这一处可能与稷下学宫有关的建筑。

据史料记载，公元前 374 年，田齐桓公在位时开办了稷下学宫，因其位于临淄稷门之下而得名，历经六代君主。他们都以优厚的待遇招纳列国的学者来此，稷下先生、学士不仅可以"不治而议论"，也可以"不任职而论国事"，还可以此申报功名，若获认可，还能受封"上大夫"，享受相应的爵位和俸禄。众多学派都希望自家学说得到统治者的青睐。许多学士在各国政坛大展宏图。

齐宣王时期，稷下学宫达到最为繁荣的巅峰时期。齐宣王对稷下学宫采取了开明政策，在政治上给予稷下先生以很高的地位，"皆赐列第，为上大夫"，经济上给稷下学士以优厚待遇，让他们享受高官厚禄，各国学者纷至沓来，此时的稷下学宫学者众多，学派林立，名家云集，著述丰富，真正形成了百家争鸣的热闹场面，达到了空前规模，成为列国学术文化中心。稷下学宫的兴盛，是齐国达到鼎盛的重要标志之一。孟子对齐宣王影响比较大，他们曾多次谈话论政，孟子"仁政"思想成为稷下学宫独领儒家学说的一派。《孟子》中提及人物最多的是齐宣王，达到了23次。齐国海纳百川的胸襟和百花齐放的文化情怀、齐鲁文化交流交融的景象可见一斑。

精神的形成需要继承与发扬，更需要心灵的冶炼、实践的考验和岁月的锤炼。稷下学宫成为当时各学派交流荟萃之地，展开了著名的百家争鸣，场面壮观而热烈。最兴盛时，这里云集了儒、道、法、农、名、兵等各家有影响的学者，孟子、荀子、邹子、慎子等名家学士都曾在此讲学思辨，他们围绕王霸、义利、天人、人性善恶、世界本原、名实等论题展开学术辩论。据记载，孟子曾两次来到稷下学宫，荀子曾三次担任稷下学宫祭酒。

令人心驰神往的稷下学宫，目前还沉睡在地下。诸子百家的思想静卧在图书馆和博物馆里，如何唤醒沉睡的文明？灿烂的思想之花何时再度盛开？

"如切如磋，如琢如磨"

孔子评价管仲："桓公九合诸侯，不以兵车，管仲之力也。如其仁。如其仁！"20世纪80年代初，伴随我国改革开放的强劲东风，我国哲学史界曾掀起一股"稷下学"研究热，许多学者参与对齐国稷下学宫的研究；到了80年代中期，人们开始注重对《管子》的研究，总结管仲治国及经济改革经验教训。《管子》一书逐渐由学者书斋进入党政领导者的书橱和案头；90年代初，邓小平南方谈话之后，有诸多学者酝酿齐文化时代价值研究，可惜因故推迟。

当年邹忌变法提升了齐国综合国力，而齐国国内自古就有"举贤"传统，统治者对别国人才接纳程度也高。内外部环境，都为稷下学宫的建立和兴盛提供了条件。因内部可以独抒己见，互相争辩、诘难和吸收，无遮无拦地进行"头脑风暴"，营造自由宽松的学术环境，各个学派能独成一体并同生并存。

没有实现超越突破的古文明，如巴比伦文化、埃及文化，虽规模宏大，但都难以摆脱灭绝的命运，成为文化的化石。而这些轴心时代所产生的文化一直延续到今天。每当人类社会面临危机或新的飞跃，我们总是回过头去，看看轴心时代的先哲们是怎么说的，只是这个时代的东西方哲人研究的重点各有侧重，或侧重人与自然，或侧重人与社会，或侧重人与人，都善于彼此借鉴融合。稷下学宫被无情的岁月掩埋地下，这仿佛是先哲们讨论、辩论疲倦之后的一次身心长久休眠，他们的灵魂却行走在时而热闹时而孤寂的思想杏坛，难以自拔。

试想一下，当年的齐鲁大地是何等景象？孔子于鲁国曲阜的杏坛设立讲堂，开创平民教育。孔子有教无类，让平民子弟获得公平的教育机会，增进学识，受益匪浅。而杏坛作为一个开放的授课场所，一心向学的都可以在这里学习求教、聆听教诲，广为世人称颂。齐国的稷下学宫聚天下学士，熙熙攘攘，让思想火花肆意绽放。

假若用现代人的设计思想和欣赏习惯看，遵循稷下学宫开放包容的办学精神，这稷下学宫遗址周边可能是昭示世人的圆形开放性文化广场，主要展示诸子百家的核心思想。儒、道、墨、法、兵、名、阴阳等诸子百家和稷下学宫的主要人物在上面，各占一块文化墙，墙上还有核心理念和活动图景。广场中央或某一重要区域建有方形高台，那是稷下先生的讲台和公开辩论的场所，周围有几处小型明辩坊。这座文化圣殿四面大开，没有围墙，呈开放状。少有廊柱，戗脊上有装饰的鸟兽，不仅有优雅深沉的艺术气韵，而且有着极为纯粹厚重的历史内涵。

我曾经问当地的同志"稷下讲台"应当在哪个位置，但目前尚不能确定。

我知道曲阜孔庙主体院落大成门内有一棵挺拔高耸的桧树，相传为孔子亲手所栽。坛前有四棵杏树，谓为杏坛。银杏多果，象征弟子满天下。树干挺拔直立，绝不旁逸斜出，象征弟子们品格正直。果仁既可食用，又可入药，象征弟子们学成后可有利于社稷民生。

那么稷下学宫，诸位稷下先生的讲台和辩论台又该是何样的呢？有些什么传奇故事呢？对此，史书上鲜有记载。该当如何再现"百家争鸣"的内容与场景？比如百家主要争鸣的几个议题，如天人之辩、人性之辩、义利之辩、礼法王霸之辩、攻伐寝兵之辩、名实之辩等。这些辩论题目至今仍具有战略性、时代性、民族性、挑战性和实践性。

思想和思维独立，是稷下学宫的命门。不参政，却可问政。齐国将"治"与"议论"分开，将"治"者与"论"者分开，成为明智之举。稷下学宫思考和讨论的问题，常常成为向朝廷进谏或被朝廷征询的内容。朝廷对稷下学者的态度很宽容，稷下学者也可以随时去找君主。在既是"膏壤千里，粟如丘山"，又云卷云舒、风炎土灼的齐国大地上，曾孕育了一大批彪炳青史的杰出人物，其中有政治家、军事家、思想家、科学家等。名闻遐迩的旷世奇才有：姜太公、齐桓公、管仲、鲍叔牙、晏婴、孙武、司马穰苴、齐威王、孙膑、田单、邹忌、邹衍、淳于髡、鲁仲连、扁鹊、甘德、徐福、淳于意、盖公等等。孔子曾在齐地闻韶，留下"三月不知肉味"的美谈；荀子在稷下学宫"三为祭酒，最为老师"；孟子居齐，长达约二十年之久……真可谓圣智辈出，群贤毕至。稷下先生陆续成为各国的栋梁之材，贡献着自己的才智，当然有的万古长青，有的昙花一现。

稷下学宫在时间与空间的坐标系上盛开绚烂的思想之花，之所以开放时间长，是因为她像多层花瓣的复瓣花，花蕊是开放的治学精神，参与集体绚烂的诸子百家们是密密匝匝的花瓣，花瓣只有姹紫嫣红之别，绝无高低优劣之分，相互尊重、和谐相处、各展其彩，在时代召唤下，散落成闪闪发光的满天星斗，把思想的光辉洒入江河人心。

统编版语文教材初中八年级上册唐代李贺《雁门太守行》，是要求背诵的课文：

　　黑云压城城欲摧，甲光向日金鳞开。
　　角声满天秋色里，塞上燕脂凝夜紫。
　　半卷红旗临易水，霜重鼓寒声不起。

> 报君黄金台上意，提携玉龙为君死！

"报君黄金台上意"，是指燕昭王修筑黄金台，广招天下人才的典故。当年的稷下先生邹衍、剧辛等就曾"报君黄金台上意"，被燕王重用，而使燕国强大。黄金台也称招贤台，位于现河北省定兴县高里乡，是战国燕昭王为宴请天下士而筑，他屈身礼士，用人不疑，以卑身厚币招徕人才。燕国一时成为"人才高地"，逐步跻身于列强，燕王也进入战国七雄的重要国君之列。燕国曾联合赵、楚、韩、魏诸国攻齐，上将军乐毅攻破齐国，占领齐国70多城。李白曾写诗颂扬这千古佳话："燕昭延郭隗，遂筑黄金台。剧辛方赵至，邹衍复齐来……"据说，燕惠王继位后，听信谗言，将齐人邹衍下狱。邹衍在狱中仰天大哭，时值六月，天上竟然飞起雪来。因此传说，后来有了戏剧《窦娥冤》。

稷下学宫在齐国土地上，绽放出灿烂的思想之花，像一团熊熊燃烧的火苗，流光溢彩。蕴藏其中的"不慕古，不留今，与时变，与俗化"的变革观念；尊王室、攘夷狄，社稷是主、民为邦本的政治思想；"尊贤智、尚有功""使有能"，德才兼备的用人思想；"俗之所欲，因而予之，俗之所否，因而去之"，政合民意、令顺民心的政治方略；重法治，尚礼义，行教化的社会准则；国有明君、朝有经臣，和而不同的政治环境；礼贤下士、悬赏纳谏的良好政治生态；"井田畴均""均田分力""相地而衰征"的地税制度；以农为本，农、工、商、贸一体化的经济发展模式；"来天下之人，聚天下之财"，优商惠贾的对外开放政策；"诚工、诚农、诚贾"，不违农时，取民有度，鼓励生产的科学态度；亲善邻邦，取信诸侯，"不战而屈人之兵"的称霸方略；庙算，慎战，知己知彼，运筹帷幄的奇兵妙计；围魏救赵，减灶诱敌的取胜战术；义利并重，存亡救绝的价值取向；尊教重士，兼容并包，学术自由的文化政策；"不羞小节而耻功名不立"的人生追求等，都是齐文化的精华。在当今全球文化融合背景下，各个传统文明要面对转型的冲突，正呼唤"新轴心时代"，让充满激情与生命力的思想与文字纵横跳跃，彰显伟大精神力量。

人类每前行一步都会突破自身的精神束缚，产生新的人文、良知和思想，真理与诚实、理性与良知并存，引领解决面临的诸多现实问题。正如卢梭所言，一旦摆脱世俗的杂念，内心的世界便会焕发生机，道德感也会随之增强。

历史上所有文化经典名篇、文化大家大师，都是在人类文化长期积淀和接力推进中问世和诞生的。文化建设重在积累，不是一朝一夕的事情，必须久久为功，决不可心浮气躁、急功近利，更不能暴风骤雨、搞突击"种植"。

至今掩埋地下的"稷下学宫"，当然需要考古学家孜孜不倦地攻克史前难题，再现当年文明盛况，也有必要面向社会、面向大众，解读"稷下学宫"的思想果实、文明成果和中华文明形成与发展的历史脉络，促进人类文明成果的及时面世与转化。

天地玄黄，大道无形。"形而上谓之道，形而下谓之器。"试想诸子百家立于天地间，触摸风雨雷电，头脑里思考着"宇宙从何而来""我是谁"等哲学终极问题，当时高度开放，任何人都可以参与讨论和争辩。穿越几千年的时空，在一些人过度追求金钱、名誉、地位等"形而下"的当下，与诸子百家进行心灵沟通甚至论辩，共同思考中国的文化问题，思考人类的终极问题是何等有意义啊！

我曾想象稷下学宫的高台之上，诸子百家围坐在一起参加圆桌会议，当然没有主次之分，大家平等地进行学术交流和争辩。代表儒家的孔子、孟子、荀子，道家的老子、庄子，墨家的墨子，兵家的孙子，法家的韩非子等，都穿越时空，围坐了一圈，共同讨论经济、政治、文化、环境和社会治理等问题。大家均席地而坐，动作、表情各异，孔子温和儒雅，老子仙风道骨，墨子风尘仆仆……他们身后都各有一群弟子，神态严肃，或聆听，或沉思，或与旁边学人低语。

当时，礼崩乐坏的社会现实，致使诸子蜂起，诸子百家，各持己说，展开思想的交锋与激荡，形成你中有我、我中有你，百川汇流，多元融合的文化景观。世界混沌黑暗，因为这一批学子率先睁开了眼睛！这里是中华民族的文化 DNA 的源头。先秦时期所有思想和观念的纷飞与冲突，终极目的都是改变春秋战国几百年的战乱状况，恢复国家秩序和百姓平静生活。诸子百家闪耀着智慧的思想火花，若跳动的闪电惊骇世人，人的头脑的能量竟然能产生如此夺目的光辉，照亮思想天空和艰难漫长的道路。中华民族历经磨难，历朝历代遭遇的灾难往往不是因为贫穷，而是丢失或缺少信仰和斗争精神，腐化堕落造成的。精英者不仅要忍受贫困，还要忍受孤独、寂寞甚至蒙难。不触及生死，就没有大彻大悟，人类一切思考都显得肤浅和青涩。

稷下学宫虽是开放的，但也是有门槛的。稷下学宫不问你是什么资历或学历、什么来历，但会根据各路学者的学问、资历和成就分别授予"客卿""上大夫""列大夫"以及"稷下先生""稷下学士"等称号。这就使学宫在熙熙攘攘、热闹繁杂中，维系住了基本的学术秩序。世间完全不分等级和品位的争辩，不可能存在，也不能算"百家争鸣"。按时下的背景，如果有人冒充"杂家"进来抢噱头、搞网红，甚至有意搅局，那些真正的"家"必然不知所以然、讷讷难言。现实中有些人"物欲横流""道德滑坡"，对历史人物或事物总是胡编乱造，有的媒体也漏洞百出，有人打着文化旗号，疯狂地无视是非、颠倒黑白，甚至无视法律底线和道德底线，构建利益圈层，难免会出现"庸俗、低俗、媚俗"的文化乱象。假如这种现象渗透进当年的稷下学宫，那曾经辉煌和神圣的稷下学宫也会很快变成以嗓门论是非、以假象论英雄的嘈杂聒噪的集市、闹市。岂不可惜、可悲、可恨！

世上任何事情都得付出体力与脑力，甚至需要咬紧牙关以命相搏，只有贫穷和衰老可以等来。原封不动照搬传统是不可能奏效的，需要寻找新文化得以破土而出的种子，让其在现代社会的"土壤"里生长出新芽。我坚信心血和汗水终会凝结出理想的果实。当你因错过太阳而忙于哭泣时，可能还会再错过群星与彩霞。

"孔子闻韶处"为哪般？

《论语·述而》记载："子在齐闻韶，三月不知肉味。"孔子闻韶处位于山东省淄博市齐都镇韶院村。民国九年《临淄县志》载：清嘉庆时，于城东枣园村掘地得古碑，上书：孔子闻韶处。后又于地中得石磬数枚，遂易村名为韶院。可惜至宣统时，古碑已无下落，本村父老恐古迹湮没无传，故于1911年另立石碑，仍刻"孔子闻韶处"。书写者为葛家庄人、庠生马庆煜。1982年，市、区政府拨款将"孔子闻韶处"碑嵌于韶院村学校内墙壁上，并增置"乐舞图"和简述孔子在齐闻韶石刻。

2023年8月22日我来拜访此处时，已接近正午时分，天气炎热，街面上只有停靠路边的汽车，没见到行人，只有路东侧白石灰打底的街墙上有用毛笔蘸墨汁于2021年9月直接书写的《孔子闻韶处碑》，向我们诉说这《韶》尽美矣，又尽善也"的故事。孔子闻韶处现位于村北，为一处规模不大的淡灰色仿古建筑，圆穹门，门内北墙正中镶嵌着一方石碑，碑上题有隶书阴文"孔子闻韶处"。石碑左右，分嵌两方略小的石碑。左为"舞乐图"：二人席地而坐，一人执管横吹；另一人居右，端坐正视，全神贯注地沉醉于美妙的艺术境界，该是孔子在欣赏音乐；下刻两个美女，长袖飘带，翩翩起舞。右边的一块为"韶乐及子在齐闻韶"简介。石刻文载：传说在中国远古虞舜时期，有一种叫《韶》的乐舞，又称《箫韶》或《韶箫》。因韶乐有九章，故亦名《九韶》，是一种非常高雅的乐舞，一种传统宫廷音乐。到春秋时期，《韶》乐在齐国仍然盛行。《离骚》"奏九歌而舞韶兮，聊假日以偷乐"，说明屈原在齐国曾受到包括听《韶》乐在内的隆重接待。

《诗》三百五篇，孔子皆弦歌之，以求合于《韶》《武》《雅》《颂》，礼乐自此可得而述。"这些记载，足可以说明，孔子不但是能一般地教授"乐"，并且精通乐理，深谙音律。那么，为什么"在齐闻《韶》"而致使"不知肉味"了呢？这个答案首先应从齐《韶》本身来寻求。《韶乐》是虞舜时歌谣，和谐之音，舜曾以其优雅华美引百鸟来贺，令战场上的苗人弃兵起舞，化干戈为玉帛。这很符合孔子追求的境界。

据史书记载，孔子在30岁、36岁和52岁时三次与齐景公相见，事实上他们见面的次数应当更多，《景公问政》知名度最高。

齐景公问政于孔子，孔子对曰："君君，臣臣，父父，子子。"

公曰："善哉！信如君不君，臣不臣，父不父，子不子，虽有粟，吾得而食诸？"

孔子贡献的"八字方针"基本上涵盖了对整个社会伦理体系的要求，是说人君要仁，人臣要敬，人子要孝，人父要慈，国人交要信。后来汉儒董仲舒借此提出"三纲五常"，促使汉武帝独尊儒术，并成为几千年封建社会沿续的道德伦理规范。当时，在鲁国动乱的状况下，孔子来齐国，意在寻求仕途、实现政治抱负。孔子先做了齐国高昭子的家臣，不久就与齐景公见了面。面对"礼崩乐坏"的大千世界，孔子希望他的价值体系能够为纷杂的春秋乱世提供良方药剂，同时齐国礼数不繁琐，思想比较开化，能顺理成章地接受他和他的施政思想。当然，这是孔子的想法。

孔子既发出"不图为乐之至于斯也"的感叹，又有"《关雎》乐而不淫，哀而不伤"的劝诫。细分析起来，当年鲁国要走"尊尊亲亲"的内圣外王之路，而齐国要走"举贤尚功"的争霸之路，齐文化与鲁文化在文化基因与文化传统上的差异，成为孔子不被齐国接纳的深层原因。试想，胸怀天下、壮志未酬的孔子难道真的在《韶》乐优美的旋律中忘记了自己的使命吗？当然不是的。但缺少史料佐证。正是"君子博学于文，约之以礼"。据记载，孔子一行也感受到齐景公前后态度的变化，加之听说齐国有大夫要对孔子下毒手，于是就匆匆逃离了齐国。"孔子之去齐，接淅而行"，孔子走得很仓促，饭都没顾上吃，只好带上没有滤干的米就上路了。所以说，即使吃得好，有音乐相伴，孔子也不可能沉湎音乐，"三月不知肉味"。只能说，焦灼的心情可能导致孔子垂头丧气、闷闷不乐，甚至苦恼忧愁，没心情辨别肉味，才有了"三月不知肉味"之说。还有一种观点，《韶》乐作为帝舜流传下来的正乐，蕴含的核心精神是王道，孔子是王道精神的忠实拥护者，因此在齐国听到《韶》乐之后，被其中的王道精神所深深吸引，而"三月不知肉味"。当时的孔子已不是王道的初学者，已有了自己的价值观念和政治抱负，既不是废寝忘食的学者，也不会醉乐丧志。当然，还可从齐文化的独立性、自主性和开放性上分析考量。

试想真正有信仰、有抱负、有志向的人，能迷恋金钱、贪恋吃喝吗？现实中，没有"铁帽子王"，也没有"丹书铁券"，为什么有些人"有权就贪""不成功便腐败",对声色犬马深度迷恋、无法自拔,忘却了头顶高悬的达摩克利斯之剑,成了权力和金钱、美色的奴隶,理想、信仰甚至连人性都荡然无存?如果有"三月不知肉味"的恒心与执着,为国操心,为民办事,为己守身,砾石也会发光,平凡也能非凡!

思想种子持续萌芽

庄子曰:"人生天地间,若白驹过隙,忽然而已。"

泰戈尔说:"天空虽然没有留下翅膀的痕迹,但我已经飞过。"

奥妙无穷的真理如天空的闪电,如自由飘舞的风,如粲然绽放的花,也如田野上质朴的庄稼,深藏着无穷无尽的精神力量。

庄严神圣的"稷下学堂"遗址,被岁月遗忘在齐国故都一隅,覆盖着历史的尘埃,寂寥无语,宽广的大地土壤湿润,大口呼吸着自由的气息,宁静而又喧嚣,喘息的空隙盈满生命符号和大地热度,胎动着萌芽的兴奋。

世间所有参天大树,都源于一粒种子的幼芽,离不开园丁的辛勤浇灌和培育。种子的寿命长短取决于植物的遗传性。不同植物种子寿命长短不一,短的仅能存活几周,只有少数植物种子的寿命超过五十年。目前得知,莲的种子寿命最长,可超过千年以上。有人用深埋地层下达千年之久的莲子,精心培育出了古莲,其长寿基因备受关注。老祖宗传了千年的思想、饱满充实的精神之种,珍藏在生命的最深处,依然吸纳温暖的阳光和大自然的清新气息,在辽阔深厚的沃土怀抱里萌发着新芽。

古老而伟大的齐文化穿越千年,不仅为淄博这座古城留下了震撼世人的文物遗迹,更将其思想和智慧世代烙印于市民的血脉之中。稷下文化如一束光,虽然光焰熄灭,但光的温度依然温暖大地和心灵。所有的人都是自己思想的产物。提升自己的思想,心灵在困惑中寻求觉悟走向超脱,才能追求上进,克服并完成某些事情,拒绝提升思想只能滞留在精神深渊和不幸命运中。一种优秀文化只有浸润于大众平常平凡的生活之中，融化到血液、基因和灵魂中去，才称得上真正的传承。

丰收的田野、繁忙的工地、奔驰的高铁、火爆的商圈、游人如织的景点……展示着社会的生机与活力。一个成熟的现代化社会，必然既充满活力又拥有良好秩序，活力和秩序统一。齐、鲁文化各有千秋。外在地看，鲁文化注重维稳守成，齐文化关注开疆拓土。从内在分析，鲁文化内核是"仁"，讲究"仁义礼智信"，侧重做人，解决的是社会有序问题；齐文化内核是"智"，"尚功""重商"，侧重做事，解决的是社会活力问题。活力是秩序的基础和前提。改革开放，就是一个社会活力不断迸发、社会秩序持续完善的伟大历史进程。生活激情、创业动力、意愿表达、参与热忱等活力因素竞相迸发，勾画着热气腾腾的热闹人间场景。

中华文明是革故鼎新、辉光日新的文明，静水流深与波澜壮阔相互交织。"苟日新、日日新、又日新"的文化基因根植于中华民族的精神血脉之中，与日俱进的创新创造，推动中华文明不断发展进步。当代中国正经历着我国历史上最为广泛而深刻的社会变革，这是人类历史上最为宏大而独特的实践创新。这种伟大变革、伟大实践需要全方位、多方面的创新和创造。实践出真知，"天行健，君子以自强不息"，时代呼唤人才辈出、顶天立地，呼唤民族自尊心、爱国心和上进心的精神支柱。

万流归宗，兼收并蓄，文脉一体。稷下学宫存世一百五十余年，在历史长河中虽是短暂的，其历史影响却是深远的。周文化以"天"为精神信仰、以"德"为价值原则、以"和"为社会行动准则的完整而协调的文化体系，是中国历史的轴心时代，为中华民族遗留下来的宝贵文化财富，依然金光闪闪。齐国创建稷下学宫的本意，是以学术自由招揽和培养人才，为争霸天下服务。那个时期产生的著名学术著作数量之庞大，在中国几千年历史上是独一无二的，没有任何一个朝代能够与之媲美。秦朝统一六国之后，设有七十员博士官制度，这个制度便是沿用了当年齐国稷下学宫的传统。编撰《吕氏春秋》的吕不韦的门客大多来自稷下学宫，助力嬴政统一六国的李斯也是荀子在稷下学宫的高徒。汉武帝即位后雄心勃勃，不甘心简单按父辈惯例治国，问董仲舒："国家应该用哪一种思想教育百姓呢？"董仲舒认为，如今我们好不容易才建成统一的大国，决不能让各种异端邪说泛滥，蛊惑人心，犯上作乱。就这样，汉武帝与董仲舒一拍即合，汉武帝遣散了其他学派的学者，不准他们著书立说，只重视以董仲舒为首的儒学，董仲舒晚年著《春秋繁露》。东汉时期的经学大师郑玄遍注古文经学，使经学的所有流派都融合在一起。董仲舒发展完善了儒家学说，并通过汉武帝使其成为封建统治者的正统思想。历史地辩证地看，这对巩固中央集权的封建国家有着重要作用。至于那些封建伦理观当然是有害的。

"收百世之阙文，采千载之遗韵。"文化是昼夜流动的活水。齐文化与鲁文化在改朝换代的风雨中不断碰撞、交流、交融、延续，最终随着国家的大一统而走向有机融合，共同成为中华优秀传统文化的主干，活着……

"欲兵不血刃而亡异族，必先毁其根基，断其传承。"中国优秀传统文化的精华和主体在齐鲁文化。山东是齐鲁文化的发祥地，山东人、山东经济社会的各个方面无不深深打上齐鲁文化的烙印，譬如山东人的传统美德和优秀人格特质，就是齐鲁文化的滋养。"齐一变，至于鲁；鲁一变，至于道"，山东受益于齐鲁文化，也受制于齐鲁文化。山东发展一路高歌，其短板和病症主要是优越的自然禀赋带来的满足、思想观念偏传统、脑筋不活泛造成的。浓眉大眼、豪爽仗义的山东大汉，说话干事认死理，尤其在事物混沌胶着时，不愿轻易出手、担心风险。

歌德说，理论是灰色的，而生命之树常青。理论是思想的结晶，理性的思维让人深刻，逻辑的论辩叫人缜密，价值的力量使人折服，体系的阐释促人严谨，能鲜活展示真的底蕴、善的温度和美的韵律。思想播种文化，文化成为精神养料，像空气，如阳光，似朝露，既能振聋发聩，又可醍醐灌顶。优秀传统文化的DNA悄悄融化在我们每个人的血液中、骨髓里，外化成独特的为人处世方式，不经意间就会展现出来。

古罗马奥古斯丁的《忏悔录》有一句名言："文字使人死，精神使人生。"齐文化是淄博这座城市的灵魂。淄博作为齐文化的发祥地，在当今这个开放包容、个性多元、互通共融的时代，经济、社会、文化、生态等各方面都取得了令人瞩目的成就。俯瞰城市繁华喧闹背景下丰富的文化禀赋，淄博一直努力抓准齐文化的命脉，探索齐文化穿越时空、润泽赋能当下、助推经济社会持续平稳发展的路子。近年来，淄博市以齐文化产业转化联盟为载体，以"齐文化＋陶琉""齐文化＋文旅""齐文化＋康养""齐文化＋餐饮""齐文化＋手造"五大板块为着力点，推动齐文化与"产、学、研、商"资源的有效整合和共享发展。为打造中华优秀传统文化"两创"标杆城市，找准齐文化融入现代生产生活的契合点，正式启动了"稷下学堂"文化项目。海岱楼钟书阁开设了"海岱讲堂"和"稷下学堂"，让齐风国韵为城市增添馥郁的书香和高品质的活力因子。自 2015 年面向领导干部及社会大众举办"稷下学堂公开课"，在重点领域开设"稷下学堂"。请热爱齐文化、热心研究和宣传齐文化的专家学者和志愿者等组成专兼职教师队伍，定期到稷下学堂授课。课前播放《韶乐》，让大众领略泱泱齐风恢宏大气的风采；课堂上，学员们以一个齐文化故事内容为例，结合现实问题展开辩论讨论，然后老师总结点评。每个淄博人都热爱自己的家乡，用老百姓听得懂的语言讲解齐文化的历史名言、故事，由近及远，深入浅出，大家乐意听。中华优秀传统文化的创造性转化和创新性发展开始在基层落地，在百姓心中扎根。

中国的稷下学宫，在雅典创办的柏拉图学园，二者各具特色，成为世界文明史上东西方辉煌的文化高峰、思想殿堂。当今世界，当下时代，人类文明的火种在闪烁，人类智慧的灯火在召唤。历史的钟摆朝向何方向，取决于人类明智的抉择。

仰望星空，无穷的真理，让人苦苦地求索和追随。伸伸懒腰，舒舒筋骨，额头冒汗，鞋底很脏，一路跨涧涉滩何等不易。流量为王的时代，娱乐的门槛越来越低，有时道德节操和理智变得一文不值。有人为了追求流量，无原则、无下限、无底线，口无遮拦，丑态百出，一些领域滋生离奇与荒诞。当令人沉迷的消遣娱乐填满生活，思维会跟着走，被牵着走，不知不觉丧失思考能力。古人品茗、听雨、抚琴、对弈、酌酒、读书、候月等雅事，已经变成拼酒、泡妞、洗脚、点歌、蹦迪、熬夜、刷手机。这些年，很忙、很累成为人生常态，许多人再也没完整地读过一本书，文化是何等悲哀，独立思考、清醒和理智更是何等稀缺。鲁迅说："愿中国青年都摆脱冷气，只是向上走，不必听自暴自弃者流的话。能做事的做事，能发声的发声。此后如竟没有炬火：我便是唯一的光。"但愿知识和思想给我们平静的生活披上神圣的盔甲，用有限的青春和生命装点我们这个伟大的时代，"雨过天青云开处，这般颜色做将来"。

文明生生不息，思想与时俱进。人类从起源、进化，到迈出启蒙、黑暗，步入知识爆炸、信息膨胀，总在选择一种更加文明和超越自我的发展道路和生存生活模式。可一直戴着传统世俗观念的枷锁和利益追逐的桎梏，仰望高远的蓝天和深邃的星辰，又显得如此苍白与无奈，渴望信仰这"千斤顶"的力量。有人对中华民族文化不自信，却对西方文化迷信。不自信束缚了自主性和创造力，迷信成了灵魂的紧箍咒和精神枷锁。文明交流正超越文明隔阂，文化文明的包容互鉴已呈现端倪，中华文化自由自在、或明或暗地延续着稷下学宫的文明火种。

从鸦片战争后，先辈开始"睁眼看世界"，到甲午战败后"吾国四千余年大梦之唤醒"，国家蒙辱、人民蒙难、文明蒙尘，中华民族遭受了前所未有的屈辱和磨难，直接面临"亡国灭种"的危险。无论是沉沦还是觉醒，无论是"救亡"还是"启蒙"，无论是求索还是笃定，中华传统文化的价值是相伴相随的一个关键性问题。1945年，毛泽东同志在党的七大预备会议上引用《庄子》里的话说："'其作始也简，其将毕也必巨。'现在我们还没有'毕'，已经很大。"《史记》有言："千人之诺诺，不如一士之谔谔。"一群在暗夜中找寻曙光的人、最早的觉醒者，高举起马克思主义的火把，点燃中国人思想的火种，中华传统文化的优秀因子，吸收先进思想的营养，在古老的中国大地上一萌芽就迸发出超常的生命力，实现了优秀传统基因与先进文化的融合，绽放出新的时代光彩。2014年9月，习近平总书记在庆祝中国人民政治协商会议成立六十五周年大会上引用《管子·九守》的话说："以天下之目视，则无不见也；以天下之耳听，则无不闻也；以天下之心虑，则无不知也。"寥寥数语，讲出了开言路、广视听的重大意义。

任何一个大国的崛起，都不仅伴随经济的强盛，而且伴随文化的昌盛。恩格斯在《反杜林论》旧序中指出："一个民族想要站在科学的最高峰，就一刻也不能没有理论思维。"齐国之所以成为战国七雄之冠，一领各国风骚，一个重要原因是得益于稷下学宫一百五十余年的存在，得益于占领了思想理论的制高点。将近代中国的落后，归咎于陈旧的传统文化，积怨于文化根脉，显然是片面的，虽然消除了极致的慵懒，也淹埋了精美的妩媚。任何文化传统，必定与特定历史阶段的社会氛围、环境相依存，有生命力的文化必定与时代和民心同步。中华民族的复兴，最终的决定力量是文化的契机与繁荣。

中华民族文脉昌盛，滋养中华大地。中华民族的优秀子孙承继祖宗的宝贵文化遗产，坚守"魂脉"与"根脉"，"百家争鸣、百花齐放""古为今用、洋为中用"，取其精华、去其糟粕，在继承中创新、在创新中发展，建设中华民族共有共享的美好精神家园。任何一个民族、任何一个国家的成长进步，都需要发掘悠长时空隧道里的基因密码和"活化"精神，推进理论和思想的创新，善于用思想之花、理论之器，提升精神境界，占据思想制高点。"内部讨论无禁区、对外宣传有纪律"，这既理性，又实用。如何在新的时代条件下深入挖掘齐文化、推动中华优秀传统文化创造性转化和创新性发展确实是个大问题。当前，百年变局加速演进，国际形势风云变幻，世界日益成为一个"地球村"，不同文化的交流、交融、交锋比以往任何时候都更加频繁和尖锐。面对全球性风险挑战，需要各国兼容并蓄、开放包容，各种文明交流互鉴、共同发展，打破不同文明间的隔阂，美美与共、和合共生，共同营造平等尊重、多元共生的新型全球文化文明的生态体系。

哲学家叔本华说："只有具备独一无二的思想，才能真正具有真理和生命。"推动中国式现代化波澜壮阔的生动实践，实现中华民族伟大复兴这个近代以来最伟大的梦想，更离不开科学理论的指导。瞄准现代化强国和民族复兴的目标，从西方踏上中国大地的马克思主义，在"两个结合"的大熔炉里迸发出思想的崭新光芒，展示火热的真理之美、精神之美和思想之美，照耀光明的未来坦途。

"吹灭读书灯，心头皆是月。"长夜里，渴望"天地与我并生，万物与我为一"的潜心读书人，忽然抬起头，摘下眼镜，将烛火吹灭，揉揉干涩的双眼，惊讶地发现窗外的月色透过窗棂，温柔地洒落室内地面上。图书，读书，心灵，自然，各带着人格与光辉，跳动在岁月的律波之上。

信息化时代，手机成为每个人须臾不离的生活伴侣。2023年8月29日，华为Mate60Pro猝然亮相，世界惊呼。任正非泄密说：培植土壤和宽容的环境，让大家畅所欲言，"炸开"思想，让优秀人才涌现，英雄辈出。华为是知识型、学习型的企业，任正非是位幽默、睿智、可敬可爱的老人，却是个商业思想家、思想企业家。由此看来，"头脑风暴"是激发灵感、创意和绝处求生的好办法。

无论是花草树林，还是作为高级动物的人，只要脚踏大地，向深处扎根，向高处生长，必有自己的风景与天地！

"黄河之水天上来，奔流到海不复回。"思想的力量如同这黄河之水，源远流长。2023年秋，各学校新学期陆续开学。幽静的深夜，我梦见齐文化的种子再一次觉醒发芽，稷下学宫如一朵朝霞为瓣的鲜花绽放如初，白首黄童的弟子们满腹经纶，手握书卷，壮志凌云，面带笑容涌出宫门，奔向四面八方，鲜花一样开放，芳香扑鼻……

第三章

"陶琉之乡"火正红

"中国"和"瓷器"在英文中是一个词"china"。没有人类，地球会黯然失色；没有瓷器，人类也缺少生活美感。宋金时期，淄博窑在制瓷工艺技术上达到新的高度与成就，近代淄博陶瓷的标志是平民化、生活化道路。淄博陶瓷业正逐步走上国际陶瓷舞台中央，成为一张"中国文化名片"。

轻轻翻开人类历史的壮阔画卷，大地、山峦、河流、海湾无不记录着前行的艰难与尊严。

　　"中国"和"瓷器"，在英文中是一个词"china"。这说明欧洲人认识中国是和瓷器联系在一起的。我国的瓷器从 15 世纪传入欧洲，成为最早的文明使者。1602—1682 年间，仅荷兰东印度公司贩运的中国瓷器就有 1600 多万件。瓷器以千姿百态的形状和优雅精美的品质，打开西方国家认识中国的窗口。

　　"玲珑剔透万般好，静中见动风景来。"淄博地区制陶历史悠久，被誉为中国五大瓷都之一。大约从八千年前的后李文化时期开始一直到今天，烧制陶瓷的烟火就从未中断，这在国内各陶瓷产区亦是少见。淄博被誉为"陶琉之乡"，成为泱泱齐文化和人类陶瓷发展史的重要标志。

窑火赤热

　　中国是举世闻名的陶瓷古国，陶器更是我国伟大的发明创造。陶的起源大约发生在 1 万多年前，淄博是发现使用陶器最早的地区之一。我国有舜陶于河滨、女娲炼石补天等优美神话传说，淄博供奉舜帝的窑神庙与供奉女娲的炉神庙，见证着历史铿锵的脚步和陶火熊熊的岁月。窑神庙门上刻有一副对联："范金合土，陶铸五行补造化；食德饮和，俎豆千载拜冕旒。"

　　我这个年纪的农村孩子，小时候大都玩过用黄泥巴摔泥碗儿的游戏。雨过天晴，在大柳树下，在屋山头的阴凉地，一帮光屁股或只穿个小裤衩的男孩子，怀抱一大块不软不硬的泥巴围在一起，大呼小叫地忙着整泥碗儿摔泥碗儿，比比谁摔得响，常引来大人和孩子们围观。随着"嘭"的一声，泥碗儿的底鼓开或大或小的泥窟窿，惹来一阵笑声。其实那泥碗儿，如果放火里烧，也就是陶制品。

土、水、火，三者的欢歌诞生了陶。古代建窑场的主要条件是依山傍水，因为山有柴草可烧，有土石可选，有水可用。交通运输等问题次之。是土的厚重、水的柔情与火的热烈性融合塑造出新的生命——陶，陶的生产需经选土、注水捏泥、黏土制坯、拉坯修形、上釉、装窑、封窑、点火、烧制、出窑等多个工序。我们的祖先在大约八千年前的新石器时代便烧制了陶器，应当说，是在劳动中，偶然的发现与发明。《吕氏春秋》曰："黄帝有陶正，昆吾作陶。"《通鉴外纪》记载："黄帝方宁封为陶正，以利器用。"我们的先祖认识了火，懂得用火烤食物吃，但还没有锅碗瓢盆这类工具，只能把食物用火烤熟后用手抓着吃。口渴了，只能趴在河边喝水，或用手捧水喝。相传轩辕黄帝时，在四川青城山修道的宁封子在河边生火烤鱼，不小心把鱼烤煳了，他很生气，索性拿起剩下的几条鱼，用泥土糊住扔进柴火里。后来拿起糊鱼的泥外壳一敲，还当当作响。他端着这个泥壳走到水边，装满河水，发现这个干泥壳竟然不漏水，人类历史上的第一个陶器就这样在无意中被烧制成功了。陶器的出现，大大解决了人类盛饭、喝水的困难。黄帝正在为老弱病残等人饮水而发愁，听到宁封子的这个创造非常高兴，便令宁封子任"陶正"，专门带人尝试研制陶器。因而，宁封子也被后人奉为"陶圣"或"陶神"。

《古史考》曰："黄帝时有釜、甑（zèng）。"民以食为天，用今天的眼光看这两件器物，釜就是锅，甑是底部有许多小孔，放在锅上蒸食的炊具，类似蒸笼。陶器的发明，是人类最早通过物理变化和化学反应使物体的本身发生质变的一种创造性活动，推动人类社会从"蒙昧时代"进入"蛮荒时代"，开始文明的启蒙。人类从此开始对水、土、火等综合认识和把握，这对远古人们的生产、生活及社会组织、社会结构产生了深刻影响。

淄博地区较早开始陶瓷的加工生产。临淄赵家徐姚遗址最新考古发现，约 1.32 万年前已出现陶器。距今约 1 万年左右，齐人已掌握比较成熟的制陶技术。在新石器时代早期的大汶口文化时期，境内就有先民开始抟土制器，掘地筑窑，焚柴而陶。

公元前 1046 年，姜子牙辅佐周武王灭商后，被封国建齐。齐从立国之初就"崇商重工"。姜太公曾把大工、大农、大商称为"国之三宝"。齐国设"陶正"官专门管理陶器生产，并在齐都城内设立制陶作坊，从事陶器的专业化生产。中国古代第一部手工艺技术汇编《考工记》就诞生于齐国。书中记述了甗、盆、甑、鬲和庾五种陶器的容量和主要尺寸，对甑"七穿"这一形制特点，亦有交代；记述了两种瓦器簋和豆的容量和主要尺寸；并指出陶人和瓬人制作的次品不能进入官市交易，进而介绍了制陶工具"脈"的主要尺寸，提出了"器中脈、豆中县（悬）"的技术要求。兴盛的制陶业，助力了齐国渔盐冶铁、称霸诸侯。

古代制盐，一般用深腹陶器将海边滩涂下的卤水煮沸，加入凝固物质结晶而成。制盐业对煮盐用的陶制工具需求激增，淄博制陶业日渐繁荣。周王朝设置司工、陶正、车正、工正等官职，对各种手工业实施专管，其中"陶正"这一官职就是为管理制陶业而设置的。齐国作为周王朝的属国，效法周制设立了"陶正"。齐国还设有官办制陶作坊，专门生产宫廷使用的陶器，实为早期"官窑"。

齐国将盐卖给"梁（魏）、赵、宋、卫、濮阳"等无盐之国，首开"矿、盐生产官营"先例。陶器又是储盐和贩盐再好不过的容器，生产和贩运盐需要大量陶器，因而齐国渐渐发展成为我国北方重要的陶瓷生产基地。发达的制陶业与渔盐冶铁业互为支撑，"天下之商贾归齐若流水"。

魏晋南北朝时期，社会长期处于分裂割据状态。自西晋至北魏统一中国北部期间，北瓷几乎处于停顿状态。淄博完成了由陶向瓷的过渡。《中国陶瓷史》记载，山东省淄博寨里窑是目前已知的北方青瓷的唯一产地。官窑在经济上不惜工本，在技术上精益求精，这在一定程度上促进了北方瓷器发展。另一方面，官窑具有垄断性、排他性，官窑的瓷器、技术、原材料等严禁民间使用，因而许多民窑不得不停产或改烧其他品种，这无疑对北方瓷器的发展又起了阻碍作用。

唐宋时期，陶瓷烧造技艺日趋精进，器类齐全，地方特色更加鲜明，雨点釉、茶叶末釉、兔毫釉、铁绣花釉和绞胎瓷、白底黑花瓷等独树一帜。

明清时期，淄博形成了以淄川、博山为代表的陶瓷生产基地和产品销售中心，以寨里窑、磁村窑、博山窑为代表的淄博窑成为古瓷名窑。

淄博市博山区颜神古镇至今保存着13座古窑。走进古镇，千年古窑静静浮现眼前，穿越深邃厚重的青石巷，烧痕斑驳的匣钵墙传递出当年窑民生活的细节。据史籍记载，明清时期，这里有圆窑170余座，规模傲居博山六大窑场之首，烧制出的雨点釉、茶叶末釉等名瓷蜚声海内外。作为淄博陶瓷的主要发祥地之一，颜神镇有"中国陶瓷古窑村"的称号。新中国成立后，全国最大的陶瓷厂山东博山陶瓷厂诞生于此，这里几乎家家户户都烧窑制陶，为人们日用生活提供了数不清的陶瓷制品。

瓷器的前身是陶器，釉陶是瓷器产生的基础。唐代时，淄博的另一个窑口磁村窑异军突起，开始烧造各种瓷器。

宋代以文立国、重文轻武，皇权得到一定束缚，中国瓷器业也步入百花争艳的年代，磁村窑也在宋金时期迎来了它的顶峰时刻。当时陶瓷业分化为官窑、民窑。淄博陶瓷业因受本地原料限制，遭到官窑拒绝。但生产的粗瓷，受到了老百姓的欢迎。这一时期，磁村窑的烧造规模日益扩大、品种快速增加，影响力也不断提高。磁村周边的博山大街、八陡、山头、坡地和西河以及周边地区等深受影响，大量烧造各类瓷器。淄博地区窑业呈现出爆发式发展，窑火更旺。

元末，淄博地区处于战乱之中，民不聊生，陶瓷业遭到了严重破坏，著名的磁村窑一蹶不振。明天启年间，西河窑场有大小窑百余座，成为名噪一时的陶瓷产地。"窑业空前繁荣，四方商贩辐至。"

清代前期和中期，博山已成为淄博陶瓷的集中产地和销售中心，"陶者以千数，以"瓷城"遐迩闻名。乾隆时期，淄博地区窑业又进入了一个兴盛期。当时博山的福山、八陡、窑广、北岭等处窑业兴隆，淄川渭头河窑等也相继兴起，产品各有特色，争奇斗艳。"其利民不下于江右之景德镇矣。"

博山颜神古镇有13座古窑和成片的明清古建筑群落，古砖青瓦，掩藏着岁月的痕迹。在陶瓷体验馆，可做一件自己独创的陶瓷小物件，也可与朋友在由牛角窑改造的小酒吧中相聚，远离尘世间的喧嚣与浮华，享受微醺的清闲。

陶的坯体结构疏松，断面粗糙，敲击声音低沉。瓷的坯体结构致密，断面致密如贝壳状，敲击声音清脆。因受地理环境制约，淄博制作陶瓷用的原材料远不如南方景德镇等地精良，淄博陶瓷业扬长避短，自强不息，发展势头良好。

瓷器是中国文明史上的重要物件。陶也好，瓷也好，都需要通过窑定型呈现。"馒头窑"是当时烧制陶瓷的主要设备，窑外形呈馒头状，横切面有圆形、椭圆形等。据考证，这种窑出现于战国至秦汉时期，到宋代时，窑的结构分窑室、窑门、通道、火膛、窑床、烟囱六部分，历经元、明、清，无显著改进，新中国成立初还在沿用。不熄的窑火为我们带来了方便实用、数不尽的瓶罐碗碟，也折射出齐鲁地域文化特色和淄博瓷业的辉煌。

放到滚滚历史长河中来观察和权衡，淄博窑有两个较为繁盛的时期，即宋金时期和近代。宋金时期，淄博窑在制瓷工艺技术上达到新的高度与成就，近代淄博陶瓷的标志是平民化、生活化道路，"飞入寻常百姓家"。大量窑、瓷产品换来了丰富的物资，富庶了一方百姓，也为人类陶瓷事业做出了贡献。

淄博古陶瓷虽然不够雍容华贵，但艺术价值毫不逊色，许多器物上的图案或写实，或抽象，呈现粗犷、美观、大方的特色，思想内涵丰富，大都反映民众对美好生活的追求与向往。譬如青花大鱼盘，工匠的寥寥几笔，一气呵成，一条活灵活现的大鲤鱼跃然盘内，画面夸张而秀美。

凤凰是中国古代吉祥物的象征。传说，天方国有一对神鸟，雄为凤，雌为凰。满500岁后，集香木自焚，高达10米的烈焰从山顶喷薄而出，焰瀑飞流直下，在水与火的交融中，凤在歌鸣，凰在和弦，最后复而重生，演绎着一个流传千古的美丽传说。这就是"凤凰涅槃、浴火重生"的故事。

这个流传千古的美丽故事，告诉我们一个道理：只有在肉体经受巨大的痛苦后，才能获得重生，寓意不畏痛苦、义无反顾、不懈追求、自我革命的执着精神。郭沫若诗歌《凤凰涅槃》中"我们欢唱，我们翱翔／我们翱翔，我们欢唱"，热情洋溢的正是强烈的爱国激情和狂飙突进的时代精神。

"夷，东方之人也。"夷分为莱夷、东夷和淮夷。东夷支族众多，分布范围极广，西接中原，南到淮河流域，北到黄河下游，向东则越过大海，直到辽东，主要分布在山东东部地区。以鸟为图腾，源于蚩尤，即东夷的首领。东夷族各部落主要以龙、蛇、凤、鸟、太阳为图腾，以鸟类图腾居多，象征吉祥的凤凰更是受推崇。我们的东夷早在春秋时代就有了，称日本为东夷是唐以后的事。东夷族的后人向往居住在一个美丽而又幸福的地方，自然愿意把自己的家乡与凤凰连接起来。山东遍地是凤凰山、凤凰岭，许多城市还在打造"凤凰城"品牌。思想观念和产业、产品在悄悄凤凰涅槃。

凝望陶窑里古老而年轻的火焰，感觉土在旋转，水在回溯，烈焰更纯粹与完美，平凡之物脱胎换骨为陶的坚硬与深邃。陶瓷的花纹分明是典雅与神秘、变幻与静止、瞬间与永恒的波动与凝固，淬火涅槃的造型与质地呈现着东方神韵。

近代涅槃

提及淄博，人们首先想到淄博是一座"工业城市"。

淄博位于黄河下游，海岱之间，具有丰富煤炭和陶土资源，是鲁中地区交通枢纽，有广泛而深厚的产业基础和勤奋智慧的人民。可以说，具备陶瓷生产和发展的原料、燃料、交通、人力等所有必备条件。

到了近代，博山更是成为整个中国举足轻重的工业重镇。德国地理学家、地质学家、"丝绸之路"一词提出者斐迪南·李希霍芬所著《中国旅行报告书》这样描述："（博山）是我迄今看到的工业最发达的一座城市。所有的人都在劳动，都有活干。这个城市有着众口皆碑的工业城镇的声誉。这里的优质煤蕴藏在景色美丽的地方，这些煤很早就用于各个工厂，而这些工厂都有数百年的历史了……"

19世纪末，帝国主义国家掀起瓜分中国的狂潮。1898年，德国与清政府签订《胶澳租借条约》，强行霸占了胶州湾。1899年，德国为了方便掠夺资源修筑了胶济铁路，1904年建成通车。元末明初，淄博窑的烧造中心转移到了博山一带。淄川磁村、坡地、西河等窑业相继衰落，博山八陡、窑广、北岭、万山等逐渐成为淄博地区窑业的中心。

淄博古代制陶的窑炉一直沿用馒头窑，这是北方地区一大特色。目前，现存的古代馒头窑在淄博境内已屈指可数。博山山头镇被称为炉火千年不绝的古陶镇，是陶瓷琉璃的故乡，中国五大瓷区之一。走在村中，你会发现满眼尽是古窑址和古民居。新中国成立前，山头私营窑场和圆窑星罗棋布，一座座老窑烧出了百姓的日常用品，大到水缸粮缸，小到锅碗瓢盆。到了20世纪中叶，随着社会的发展和陶瓷产品的不断更新，各种窑的产生和改进，那些古圆窑也完成了使命，逐渐退出历史舞台。走在这些山村弯弯曲曲的石板路上，满眼尽是古窑，到处是利用烧制陶瓷废弃的陶片、陶罐、陶瓮、匣钵垒成的墙体，可谓独具"陶"色。行走其间，自己仿佛穿越了上千年的时光隧道，回到了久远的陶瓷年代。与沉默不语的老窑凝视，与老窑工们敞开心扉交谈，仿佛是在与熊熊燃烧的炉火对视，问询历史沧桑记忆和曾经的奥秘。

走着，看着，听着，问着，时时被那传奇般的陶瓷历史以及独特的陶瓷文化、风土人情感动着。那天，我走进一座俗称"馒头窑"的古陶窑，窑里光线差，但比较凉爽，周围全用青砖垒砌，密密麻麻、层层叠叠的，一层层旋转向上，圆圆的窑口逐步缩小变细，望见蓝天的顶口已经很小了。窑壁上黑色的"窑花"，油光光的，仔细看若微型的山峦和茂密的森林，跌宕起伏，波澜壮阔，堪称奇观。

据说，辉煌时期，淄博市淄川区龙泉镇这一个镇的馒头窑就曾经有上百座。"牛拉碾，驴打场，成形手拉坯，干燥靠太阳，一座小圆窑，几间小草房。"这几句歌谣就是当时窑工生活的真实写照。那天，我来到了淄川区渭头河古窑遗址，见到了渭头河古窑址负责人、民营企业家、淄博兴利陶瓷有限公司掌门人司惟利先生，他刚过60岁，身材魁梧，沉稳干练，是在陶瓷窝里长大的，讲起陶瓷真是头头是道。这里是一个挺大的院落，东南侧的古窑裸露出半个窑身，坯、砖垒砌，窑囱、窑膛、窑顶清晰可见，窑壁一两米厚。最吸引我的是那个石头碾盘，碾砣一人多高，它在静静坚守着这没被风化的历史佐证。这碾盘周长20米，直径6米，青石的碾沟也有半米宽。碾旁有水井，碾盘略低处是很大的沉浮池和晾泥池。据86岁的王贞文老人回忆：20世纪初，这个院落建有3个馒头窑，当时用4头牛同时拉碾，将碾砣拉动，进行研磨，然后再经过泥浆池、晾泥池进行沉淀、晾晒。那时这里的工人很多，老牛拉碾属于半机械化，减少了人工，后来建起了大碾室，有了球磨机，机械化程度越来越高，地碾也就被荒废了。老人在窑前拿着陶片说："我听我爷爷说，他小时候就经常在这里玩，这个窑当时就是这个样。你看，建窑的衬料用的都是陶片，看那时制作的碗、碟、杯、盏、罐子等陶瓷比现在薄多了。"走入馒头窑内，能看到馒头窑依然坚固，上部已长出了茂盛的青草和绿树。

司惟利介绍说，2012年3月，本来是对部分工业场地及旧厂房进行清理和改扩建，建设"陶瓷文化创意园"的，当挖掘机清理垃圾浮土时，发现了碾料用的地碾，还有很多用古老的陶土制作的陶片，周围还有两座完好的馒头窑。身为窑工后代的他，意识到这可能是珍贵文物，便当即停工，向文物部门报告。这一报告可不得了，沉睡千年的渭头河古窑遗址露出冰山一角，为研究淄博制瓷业的发展历史和陶瓷文化保存了重要实体物证。许多专家看了以后赞叹："震撼""震惊""兴奋"。司惟利高兴地说："没想到运走了垃圾，露出的却是比财宝贵重的文物和文化！"

渭头河村，因制陶建村，其实由渭一村、渭二村两个自然村构成。村里的大多数人都是陶瓷世家，2014年时村里做过统计，渭二村户口本上的姓氏有96个，加上渭一村，姓氏近110个。渭头河有张、司、孙三大姓,另有王、李、刘、陈、杨、姜、冯、徐、辛、胡、郭、孟、高、苗、孔、吴、郑、梁、谢、邢、董、门、宋、唐、朱、许、邓、韩、闫、田、黄、周等多个姓氏,可见村庄不大,但村民来自天南地北,各有神通。这几年,司惟利为保护古窑遗址费了不少心血,挖掘出古商道玉石街,修复窑神庙,建起中国独有的大缸博物馆等。"每年光割草整理卫生也得支出6到7万元,这10年搞古窑遗址保护不但少赚上千万元,而且还投入了近千万元。"司惟利感慨地说,"我自己觉得:这古窑址、古遗址是上天赐给我的,必须挖掘好、保护好,这样才对得起国家,对得起祖宗,对得起子孙,一个字'值'!"眼下这家民营企业配合文物部门,本着"宁愿慢,不能烂"的原则,正在打造中国唯一、完整的古陶瓷工艺流程的古窑址、古遗址,从原料、燃料、泥料、车间制作,到烘干晾晒、装窑、烧成、出窑、商道运输等全链条,努力从"大文化"的角度创建遗址公园园区。

是啊,淄博陶瓷的兴盛和发展得益于一代代淄博人的拼搏奋斗,特别是历代普通窑工和家人的奉献。

光绪三十一年(1905年),在"戊戌变法"和"洋务派"实业救国呼声的影响下,时任山东工艺局局长黄华在博山主持创办了山东省第一个官办窑厂,名为"博山陶瓷工艺传习所"。当时,黄华委托古董商王子久研究改良当地瓷器,"半沿土法,半用新法",还从景德镇聘请多名制瓷工人传授技艺。从此,博山掌握了利用当地原料生产日用细瓷的工艺,使"出品精细光亮几与江西货埒(liè)"。到1924年因亏损过多,被迫停办。

因为瓷器贵重且易碎,自清代就出现"碰瓷"现象。指有的纨绔子弟抱着个不值钱的瓷瓶在大街上故意擦碰路人或车辆,把瓷瓶摔碎,然后露出身上的红带子黄带子,赖对方撞到了他,并称这瓷器是祖传的古董,讹对方赔钱,属讹诈行为。进入21世纪,我们身边时常有不断翻新的"碰瓷"花样,引发了道德的叩问。社会正在修复爱心与热心,拾起人与人之间的信任。

19世纪末20世纪初,列强侵华行径进一步加剧,掀起瓜分狂潮,中国完全沦为半殖民地半封建社会,民族危机空前加重。德、日帝国主义列强先后侵入山东，在淄博开矿山、建工厂、筑铁路，疯狂掠夺矿产资源，榨取人民的血汗。第一次世界大战结束后，在瓜分战败国利益的巴黎和会上，西方列强将战败国德国在山东的权益转交给日本，并列入对德和约。由此，点燃了轰轰烈烈的"五四"爱国运动这把火焰。而"五四"爱国运动使中国工人阶级第一次登上政治舞台，为中国共产党的诞生创造了条件。中国革命的"星星之火"，从此燎原中华大地。

具有庞大产业工人队伍的淄博矿区成为党播撒革命火种的肥沃土壤。1921年春，济南共产党早期组织建立后，其代表人物王尽美、邓恩铭便派人到淄川、博山一带的矿区发动工人运动。同年4月，王尽美又派人到博山沙子顶煤井秘密传播马克思主义，散发济南共产党早期刊物《劳动周刊》，很快，马克思主义的火种在淄博大地上悄然蔓延。1925年6月25日，在王尽美的指导下，淄博矿区工人代表250余人，在洪山镇马家庄机器图算学校院内召开矿业工会发起会，成立了山东矿业工会淄博部。7月9日，王尽美在《山东劳动周刊》第1号发表《矿业工会淄博部开发起会志盛》一文，称赞矿业工会淄博部的成立是"中国劳动运动中之曙光""山东劳动界中空前之盛举"。

在抗日战争和解放战争中，淄博工矿区成为支援革命的"大后勤"，供应火药、煤炭、机床、兵工武器等战略物资。工人们纷纷参军作战，或组成民工队支援前线。

新中国成立前夕，由于战乱，淄博陶瓷业发展处于低谷，因"洋瓷厂"的充斥，淄博陶瓷业萎靡不振。到1947年年底，除淄博有窑厂生产外，其他地区大都停产。1948年，淄博市淄川区渭头河一带有顺和、德圣、三亩园、新生、福兴、西信、大成等20多家窑场，有缸窑、盆窑、碗窑44座。

新中国成立后，淄博陶瓷业快速发展。1954年在昆仑建成了山东淄博瓷窑厂（国营企业），1957年更名为山东淄博瓷厂，其规模是当时亚洲最大的，共有职工5000余人。当年生产苏式碗23.5万件，出口叙利亚、印尼等多个国家，也是山东日用细瓷第一次出口。1956年，对资本主义工商业的社会主义改造进入高潮，个体陶瓷手工业者纷纷加入合作社，相继诞生了山东博山陶瓷厂（国营企业）等一批陶瓷企业。经过生产恢复、社会主义改造、广泛开展技术革新，淄博陶瓷工业获得新生。境内陶瓷生产此起彼伏，高潮迭出，声名远播。后又因遭国际封锁和十年浩劫，陶瓷行业生存遇到诸多困难。改革开放的火焰从农村点燃，也烧旺了淄博陶瓷业，迎来陶瓷、琉璃并行发展的春天。

20世纪70年代的博山陶瓷厂，研制建成国内第一条日用陶瓷煤烧隧道窑，实现了陶瓷窑炉历史性重大变革；有5000余名职工，年产日用陶瓷9000多万件，是我国当时最大的陶瓷企业。但由于产量大、效益低，有规模、没品质，淄博陶瓷企业一直在低端瓷器行业中摸索徘徊。

改革开放拉开了企业改革和体制机制创新的帷幕，也加快企业技术创新的步伐，淄博陶瓷琉璃工艺和产业迎来新的蝶变。淄博陶瓷工匠奋力攻关，创制的滑石瓷、鲁玉瓷、高石英瓷、鲁光瓷、人工合成骨质瓷，俗称"五朵金花"，惊艳陶瓷界，尤其是高石英瓷获国家创造发明奖和国际发明博览会金奖。1982年春，山东淄博瓷厂青年李梓源在西德慕尼黑第34届手工艺品国际博览会上作刻瓷表演，他的鲁青瓷五头文具荣获金奖。这也是新中国成立以来，中国陶瓷艺术品在国际上获得的首枚金牌。他有100多件作品作为国家礼品赠予外国元首和友好人士，为国家争得了荣誉，赢得业内人士的赞誉。

20世纪80年代，"博山美术琉璃厂"建立，淄博琉璃开始走上更高层次，套料雕刻、吹制、灯工、脱蜡铸造、"鲁派"内画等几十种工艺，在淄博琉璃不灭的炉火中代代相传。

琉璃，又称瑠璃，起源于西周，繁盛于战国至汉朝时期。它是以矿物质为主要原料，经过高温烧制而成的瑰丽饰品。琉璃的颜色多种多样，古人也叫它"五色石"。琉璃产品制作工艺相当复杂，世上没有两件一模一样的琉璃产品。古代，琉璃被皇室贵族所独享，其价值堪比黄金，被誉为"人间瑰宝"。如今，琉璃走进了寻常百姓家。越来越多的琉璃制品出现在市场上，如琉璃首饰、摆件、工艺品等，成为人们品味生活、赠送亲朋的佳品。琉璃以它丰富的色彩、细腻的质感、晶莹的光泽，传递美好与温暖，深受百姓喜爱。在中国，琉璃的起源一直是学术界悬而未决的问题。1982 年，博山曾经发生过一件轰动全国的考古事件，那就是在博山第一百货大楼基建工地发现的元末明初的琉璃作坊遗址，经专家论证，为国内已发现的最早的古琉璃窑炉遗址。仅一次发掘就发现大型炉 1 座、小型炉 21 座，足可推断当时颜神镇琉璃业的生产规模。博山籍人士孙廷铨，生长在琉璃世家，清代"为帝者师"。他著有《颜山杂记》，尤其是《物产》篇中《琉璃》一节，是我国最早出现的系统、全面而准确记述琉璃生产工艺技术的文献资料，是 17 世纪产生于颜神镇的一部"琉璃工艺学"。淄博市博物馆于加方在《淄博元末明初玻璃作坊遗址》一文中记载："博山生产玻璃（当地俗称琉璃）已有很久的历史，文献资料中有很多这方面的记载。明嘉靖《青州府志》记载，颜神镇出产各种玻璃成珠、穿灯屏、棋局、帐钩、枕顶等。另据成书于清康熙四年的《颜山杂记》和康熙年间重刻本《重修颜山孙氏家谱序》记载，颜神镇望族孙氏为玻璃世家，自明代洪武初年从枣强辗转迁来颜神镇，即入内宫匠籍，'应内宫监青廉，造珠灯、珠帘，供用内廷'。'吾家自洪武垛籍所领内官青廉世业也。'"博山还有一座在全国建立最早也是唯一的炉神庙。博山是不是我国琉璃发源地，还需进一步考证和确认。

世界琉璃看中国，中国琉璃看淄博。博山琉璃经过 1000 多年的历史，传承下来胭脂红、松石绿、松石橘等多种名贵色料。在 1000 多度的高温炉中，原料瞬间熔化成炽热的液体。匠人手执铁管，从炉中挑料，施以吹、塑、展、粘、捻、拉等技术，琉璃慢慢成形……琉璃是"火的艺术""火上的舞蹈"，更是匠人匠心、灵魂与思绪的艺术。这传统的工艺，如何传承接力，同时面临新考验。

"两岸猿声啼不住，轻舟已过万重山。"全球首个"窑炉数字大脑"落户淄博。回望百年历程，淄博陶琉的传承创新之路，正是淄博转型重生的生动缩影。

中央电视台春节联欢晚会重视展示中国青花瓷元素的创造性转化成果。2008 年，周杰伦放歌《青花瓷》，2015 年更将杂技《青花瓷》搬上舞台。淄博汉青国瓷出品的《江山如画》，以"传统文化、当代表达"的理念，将青、绿呈现在瓷器上，获得了业界高度认可。现代技术带来了材质创新，再加上文化创意革新，新材质焕发出新质生产力、更大生命力。结合现代科技和审美情趣，华青瓷被制作成文具、啤酒具、茶壶、奖杯等，无铅瓷、抗菌瓷、骨质瓷等一批拥有自主知识产权的发明专利，让"皇家用瓷"、健康陶瓷进入寻常百姓家，成为美好生活品质的"容器"和装饰。

陶琉一旦诞生，"化蝶"成形，就跨入生命永恒。

"中国文化名片"

一壶一盏，一品一器，装的都是乾坤。

我国经济步入高质量发展的轨道，人民生活水平和生活品质在提高，陶瓷产品已从过去纯粹的实用器物中走了出来，与友人同饮共叙，装饰生存空间，彰显独特的审美品位，日益成为高端必需品。

在淄博市"淄博陶瓷琉璃博物馆"，珍藏着一件被专家定为国家一级文物的"青釉莲花瓷尊"，这是产自于淄川寨里大张古瓷窑址的国宝。

淄博"烧制"出温度之城，并不断燃烧升温的"柴火"，使得淄博本地人依恋城市，外地人惦念城市，让人情迷淄博，心向往之。曾在竞争中佝偻踌躇的匠人，曾在风雨中飘摇零落的瓷艺，在淄博人的创新开拓之下，重回世界之巅，重振中国雄风！

从古陶器、古瓷器，到当代陶瓷的名贵釉种、日用陶瓷和艺术陶瓷……淄博瓷正以新的瓷质、新的色彩、新的形体和装饰构成独特的风格和神韵，成为中国陶瓷艺术花园中的一朵奇葩！

随着陶瓷生产工艺升级，传统的手工制瓷正在走向机械化生产，现代陶瓷窑炉技术极大提高了窑炉的能源利用率，科技的力量赋予了陶瓷新的底色。

从柴窑、炭窑、煤窑，到气窑、电窑，再到时尚的智能窑炉，瓷器烧制的变迁见证着淄博陶瓷从传统粗放向绿色、创新的蝶变转型。传统制瓷，窑炉温度、进氧量等全靠师傅凭经验控制，智能化窑炉可以全部由 App 控制。只需设定好升温曲线，之后一切自动化完成。

"名瓷名窑出江南"。受限于自然条件，我国北方地区少有优质高岭土，烧造出来的陶瓷品质上难以与南方地区瓷器抗衡。但是，淄博陶瓷依靠创新材质和文化创意异军突起。

淄博依托陶瓷产业，还衍生出刻瓷、拓彩、瓷画等多个产业。从人们日常生活所需的日用瓷，到健康环保的天然矿物质瓷、抗菌陶瓷、无铅陶瓷等，淄博陶瓷业正走上国际陶瓷舞台的中央，成为一张"中国文化名片"。

华光陶瓷生产的"华青瓷柳叶瓶""和谐五洲壶""和谐 2007 茶咖具"等产品先后被英国皇室、中国国家博物馆、芝加哥富地博物馆、澳大利亚国立美术馆等收藏；硅元陶瓷生产的"中华龙国宴餐具""龙马精神 APEC 茶具"等产品先后被国家博物馆收藏；汉青陶瓷生产的"国色天香"被中国陶瓷馆永久收藏。

譬如这"华青瓷"，就是通过烧制过程中的窑变所形成的结晶体使釉色温润，以青为本色，兼有天蓝、天青、粉青及葱绿等，由内而外散发出来，传承和创新了中国传统陶瓷的"尚青"文化。

精美的陶瓷产品都出自工匠之手。2015 年 3 月 4 日，《人民政协报》一版报道全国政协会议开幕的消息，当日四版整版刊登《把中国陶瓷艺术推向世界——山东省政协委员、中国陶瓷大师王一君和他的陶瓷艺术》。王一君的国礼陶瓷艺术作品在全国"两会"上引起关注。推动"当代国窑"品牌走向世界的王一君，1969 年出生在淄川一个普通的陶瓷艺人家庭，是淄博陶瓷界最年轻的国家级大师，也是大师中头衔最多的一位。说起成长经历，王一君笑着说自己是生在陶瓷厂，长在窑炉边的"瓷二代"。他小时候喜欢到淄博瓷厂生产车间，发现稀软的黏土可以捏出千奇百态的造型，他就学着大人们的样子把做好的造型放在太阳底下晾晒，趁工人不注意就把这些泥巴放到窑炉的匣钵里烧制，焦急地盼望"作品"出炉。耳濡目染的熏陶、悟性和执着，促使他很快走上了陶瓷艺术创作之路。

20 世纪末，陶瓷业不景气，正激情奔涌的王一君也成了"失业大军"中的一员。"陶瓷厂一下破产了，我们都成了下岗工人，心情很低落，也觉得很可惜。"当时，许多同行另起炉灶做起生意，被迫成为"个体户"的王一君却舍不下刻瓷行业。"如果就此转行，我之前的学习、工作经历就全都浪费了，祖宗创造的淄博陶瓷技艺也没法传承下去。"缺资金、没设备，他就坚持用"土办法"继续做陶瓷。因为收入微薄，时常生活拮据，偏偏他的父母患脑血栓住院，两位老人都是瓷厂退休工人，药费没处报销，但病不能不治疗，而且需要长期用药。为了生存，王一君曾在路边租一间房子，给客户加工刻瓷工艺，维持生计。为烧制一件上等窑变陶品，他和妻子不顾天寒地冻，在室外的窑炉边一守就是几个昼夜，手起了冻疮，一炉烧完，常常是一连几天的重感冒。就凭着这么一种执着的探索劲，他的刻瓷工艺陶品达到了炉火纯青的地步，数十次被作为国礼，向世界彰显了中国文化的博大精深和中国气派，展示了中国陶瓷艺术的精美绝伦，同时也将"淄博陶瓷"这张文化名片展现在全世界人民面前。

温润如玉、红光满面的王一君，爱穿中式服饰，头发扎在脑后，说起话来很谦和，他在业界也被称为"年轻的老陶瓷"。他高兴地说："把大自然赐予的材料通过心与手的塑造、浴火的涅槃，最终变成赋予新生命的陶瓷，这是一件幸运、有成就感的事。"王一君的作品常有"神来之笔"。他的荣誉和成就不再一一赘述。譬如他的柴烧陶艺《牛》和刻瓷《跃马春风》《跃春风》《春风》等作品，仔细品赏，充满青春力量和浪漫遐想。他的几尊"青山韵"瓷艺以碧绿做底、山涛为形，表现"绿水青山就是金山银山"主题。青山中间，勾画了几株翠竹，风韵绰约，作品更显灵动、生机勃勃。这组陶瓷组合作品《绿水青山》，施以窑变釉，烧成后的纹理与色彩若蟠青丛翠，思想内涵上从《论语》"仁者乐山"延伸至新时代"两山理论"，可谓巧妙精致。

"剃头理发""钯盆补锅""磨剪子来抢柴刀"——一声声吆喝声时常从记忆中飘出来，这都是些有手艺的人，因为"没有金刚钻，揽不了瓷器活"。在这世俗纷扰的当下，许多人一味追求物质与外在，却忽略追求精神的高贵内心。工匠们却靠着热爱、执着和专注，步入事业的天堂。三百六十行，行行出状元。在淄博匠心独运的工匠辈出，人中翘楚、行业精英比比皆是，到处是国家级、省级、市级"陶瓷艺术大师""工艺美术大师",陈贻谟、冯乃藻、张明文、李梓源、杨玉芳、尹干……人人都是一部传奇的书。他们用心血和汗水,将千年陶瓷文化、齐文化揉碎、融合、定型,化作一件件现代陶瓷器物,让中国陶瓷苏醒,中国奇迹和世界奇观不断呈现。纵然时代在变、形式在变、场景在变,但灵魂从没改变、底蕴更加丰厚,接力棒正在守正创新地传承给更多青年,以创新之心坚守着传承之道。

淄博瓷厂技术员杜祥荣和山东省硅酸盐研究所的同事共同研制出高长石质日用瓷,各项指标全面达到和超过美国 Lenox 公司生产的高档总统用瓷,1984 年获得了国家发明三等奖。1991 年,杜祥荣任中共淄博市委书记。他从一名陶瓷技术员成长为国窑淄博的主要负责人,佐证了陶瓷产业、陶瓷人才的重要,许多外国友人亲切地称他为"中国的陶瓷书记"。杜祥荣自豪地说:"陶瓷、琉璃、丝绸作为淄博的传统产业,是淄博城市工业与文化的根,其中陶瓷在一定程度上可以称为淄博的名片。"

那天,我又来到淄博陶瓷琉璃博物馆,只见一套"千峰翠色"系列瓷器在筒灯映照下,格外引人注目,这套瓷器材质晶莹朗润、清澈通透,可用"雅、润、透、靓"来概括,曾被用于多个国家重要外交场合,令世人惊艳。据介绍,它采用的华青瓷,至今世界上独有,代表了当代陶瓷精湛的创作技艺和制瓷水准。这"青"不是来自制品表层釉面的颜色,而是坯体在窑炉烧制过程中自然形成的青色,专业人士称为窑变青色,在坯体和釉子中没加任何色剂和颜料。"千峰翠色"的造型设计以山海为题,以齐鲁海岱文化为主创元素,旨在表现朴实与开放兼具的齐鲁文化。瓷器中的立面产品造型饱满圆润,平面产品流畅平缓。器皿的盖钮,如五岳之尊的泰山巍峨壮观,其制作手法来自陶瓷雕刻工艺;器皿以灵动的水纹作装饰,水纹跌宕起伏犹如海浪拍岸,线条优雅细腻,张扬着盛世中华的大国风范。

"千峰翠色""凤舞和鸣""丝路华青""鱼子蓝"等系列国瓷,闪耀在"一带一路"高峰论坛、APEC 会议、上合峰会等重要舞台,彰显民族精神和中国人民的智慧。

2023 年春开始,小小的烧烤让淄博城市美誉度、知名度和影响力大幅提升,"好品山东·好客山东"首先在淄博落地实践,博山区库存的陶瓷琉璃产品成为热销产品。今年以来,"国字号"的淄博陶瓷琉璃博物馆和介绍淄博陶琉文化的博山陶瓷琉璃大观园分别累计接待游客130余万人次和60余万人次,分别比2019年同期增长5倍和2000倍;前不久在济南举办的"好品山东·淄博美物"展销会上,67家淄博陶琉企业产品受到热烈追捧,全部一销而空。淄博陶瓷为国人和世人了解淄博开大了一扇窗。

白露迎贵客,瓷韵觅知音。2023年9月9日,第二十三届中国(淄博)国际陶瓷博览会在淄博会展中心隆重召开。国内外参展高校、企业、大师工作室企业1500余家。23岁的中国(淄博)陶瓷博览会,以"陶风琉韵·美好生活"为主题,以青春年华,彰显人性化、现代化、国际范气质。淄博及国内外优质陶瓷琉璃产品,精彩纷呈,共同演绎了一场新时代陶琉的视觉盛宴,再次擦亮"淄博陶瓷·当代国窑"文化品牌。

淄博陶瓷可能还不够巧和雅,但它厚重、低调、端庄、大方,诠释着中国传统文化的内涵和东方大国的文化底蕴。

中国式现代化的蓝图已经铺开,高质量发展的淄博陶瓷行业已由传统陶瓷生产开始向文化创意转型升级。一件件普通的瓷器正转身蝶变为精美的艺术品。中国式现代化,它是一种代表着人类美好追求和人类文明发展的先进的文明新形态,将把人类文明带入一个新的历史时代和新的发展高度。自古至今,淄博陶瓷人一直靠恒心、毅力、工匠精神和创新精神,坚守和传承匠心与技艺。可以预料,淄博陶瓷也将伴随时代的步伐,迈入更加广阔的天地与境界,呈现出更美妙绝伦、栩栩如生、美不胜收的新姿势、新业态。在神秘莫测的互联网时代,创意、创新、创造正"激活"古老的陶琉产业、陶瓷文化,不断丰富文化遗产的时代内涵,让我们拭目以待。

淄博陶瓷由小到大,由手工艺到工业化的现代蝶变,实现了由"物"的陶瓷向"精神"代码的升华,从有形呈现到内化为精神的历史轨迹,赓续"千年陶都"火正红的文化基因。历朝历代守正创新,革故鼎新,推进观念变革、技术创新和文化生成,特别是伴随中国改革开放的汹涌浪潮，推进体制创新、科技创新和技术进步，这是淄博陶瓷一次次立足实际、凤凰涅槃、浴火重生、转型跨越的真谛。时代赋予了淄博陶琉新的动能和新的活力，淄博人民赐予淄博陶琉新的业态和新的生命。

生命来自泥土。上古时期，女娲因为大地的冷清而孤寂，捏土造"人"，进而创造了人类社会。没有人类，地球会黯然失色；没有瓷器，人类也缺少了生活美感。是泥土，经烈火烧烤转制成形，人类告别茹毛饮血的生食时代，迈上文明与成熟的漫漫征程。普通平凡的泥土邂逅熊熊火焰，穿越时间的隧道，开始生命重塑，就有了坚硬筋骨和生命形状。土与火的旷世姻缘，跳起倾国倾城的舞蹈，留下夏、商、周的古朴，秦的恢宏，汉的文婉，唐的华彩，宋的隽永，元的豪放，明的优雅，清的精巧，当世的经典……泥土在手掌、手指尖发出悦耳的气韵和声响，塑造出不朽的生命，历史的目光钦羡不已。土与火的变奏，力与美的结晶，淬火的艺术精灵，拓展上万年的生命繁衍和命运蝶变。朱颜易逝，那是时光之剑、岁月之火的淬炼；芳华如诗，那是青春与浪漫、善良与纯真的淬炼；初心似火，那是血与火、生与死、意志与忠诚的淬炼。陶琉诞生即永恒。

"承万物之仁，感天地之赐。"淄博内心深处的生命之火，传承几千年的血脉之火，土与火、深与浅、亮与暗这浓墨重彩的"窑变"，成就千年瓷都、琉璃之乡的辉煌与绚烂。生活的本色就是锅碗瓢盆、柴米油盐，投入喜怒哀乐、离合悲欢的佐料，延续温暖的人间烟火，瞩望璀璨的万家灯火，燃天铄地，绵延不绝。

海岱之间的地平线上，一群蹦蹦跳跳的孩子背着书包，踏着坚硬陶瓦残片铺垫的街巷，从古窑墙边跑过，笑声飞进长长的绿色廊道，久久不散……

第四章

扬善刺恶撼人寰

当下的"聊斋文化热",属值得关注和思考的文化现象。蒲松龄命运多舛,被誉为"世界短篇小说之王"。作者贴近社会底层的平民情怀和责任意识,对弱势群体的怜悯之情,是其作品长盛不衰的重要因素。描鬼画狐皆为民意使然。鲜明的价值趋向和社会责任感让后人尊重和敬仰。

2023 年夏，沉寂多年的歌手刀郎因一首新歌《罗刹海市》，风靡网络，登上热搜，播放量迅速超 60 亿，抖音上翻唱、解说、编曲、配舞的层出不穷，传播速度之快，让很多人一脸蒙圈。这首歌的故事取材于蒲松龄小说《罗刹海市》，引发了一些网民过度解读。这篇作品表达了作者矛盾而复杂的心理和对社会现实的失望，发出了追求理想、改变现实的呐喊。

上半年"淄博烧烤"的热度还没退去，这首歌又为淄博续了一把火，燃起了"聊斋热"、沉寂多年的"聊斋文化热"。因修缮而闭馆的蒲松龄纪念馆应很多热心市民和游客的呼声，提前开放部分展馆。有网友调侃：第一次有景点因为游客呼声"被迫营业"。自 2023 年 8 月 4 日开放以后，每天游客络绎不绝、川流不息，一个月接待了游客 18.4 万余人次，是 2019 年同期的 30 倍。

"你也说聊斋，我也说聊斋。喜怒哀乐一起那个都到那心头来。"这首电视连续剧《聊斋》的主题曲许多人熟悉。因网民和网络推动，蒲松龄和他的巨著《聊斋志异》（俗称《鬼狐传》），又一次以其离奇撼人的情节和博大精深的文化内涵，受到国内外读者的关注和游客追捧。初秋时节，我也再一次来到淄博淄川区探寻究竟。

❧ 命运多舛 ❧

在淄博市淄川区蒲家庄，坐落着一代文豪蒲松龄先生的故居，也是蒲松龄纪念馆。这套貌不惊人的四合院坐北朝南，前后三进，西有侧院。中院正房三间，是清代著名文学家、"世界短篇小说之王"蒲松龄的书房"聊斋",吸引着成千上万不同民族、不同肤色的游人来此探奇寻幽。这古色古香的幽深小院,斑驳的青石路,草木深处游人的喧嚣和鸟鸣声,衬托着小院浓厚的人文色彩和神秘气质。

明崇祯十三年四月十六日戌刻,蒲松龄的父亲蒲槃梦见一位偏袒上衣、乳际粘有一贴圆形膏药的病瘦和尚走进屋,全身一激灵,惊醒了,耳畔迅即响起了婴儿的啼哭声,蒲松龄已诞生在蒲家庄内故宅北房中。他欣喜地打量起刚出生的儿子,只见身上同样位置有一块铜钱大小的墨痣,"果符墨志"。蒲松龄曾在《聊斋自志》中自嘲说,他是病和尚托生的,是个半仙之体,所以一辈子没有进入仕途,与功名无缘。

蒲松龄,字留仙,别号柳泉居士,世称聊斋先生,清代杰出文学家。他出生于1640年(1640年6月5日),清康熙五十四年正月二十二日(1715年2月25日)酉时,"依窗危坐而卒",享年76岁,其一生可以用八个字概括:读书、科考、教书、著书。他的父亲蒲槃是一位读书人,学识渊博,因故弃儒经商。蒲松龄在兄弟四人中排第三,他天性聪慧,经史过目不忘。清顺治十四年,18岁的蒲松龄,与本县"文战有声"的庠生刘国鼎的次女成亲。婚后第二年,蒲松龄以县、府、道三试第一,即山东省第一名考中秀才,声名大振。但是在科举仕途上,蒲松龄却走得步履艰难,屡战屡败又屡败屡战,而每次秋闱都名落孙山,最终竟以秀才终老。连他的老妻都看不下去了,劝他:"君勿须复尔!倘命应通显,今已台阁矣。山林自有乐地,何必以肉鼓吹为快哉!"63岁时,他还在参加乡试,71岁时,才援例补为岁贡生,一辈子以一个乡村塾师终老。

蒲松龄生活在民族矛盾空前尖锐的明末清初。当年蒲家因妯娌不和分家,蒲松龄"居惟农场老屋三间,旷无四壁,小树丛丛,蓬蒿满之",生活陷入困境。几个孩子相继出生,父亲故去,老母在堂,他到了家徒四壁的地步。有时他不得不卖文为活,替别人写文章挣几个钱,比如说写封婚书,写篇祭文,报酬不过是一斗米,或者一只鸡、两瓶低档的酒。蒲松龄最犯愁的就是怎样按时交税不让催税的人登门。当时官吏为了催税,搞所谓"敲比",就是把欠税人拖到公堂上打板子,有时活活打死。蒲松龄为了交税,要卖掉缸底的存粮,卖掉妻子织的布,甚至卖掉耕牛,他曾抱怨土地:怎么谷穗不直接长银子?

蒲松龄迫于生活压力,无奈做了读书人常说的"家有二斗红高粱,绝不当孩子王"的私塾先生。这一教就是40多年。71岁时,蒲松龄结束了教书生涯。他的故宅东厢房,复原了他当时的生活场景。灶台旁有风箱,还有称量粮食的斗、升和盛放粮食的瓮,以及摊煎饼的鏊子。"煎饼卷大葱"是山东传统美食,蒲松龄的《煎饼赋》记述了300多年前制作煎饼的过程和多种食用方法,以及灾荒之年老百姓混合了花椒树叶和榆树叶的救灾煎饼。现在生活好了,煎饼原材料丰富多样,大米、小米、芝麻、红枣、花生、地瓜、蔬菜等应有尽有。还有一个箢(yuān)子,用藤条编的,用来盛放馒头、鸡蛋、点心等物品,也是农村走亲串门儿带吃食等礼物的工具。门口的是蓑衣、斗笠还有播种工具耩子,仿佛能把我们带入在田间劳作的场景。

自1989年以来,蒲氏后裔为弘扬聊斋文化,在完整保留明清建筑风格古村落的前提下,以蒲松龄故居、蒲翁故里蒲家庄为基础,以蒲松龄纪念馆附属保护范围柳泉和蒲松龄墓园为核心,以《聊斋志异》故事情节为线索,开发建设聊斋城。先后建了蒲松龄艺术馆、狐仙园、石隐园、聊斋宫、满井寺、聊斋俚曲茶座、演艺广场等50多处景点,古朴的建筑、典雅的园林和鲜明的风貌吸引了众多游客,是一处独具文化特色的大型组群式园林,曲径通幽,亭台古雅,每处都是景,讲着生动有趣的故事。

回首秦汉以来两千多年的沧桑历史,淄博地区涌现出倪宽、左思、扁鹊、贾思勰、房玄龄、段成式、王渔洋、赵执信、蒲松龄、薛凤祚等文化名人,在不同时期的经济、政治、文化等多领域做出过重要贡献,融入了中华民族的灿烂文化星河,散发着独特的文化光辉。

一生追求读书进仕、报效家国、造福民众的蒲松龄,无奈屡试不第,生活穷困潦倒,为生存而奔波,但却始终秉持文人的胸襟和清高。一部《聊斋志异》,奠定了他在中国文学史上的地位,留下浓墨重彩的一笔!

为百姓执笔

"文人之笔,劝善惩恶也。"文学作品既是一面镜子,再现生活;又是一把斧头,开辟新的生活。

走进蒲松龄生平展室,映入眼帘的是陶瓷壁画《狐谐鬼唱入聊斋》,蒲松龄先生正左手抚案,右手提笔,皱眉凝思,构思如何借谈鬼说狐,鞭挞腐朽没落的社会制度和婚姻制度,周围是《聊斋志异》中14个经典故事的图景。

蒲松龄的家族本来也是书香门第,他聪慧好学,19岁时就考上了秀才,闻名乡里,因怀才不遇,加上他性格孤介峭直,不愿意随波逐流,生活非常穷困潦倒,他的生活来源主要靠教书。

蒲松龄看清了社会百态,接触到了社会上各个阶层的人物,了解到尝尽人间疾苦的百姓,还有一些三教九流的恶徒,蒲松龄就把他们的故事都记录整理下来,日积月累就成了现在的《聊斋志异》。他在《聊斋志异》中不仅仅是感叹个人得失,更是表达了一些民间的愤懑。书中写尽人间百态,遍及三教九流,有太多的人道貌岸然,衣冠楚楚,却藏着狼子野心,但是那些花妖狐妖,虽然狐媚却又非常真诚、善良。因而他的作品被广泛流传,被大家喜爱。历史大潮汹涌澎湃,没有人记得那些八股文大师,却永远记住了蒲松龄和他笔下的各式小人物。《聊斋志异》之所以被大家喜欢,主要是题材广泛、故事新奇、雅俗共享、老少皆宜,字里行间透出对恶的愤恨、对真善美的热爱。或者说蒲松龄无论揭露封建统治的黑暗、抨击科举制度的腐朽,还是反对封建礼教的束缚,都是站在百姓立场上、运用的平民视角。

1939年5月5日晚上,毛泽东到地处延安桥儿沟的"鲁艺"看望萧三先生。在窑洞里,毛泽东坐在木床上,与萧三谈天说地,也谈到了《聊斋志异》。毛泽东说,蒲松龄反对强迫婚姻,反对贪官污吏……主张自由恋爱,在封建社会不能明讲,即借鬼狐说教。作者写恋爱又都是很艺术的，鬼狐都会作诗……蒲松龄很注意调查研究。他泡一大壶茶，坐在集市上人群中间，请人们给他讲流行的鬼狐故事，然后去加工……不然，他哪能写出四百几十个鬼狐精来呢？《聊斋志异》其实是一部社会小说。

1959年4月15日，毛泽东在第十六次最高国务会议上向与会的同志通报当前的形势和党的大政方针，在讲了1958年炮击金门的事之后说，这是我们祖国的土地，我们有理由捍卫，美国管不着。所以，我看要奋斗下去，什么威胁我们都不怕。接着，他给大家讲"《聊斋志异》中那篇'狂生夜坐'的故事：《聊斋志异》里有一个狂生，晚上坐着读书，有个鬼吓他，从窗户口那个地方伸一个舌头出来，这么长，它以为这个书生就会被吓倒了。这个书生不慌不忙，拿起笔把自己的脸画成张飞的样子，画得像我们现在戏台上的袁世海的样子，然后也把舌头伸出来，没有那么长就是了。两个人就这么顶着，你望着我，我望着你。那个鬼只好走了"。毛泽东给大家讲完这个故事后，强调说：《聊斋志异》的作者告诉我们，不要怕鬼，你越怕鬼，你就不能活，他就要跑进来把你吃掉。我们不怕鬼……

"蒲松龄在家乡柳泉旁边摆茶摊，邀请过客讲故事"的传说成为美谈。初秋时节，我也来到了柳泉旁。只见柳泉是石条垒砌的方形井口。泉边竖一石碑，上面镌刻着茅盾亲笔题书的"柳泉"二字，水满而溢，自流成溪。泉前边是石板路，是当年青州通往济南的官道，过往行人很多。相传蒲松龄经常在柳泉边的茅亭里摆茶摊，以柳泉水沏香茗，请过往的人喝茶，但他不收费，只需要大家讲讲各种奇闻逸事或各地的风俗人情，以此来搜集创作素材。但这只是民间传说，并没有确切的史料记载，蒲松龄也没有诗文写过此事。鲁迅先生在《中国小说史略》中亦指出此为牵强附会之说，蒲松龄常年在外设馆授徒，是没有闲暇回来摆茶摊的。不过蒲松龄喜爱柳泉确是不争的事实，他不仅自号柳泉居士，还在《募建龙王庙序》中写到柳泉是地方名胜，"水清以冽，味甘以芳，酿增酒旨，瀹增茗香"，并说"予蓬莱不易也"。

那天我在柳泉旁拜访到了蒲松龄第十一世嫡孙，79岁的蒲章俊老先生。他是蒲松龄纪念馆名誉馆长，第二批国家级非物质文化遗产项目聊斋俚曲代表性传承人。他身着白衬衫，精神矍铄，头发和眉毛也都白了，真有几分仙风道骨。他模仿蒲松龄先生当年的样子，坐在茶桌前，桌上放着紫砂茶壶和茶碗，还有手机和扇子。他高兴地给我们介绍："我老祖，是世界短篇小说之王，为后世子孙树立了良好形象，留下了宝贵的文化遗产和做人做事的道德规范。老祖留下的俚曲，有人物，有故事，有意义，乡亲们喜欢，可以逢年过节唱，也可以一边干活一边唱。我老爷爷、爷爷、我、儿子、孙女都会唱。突然来了这么多游客，我希望大家多读《聊斋志异》等传统文学经典，把好的东西传承下去。"说话间，就自然唱了起来。

我问他："网络上说，您计划邀请刀郎先生来聊斋园举办音乐会的事，有什么进展了吗？"

"我们感谢刀郎先生！我确实有过这个想法，目前还没正式发出邀请。"

众所周知，唐朝的诗，宋朝的词，元代的曲，明清时期的小说，都是各个朝代有代表性的经典文学品类。明洪武时期，朱元璋广兴"文字狱"，从那些不服从他的读书人写的文章中，断章取义地找出所谓的反抗话语，然后对其施加刑罚。读书人不敢写诗填词直抒胸臆，逐步把目光转向了小说题材。所以说，明清小说发展兴盛，是有其复杂政治原因和社会背景的。

狐文化在中国历史悠久。《山海经》记载："丘之国，有狐九尾，德至乃来。"葛洪在《西京杂记》中记录了古冢白狐化为老翁的故事。唐朝以来，狐狸的形象从"总体祥瑞、部分妖魅"变成了"介于神与妖之间而偏向于妖"。两宋时期，因"胡""狐"谐音，这时候连狐狸也被憎恶，其形象已经完全妖异化。元代话本《武王伐纣书》出现了"九尾金毛狐吸取妲己精元并借用其美丽皮囊"的情节。蒲松龄则脱出"女为狐媚害即深"，所塑造的婴宁、小翠、莲香等狐女，或纯真娇憨，或知恩图报，成为可亲近和爱慕的对象。

喜怒哀乐涌心头，牛鬼蛇神齐出来。人与妖，实则是人性善与恶的较量。妖孽作怪，更多源自人性作祟。人之善恶，往往就在一念之间。蒲松龄以他深刻的洞察力和超凡的想象力，创作出一个个令人心神摇曳的狐媚鬼怪故事，构筑起一个亦真亦幻、亦人亦鬼的幽冥世界。他有意模糊真实和虚幻的差别，在情节、人物、环境上故意模糊真幻，在真实与虚幻的融合中取得了一种真幻融通的美。读者在读作品时先从现实世界不知不觉走进了超现实的世界，最后又回到现实世界，激励人们立足现实与真实，向往美好、改变世界。

当时的清王朝，内部混乱与奢侈，官员腐败，皇宫里的开销也十分过度，百姓苦不堪言。言论没有充分自由，人们希望寄托于民间传说来表达内心的不满与挣扎。没有入仕为官的蒲松龄，身为百姓，与普通百姓没有距离，他可以直接体验大众生活，了解民众的真实想法，也让他有机会和可能创造出接近大众生活、让大众喜欢的作品。在他的文章中，借谈狐说鬼，来揭露和批判丑恶的现实社会。人与狐、妖、鬼、神之间的爱情可以冲破世俗束缚，表达的是他对封建思想的抨击。他歌颂美好真实的爱情，也同时赞美人性，弱化了传统的思想。

我最早知道蒲松龄，是因为我打着哆嗦看完了恐怖电影《画皮》。一个月黑风高的晚上，一介书生独自一人提着个灯笼走在荒郊野外，依稀看到有个女子便追了上去，追着追着，女子不见了，捡到她身上掉下的一方白手帕……最后出现了一个面目狰狞、掏人心的女鬼。此后，夜晚我独自一人走在山路上，吹过一阵风，或路旁跑过一条狗、蹿出一只猫，电影里的那画面、那音乐会立刻再现，感觉瘆得慌，头皮发麻，全身起鸡皮疙瘩。这部电影讲述了一个欲望与诱惑、爱与救赎的惊悚故事，告诫人们控制了心魔，就掌握了降妖的宝杖。

"世事洞明皆学问，人情练达即文章"，蒲松龄考场失意，一直身处社会底层，对人间百态的世故人情有深刻把握、对人物心理有细腻体会。他用一生经历和心血著成《聊斋志异》8卷491篇，50余万字。作品继承和发展中国文言志怪传奇文学的优秀传统和表现手法，主要是鬼、神、妖精与人之间发生的各种各样的精彩故事，情节离奇多变、幻异曲折、文笔简练、叙次井然，是中国古代文言短篇小说中成就最高的作品集。

"刺贪刺虐"是《聊斋志异》最重要的主题。封建官僚阶级剥削贫苦百姓、豪绅欺压平民、官场的昏庸和官员鱼肉百姓等，都是蒲松龄笔下批判的对象，被刻画成人们憎恨的鬼怪。蒲松龄在故事《梦狼》最后写道："官虎而吏狼。"当官的像老虎一样凶猛，衙役随从像狼一样残忍，对封建社会的贪官污吏做了无情讽刺。

蒲松龄所在的那个时代，社会制度黑暗，民不聊生，《聊斋志异》中就有不少作品反映了这个主题。《促织》这个故事让人刻骨铭心。故事发生在明朝宣德年间，皇室里盛行斗促织的赌博，于是官府把上交促织作为任务摊派给老百姓。一个叫成名的读书人也被摊派了，可他怎么也捉不到。他妻子去一个巫神那里问卜，终于抓到一只促织。可是没想到被他的儿子一不留神压死了。儿子又后悔又害怕，就投了井，被救起后，一直昏迷不醒。当晚，成名发现一只很小的促织，无奈之下只能上交。谁知这只小促织胜过了所有的优等促织，甚至还咬破了公鸡的鸡冠，得到皇帝的喜爱。一年后，儿子清醒过来。成名夫妇这才明白，原来那只促织正是儿子变成的。人们被逼得走投无路时，不得不变为异类去充当统治者精神空虚时的玩物，寓意深刻，讽刺尖锐。

生命与爱情是人类永恒的主题，炙热的爱情可以燃烧生命，生命可以追求痴迷癫狂的爱情。蒲松龄善于用狐仙美丽聪慧的形象，塑造民间的"爱神"。蒲松龄笔下的狐仙拥有超前而崇高的爱情观，她们对心上人一往情深、忠贞不渝，并且多半有求仁得仁的好结局。短篇小说《聂小倩》的主人公聂小倩是一个心地善良的女鬼，美得像天仙下凡，所以很多人都喜欢她。聂小倩18岁死后葬在浙江金华城北的荒凉古寺旁，不幸被妖怪夜叉胁迫害人。后浙江人宁采臣暂居寺院，小倩受妖怪指使，前来谋害，却被采臣的正气打动，便以实相告，助采臣转危为安。聂小倩代表了黑暗封建社会中被社会遗弃的弱势女性的形象，被欺凌、被恶势力裹挟，但也有反抗精神，有争取自由、实现幸福人生的愿望。聂小倩通过考验宁采臣，看准他对美色和金钱"铁石心肠"的人品，把握时机，作出正确选择，最终获得重生，从祟人之鬼变为活人之妻，这一点很有时代价值和现实意义，令人深思。

蒲松龄想象力非常丰富，一草一木都能给他带来创作灵感。蒲松龄33岁时去过青岛崂山，他写下了《香玉》和《崂山道士》两篇聊斋故事。他住的崂山太清宫，有棵耐冬树，冬天开花，红色的花朵显得尤其美丽，蒲松龄把它想象成一位身着红色衣裙的仙女降雪，创作了花仙与书生相恋的故事《香玉》。

蒲松龄善于用普通百姓的视角，观察和体悟百姓疾苦，笔下展现出百姓生活的疾苦和对美好生活的渴望。蒲松龄晚年还创作了聊斋俚曲15种。聊斋俚曲是蒲松龄用明清俗曲作曲牌，以淄川土语、方言创作的演唱唱本，是聊斋文化的重要组成部分，2006年被列入第一批国家级非物质文化遗产名录。《墙头记》大家可能比较熟悉，它关注养老问题，被改编成了多种戏曲，至今常演不衰，尤其深受农村老年人喜欢。故事是说兄弟俩不孝顺，推来推去，最终把父亲推到了墙头上。您看，其中一段写得很精彩：

> 一个母，一个公，
> 不怕雨，不避风，
> 为儿为女死活地挣，
> 给他置下宅子地，
> 还愁他后来过得穷，
> 分明自己也不敢用，
> 到老来无人供养，
> 就和那牛马相同。

那天，我在聊斋园遇上了淄川区诗词学会的赵玉霞女士，她正组织一群退休的女士义务为游客演唱俚曲。

我问她："《罗刹海市》这首歌为什么能这么火？"

"首先是题目吸引了大家，让大家回想起了聊斋故事；其次，影射了是非颠倒、美丑不分的社会现实；最后，刀郎先生的歌声、曲调，大家喜欢。我认为，这首歌不仅带火淄博城，带火的还有聊斋文化。"赵女士自如流畅地回答说。

接着，她们一行还为我们演唱了俚曲，众人用掌声致谢。

顺着石板路往聊斋城深处走，可以拜谒蒲松龄墓。墓园在东南方向的丘陵上，苍松翠柏，古木葱郁。蒲松龄的墓位于墓园之西北隅，封土高约两米。墓前有山东省人民政府 1954 年建的一座四角碑亭,亭中是清雍正三年（1725 年）蒲松龄的四子八孙为其立的墓表碑,青石,阴文楷书,碑额题"柳泉蒲先生墓表"。碑上镌刻了蒲松龄生前好友张笃庆之侄张元撰写的墓表文,其文略述了蒲松龄的生平、经历,碑阴镌以蒲松龄夫妇的生卒年月、蒲氏著述及奉祀人名讳。"文革"初期,蒲松龄墓也曾遭到破坏,有红卫兵向离世近 300 年的"老封建"发起冲锋。红卫兵们不信自己的眼睛："难道这大作家的墓会这么寒酸、这么简陋？"墓里没有豪华讲究的棺木,也没有值钱的陪葬品,墓表碑被损毁。所幸墓中出土的随葬品被当时蒲松龄故居管理委员会的工作人员逐一收回,包括印章、锡酒壶、酒杯、旱烟袋、念珠、宣德炉、锡油灯、耳勺、簪子,现收藏在蒲松龄纪念馆内。现立于墓前的墓表是 1979 年按照原碑拓重刻的,并新立了沈雁冰撰书的墓碑。我亦在蒲松龄纪念馆内,看到了被定为国家一级文物的蒲松龄的印章,"蒲氏松龄"圆形印、"松龄留仙"方形印、"留仙"方形印和"柳泉"山水图形印。其中,"柳泉"山水图形印尤为珍贵,宛如一幅精妙的山水小品,印面的右上角有山泉,山泉一泻而下,中间有一株柳树,柳树下有座小桥,小桥上有一个书生,面对飘动的柳丝似有吟咏之状。这枚印章正好应了先生的号"柳泉居士"。

  蒲松龄博学多才,除《聊斋志异》外,还有诗词文赋、俚曲杂著等多种作品,竟然还有关于医药、农业、教育、历法等方面的著述存世,解决了老百姓许多现实问题。在医药方面,他写了《药祟全书》。明末清初,朝代更替之时战乱频繁,淄川当地瘟疫流行,蒲松龄为了方便农民治病,参考《本草纲目》编写了这本《药祟全书》。全书共收录药方 258 个,分为急科、内科、外科、妇科、儿科五科。《药祟全书》里的药方所选的材料大多都是居家过日子常用的,"偏方治大病",既省钱又方便。譬如冬天久咳不愈,用一个梨,在它上面扎 50 个小孔,每个孔里放一粒胡椒,梨外面裹上一层面,慢慢蒸熟,冷却后取出胡椒,把梨吃了,就见效了。《农桑经》集中反映了清初山东淄川一带农业和蚕桑的生产情况,此书分《农经》和《蚕经》,主要介绍了耕耘、播种、施肥、养蚕和预防自然灾害等农业生产经验,科学实用。据说,该书初稿时就在民间流传，许多人互相传抄，用于指导实际的农业生产，很受欢迎。

"李杜文章在，光焰万丈长。"蒲松龄的人本思想和人文情怀，渗透进他的文字，依然散着热、发着光。

为民鼓与呼

蒲松龄晚年家境日渐丰裕，便修建了一座书斋，起初命名为"面壁居"，后改为"聊斋"。

走进蒲松龄故居的聊斋正房，可以看到蒲松龄留存于世的唯一一幅画像，画像上，蒲松龄身穿清代贡生服，左手拈须，端坐椅中，神情端庄而闲适。画像上方还有两则蒲松龄的亲笔题跋，一则曰："尔貌则寝，尔躯则修，行年七十有四，此两万五千余日，所成何事？而忽已白头，奕世对而孙子，亦孔之羞。"另一则："癸巳九月，筠嘱江南朱湘麟为余肖此像，作世俗装实非本意，恐为百世后所怪笑也，松龄又志。"画像真实地体现了蒲松龄晚年的精神面貌，现为国家一级文物，也是蒲松龄纪念馆的镇馆之宝。

两边对联是郭沫若1962年初冬题写的，"写鬼写妖高人一等，刺贪刺虐入骨三分"，给予蒲松龄和《聊斋志异》高度评价。

南窗下的书桌，再现蒲松龄当年奋笔写书的情景。在他的《聊斋志异》中这样写道："子夜荧荧，灯昏欲蕊；萧斋瑟瑟，案冷疑冰。"午夜烛光昏黄，书斋萧瑟寂寥，书桌冷得像结了冰。我想这是蒲松龄的真实心境吧。

据说蒲松龄考秀才时，文笔奔放，不受拘束。但主考官施闰章爱才心切，不拘成法取他为第一名。受到鼓舞的蒲松龄一直坚持自己的文章路数。临终前两年，蒲松龄仍为自己没能登科而感到羞愧。当然，出现这种结果的原因很多，恐怕文章自身也有缘由吧。

"鬼狐有性格，笑骂成文章。"蒲松龄为人、从文、做事面向普通百姓，始终关心民生疾苦，不仅留下《聊斋志异》这百姓喜爱的传世之作，还经常为百姓仗义执言、奔走呼号。当然，贫困、不平等和社会不公正，仅凭一支笔是消除不了的。但他的胸怀、精神和追求，让人崇拜和尊敬。

蒲松龄任县官的同乡孙蕙的家人、族人横行乡里，百姓敢怒不敢言。康熙二十三年（1684年），蒲松龄给孙蕙写了一封信《上孙给谏书》，蒲松龄向孙蕙陈述其家人鱼肉乡民的劣行，建议孙蕙"择事而行、择人而友、择言而听、择仆而役、收敛族人"。孙蕙接到信后，碍于名声，及时训诫、管束了家人奴仆，使他们收敛了言行。这件事在当时广为传颂，不少文人墨客都留下了相关文字记载。

康熙四十八年（1709年），蒲松龄听说鱼肉乡民的漕粮经承康利贞到处吹嘘得到了王渔洋举荐，将要官复原职，他毅然写信给王渔洋。在《与王司寇》中，蒲松龄澄清事实真相，促使王渔洋撤销了对康利贞的支持。得知康利贞失去了王渔洋的推荐，转而投靠当时正居家的离职溆浦县令谭再生，复谋漕粮之职，蒲松龄又写下《于张益公同上谭无竞（再生）进士》，向县令谭再生上书，贪官康利贞最终没有得逞。

从康熙四十二年起，山东中部连续遭遇洪涝、旱灾、虫灾，灾情数年，史称"山左奇荒"。康熙在南巡途中也曾亲眼所见，先采取发仓赈粜、蠲免赋税、截留漕运等常规救荒措施，又施行"八旗养民"等非常规救荒措施，但依然没能有效控制饥荒蔓延。有人记载"饥人磨榆皮为面，屑柳皮为粥，食屋草，啖积尸，其尤惨者，春来复大疫，十室九户闭"。面对这场百年不遇的大灾害，蒲松龄始终保持着"以天下为己任"的理想，非常焦灼，时常夜不能寐，起身在屋内踱步深思，他的目光专注于疾苦中的百姓，他形之以诗，记之以文，为后世留下了翔实的记录和宝贵的记灾文学名篇。他写下了纪实文《康熙四十三年纪灾前篇》《纪灾后篇》以及《流民》《饿人》《告灾》《齐民叹》等大量纪灾诗，并写下《救荒急策上布政司》，赶往济南向官府呈送。他在《磨难曲》第一回《百姓逃亡》中叙述灾情道："不下雨正一年，旱下去二尺干，一粒麦子何曾见！六月才把谷来种，蚂蚱吃了地平川，好似斑鸠跌了蛋。"蒲松龄广为传诵的散文《煎饼赋》也创作于那个期间,"采绿叶于椒榆,渍浓液以杂治","带藜烟而携来,色柔华而苍翠",书写的是大灾之年老百姓想办法把树叶泡烂了用于制作煎饼,可见百姓生活的艰难,足见蒲松龄对百姓生活艰辛的关注。他《煎饼赋》的序言里说:"康熙中,齐亢旸甚,二麦辄数岁不登,则煎饼之裨于民生,非浅鲜也。因为之赋"。此文生动折射出蒲松龄先生关心民众生活、重视民间疾苦的悲悯情怀和民生思想。其情切切,其心悠悠,其华灼灼。

蒲松龄虽然一生没入仕,但始终秉持儒家"修齐治平"的精神内核。《循良政要》中,蒲松龄站在淄川知县角度,提出了"治小盗""禁赌博""速听断""重访察""清漕弊"等十七条翔实的建议,涉及治安、诉讼、民风、吏治、征税等诸方面。《淄邑流弊》《淄邑漕弊》等政论杂文,是蒲松龄针对漕粮征收、运送等政策的弊端与贪官污吏说理论辩,为百姓的切身利益据理力争、奔走呼号的生动体现。

淄川区岭子镇槲林村北有青云寺。青云寺建精舍数间,招名流读书其内。清代时淄川属济南府,百余年间,这里成为文人墨客雅集之地。众多学子参加乡试前,要聚集在此短训,然后清晨起来奔赴济南,取"平步青云"之意,图个吉祥如意。蒲松龄曾多次来过青云寺。他还特向县里儒学教谕递交《请惩无品生员呈》,揭露"某僧,葬伊师祖,雇到生员某等为之赞礼",要求教谕"整饬学规,风厉士节",对参与此项活动的某秀才"严加斥革"。这不仅是揭发僧人不法行为的正义之举,更重要的是说明了蒲松龄对维护青云寺声誉的深厚情感和对匡正社会风气的期待。"山静桃花幽入骨,谷深溪柳淡如僧。"

文以载道,盛世兴文。贬斥假恶丑,讴歌真善美,这是人性的追求,更是文艺永恒的主题。蜜蜂和苍蝇同生于美丽大自然,个头和形状差异不是特别大,因喜好和目标不同,名声和命运大相径庭。吊诡的是,总有人喊着华丽的口号,却为自己的利益忽略社会责任和公共利益,让人感到可耻和可恶,给自己的家庭和社会带来负面影响。管住利益的手,守好艺术的心,就可能分清贫穷与富有、天使与魔鬼。

蒲松龄和他的巨著《聊斋志异》在中国文化史上地位不可撼动。除了作者高超的艺术造诣外,贴近底层的平民情怀和责任意识,对弱势群体的同情，是其长盛不衰的重要因素。蒲松龄善于从百姓生活中汲取创作激情与灵感，寻找作品立世的灵魂，虽然他的笔下鬼狐多，但是非、善恶、美丑界限和标准是清晰的，高雅与低俗、优劣与贵贱也是有界限的。因而，他鲜明的价值取向和强烈的社会责任感让后人尊重和敬仰。

我国经历改革开放四十多年，经济社会和人民生活发生历史性变化。然而个别领域存在宣泄与谄媚，习惯讽刺和挖苦，孤独寂寞，沉湎于短平快的刺激，不是崇拜英雄，塑造价值和理想的灯塔，各种丑态的表演和极端的情绪被重视，娱乐至死，戾气很重。实现中华民族伟大复兴，路途艰难，必须敢于斗争，善于斗争，历久弥坚，披荆前行，及时降妖除魔，战胜各类魑魅魍魉，创造惊天地、泣鬼神的辉煌伟业。

良知和金钱的"大考"还在继续，人民在阅卷，民心是答案。如何重塑精神大厦，是国家、民族和我们每个公民都应该考虑的。为文者如何让真情实感在笔下流淌、打动人心，取决于倾心用心的能力。做事也好，为文也罢，都不能耍花腔、摆花架、干虚活，嚼烂了自己的舌头当肉吃。

聊斋的鬼异故事仍在上演，刀郎的歌声还在网络上疯传，百姓生活依然是柴米油盐。

我站在烈日烘烤的地埂上，望见一群人挽起裤脚，沉浸于火热的劳动现场，一身泥巴、一身臭汗、一身疲倦，真实体验生活的咸淡和文字的冷暖。可敬可爱，可歌可叹！

第五章

焦裕禄成长记

　　焦裕禄是山东博山人。他在淄博出生、上学、入党、战斗，25岁从山东南下，42年的人生历程多半在家乡度过。焦裕禄在家乡完成了从一个农家子弟到革命战士、共产党人的转变，淄博是他的出生地、成长地和焦裕禄精神的发源地。

焦裕禄，山东淄博博山人。

焦裕禄，县委书记的榜样。

焦裕禄，一个万古流芳的名字，一尊矗立人们心头的巍峨雕像。

2023年初秋，我再次走进地处博山的焦裕禄纪念馆，迎面就是焦裕禄侧脸凝望的花岗岩雕像。那被风唤起的头发，那坚毅的目光，那紧闭的嘴唇，那静心思考的神态，这栩栩如生的形象，让我们肃然起敬，伫立良久，思绪如潮。

中国共产党成立100多年来，淄博这块红色土地上，涌现了一大批革命烈士、英雄人物和先进模范，许多的人物和故事，如雕像屹立人们心中，从未模糊，也没褪色，值得缅怀和悼念，令人敬仰和崇拜。

焦裕禄是最光芒耀眼的一位。

焦裕禄在淄博出生、上学、入党、战斗，25岁从山东南下，42年的人生历程多半在家乡度过。

淄博是焦裕禄的出生地、成长地、焦裕禄精神的发源地。

北崮山的少年郎

淄博山峰众多，鲁山、岳阳山、原山、齐山、潭溪山……山峦延绵，人物和故事众多。

每个人的命运，其实都是与国家、民族的命运紧密联结在一起的。个人的艰辛与危险、痛苦与欢乐，也必然融合在时代的痛苦与欢乐里，但命运最终还是掌握在自己的手掌里。1922年8月16日，焦裕禄出生在山东省博山县北崮山村一个普通农民的家里，祖宅南屋东间他出生的土炕上，如今那老式的凉席还在。当时焦家开着油坊，爷爷买下了焦家现存的这个四合院。父亲焦方田喜得次子，视若珍宝，期望他能过上富足的好日子，故起名"裕禄"。

"七七事变"之后，焦家也伴随着整个中华民族的不幸，从比较殷实的农民家庭跌落到了举步维艰的贫困境地。焦裕禄读完小学，就被迫中断学业。他从小就是个懂事、孝顺的孩子，总是尽力帮助家里干活，让父母少操心。有一年，家乡遭遇了大旱，村里的庄稼颗粒无收。看着乡亲们饿得皮包骨头，焦裕禄心疼得直掉眼泪。他跑到村长家里，用稚嫩的声音说："伯伯，让我去给县里写信，求他们救救咱们村吧！"村长瞪大了眼睛，很吃惊地看着这个才十几岁的孩子，感动地点了点头。焦裕禄在县里求人帮忙，饿了就吃口煎饼，渴了就喝口凉水，累得筋疲力尽，终于为村里争取到了救命粮。焦裕禄看着乡亲们吃饭的情景，高兴地笑了。村里的老人很疼爱他，常有人摸着他的头说："裕禄啊，你真是咱们村的好儿郎呀！"

1941年，父亲焦方田因无力偿还高利贷，在家中油坊上吊自杀。1942年，焦裕禄因参加过"红枪会"被日本人以"抗日分子"的罪名，抓进了博山县城里的日本宪兵队。不久，日寇把从山东各地抓来的青壮劳力，押到辽宁抚顺的大山坑煤矿做特殊劳工。据焦裕禄回忆，不到一个月的时间，同被抓去的邻近村庄的20人就有17人被折磨致死。1943年4月，焦裕禄逃离煤矿，辗转回到家乡。因没有"良民证"，他又先后两次被抓。

1943年秋天，山村的日子还是穷得过不下去，焦裕禄被迫带着家人外出逃荒谋生，在江苏省宿迁县给地主胡太荣家做了两年长工，抗日战争胜利后，1945年8月才又回到博山。回到家乡后，通过民兵队长焦方开的介绍，焦裕禄加入了民兵队伍，1946年1月，焦裕禄在北崮山村加入了中国共产党。

1947年6月，博山县武装部选派焦裕禄等20余人到华东军政大学学习。由于敌人进攻，华东军政大学转移，一行人员到临朐县找到了鲁中区党委招待所，参加了南麻、临朐的战斗。战役结束后，焦裕禄随华东野战军八纵到渤海军区，分配到商河县做土改复查工作。8

月，参加了鲁中区党委干部集训，成为鲁中南下干部队淮河大队一中队二班班长。焦裕禄所在淮河大队因工作出色留在豫东，焦裕禄担任尉氏县彭店区土改队长，后担任尉氏县委宣传干事，尉氏县大营区区长，青年团陈留地委宣传部长，青年团郑州地委宣传部长、第二副书记等职。

1953年，新中国第一个"五年计划"开始实施，焦裕禄被组织选派到"一五"期间苏联援建的156个重点项目之一的洛阳矿山机器厂工作，1954年8月，厂党委选派他到哈尔滨工业大学学习。1955年2月，他到大连起重机厂实习，被推选为车间主任。1956年年底，焦裕禄又回到了洛矿，担任一金工车间主任。1962年春，河南省委决定从工业战线调一批年轻干部加强农业建设。当时，河南省委与开封市委都点名要焦裕禄，党组织又把他派回尉氏县，担任县委书记处书记。

自古以来，黄河多水患。豫东的兰考县是黄河古今河道的交汇处，也是黄河最后一次改道进入焦裕禄家乡的拐点，盐碱、风沙和内涝之患，给兰考人民带来说不尽的苦难。连续三年特殊困难，兰考的情况更加恶化。1962年年底，焦裕禄临危受命，担任了兰考县委书记。至此，焦裕禄这位党的好干部、人民的好儿子，完成了从扛锄把子、枪杆子，摇轮子，到掌握"印把子"的角色转换，他的名字、他的血肉与兰考大地紧紧连在了一起。

对个人而言，加入中国共产党是一件十分神圣的事情。在鲜红的党旗前，举拳宣誓就是一生的庄严承诺。在民族危亡的关键时刻，在共产党还那么弱小的时候，前辈靠的是报国为民的坚定信仰和崇高理想，自愿献身革命。1946年1月，焦裕禄在本村农民焦念祯家一间闲房内履行了入党程序，24岁的他加入了中国共产党。前几年，焦裕禄纪念馆的同志在大连起重机时期干部档案中惊喜地发现了焦裕禄同志的这样一段自述："这时入党是绝对保守秘密的，也未举行仪式，只是党支部书记李京伦念了下党章和几遍党员教材，介绍了下谁是党员，告诉我候补期为三个月，从此我才参加了党。但这时对党是干什么的一点也不知道，只知道共产党对穷人好，自己自从共产党来了才有出路了，入党要好好干工作，各项工作起带头作用。"而展览时，有人曾担心"但这时对党是干什么的一点也不知道"这句话可能影响焦裕禄形象，我不这么认为，反而感觉这样更真实、更可信！对待历史首先应该有敬畏和尊重的态度。对历史人物和事件的评价，一定得放回当时的时代条件和背景中去考察。否则，可能有失客观和公正。当时，党的活动还是秘密的，焦裕禄同志有了"只知道共产党对穷人好，自从共产党来了才有出路了"的认识，是多么深刻和到位，这是多大的勇气和底气！这才是朴实、老实、真实、令人信服、可亲可敬的焦裕禄。正如1955年年底，焦裕禄在大连起重机厂填写干部档案"自传"时道出了自己的心声："自学习总路线后，更进一步认识了国家建设的伟大前途和将来生活，这便是我能在工作上经常保持积极肯干的主要力量。"

焦裕禄入党、成为党的好干部，形成"亲民爱民、艰苦奋斗、科学求实、迎难而上、无私奉献"的焦裕禄精神，原因众多，从根本性和溯源性上讲，是因为他较早接受了马克思主义真理和中华优秀传统文化的熏陶。近代以来，博山成为我国举足轻重的工业重镇，产业工人数量大。中共一大代表王尽美、邓恩铭先后来到博山，宣传革命思想，开展工人运动，在博山点燃了革命的火种。在博山县第六高级小学上学时，焦裕禄加入了学校的雅乐队，接受了一些进步文化。焦裕禄经历过战乱灾荒，深受牢狱之苦，当过煤矿"特殊工人"，在内心深处埋下了民族仇恨的种子。从另一个方面看，博山位于齐、鲁交汇处，博山作为著名华夏孝乡，孝道深入人心，孝妇河、颜文姜祠满载着孝道传承的历史故事。齐鲁文化和孝文化对焦裕禄产生了潜移默化的影响。应当说，焦裕禄的成长，与党组织的教育培养、优良家风的熏陶、个人的努力奋斗以及家人的默默支持是密不可分的。

实践永无止境，认识真理永远不会完结。焦裕禄是马克思主义真理光芒和中华优秀传统文化的光辉叠加锻造的中国共产党人的光彩形象！

焦裕禄担任兰考县委书记这段时间，争分夺秒、夜以继日地工作。

1964年2月5日是春节，焦裕禄知道自己的病情越来越严重，未来如何也不好预料，于是就计划带着全家人回山东淄博老家过个春节，祭祖，看望老母亲和众乡亲。

最早知道他这个想法的，是县长程世平。"年前年后的工作也都有个头绪了，我准备带上老婆孩子，回趟山东老家看看老娘。"

"应该呀。做些准备了吗？"程世平边问边来到坐在火炉旁还微微打哆嗦的焦裕禄身边，伸手捏了捏焦裕禄的棉袄，又摸了摸焦裕禄的额头。

"哎，我认为你的病又犯了。这么冷的天，你穿得这么单薄，棉袄里也不套上件衬衣、秋衣什么的？这肯定冷呀。"

焦裕禄笑了笑："是。可我这不是没衣服套吗。家里人口多，布票少，钱又不凑手，将就着穿吧。再说，老百姓还有很多穿不上棉衣的呢。"

"没布票，我可以帮你借呀。说啥也得穿上件衬衣吧。要不，你穿着个空心袄回老家，让咱老娘看见心里是啥滋味？如果问你这县委书记怎么当的，你怎么回答？"

夜已经很深了，刺骨的寒风在窗户外焦急地打着旋，吹得树叶和尘土飞扬。煤炉闪动着熄灭前微弱的火焰，扩散着余温。焦裕禄终于说出自己的难处："我这次回去，连路费还没凑够呀。"于是俩人商量，决定从县委办公室职工互助金中借用300元应应急。这个互助金，是同志们自愿缴纳、无息保本、相互救急、体现公益性的一点钱。"难道堂堂的县委书记，穷得连回趟老家的路费都不够？"在那个年代、在焦裕禄身上，这是多么正常，又是多么高尚！

焦裕禄如愿以偿，带着妻子和孩子一起回山东博山老家过春节、吃年夜饭，实现了遥不可及的梦想。焦裕禄回老家过年特别高兴，心情非常好，他除了在家陪母亲，还挨家挨户拜访了儿时村里的伙伴、一起吃苦受累的乡亲和并肩作战的战友。过了大年初一，就从自家出发，顺着崮山桥，开始逐家拜年。比焦裕禄晚十天出生的陈壬年回忆说，当时焦裕禄在他家里坐了一个多钟头，给时任村支书的他提出了工作建议：一是抓好封山造林，靠山吃山。"咱北山上光秃秃的，得绿化绿化，在崮山上种些桃树什么的，开了花也好看，有人会来参观，村民们也有些收入。"二是抓水利。在冬季农闲时，"可以让各个生产队挖几个蓄水池，割完麦子种玉米的时候，挑水养苗不怕旱，能保证粮食产量"。

焦裕禄在家的短短十八天里，东家门，西家炕，做的都是记挂在心头上的事。可是乡亲们并不了解，焦裕禄是强忍着病痛回家的，他是在以这样的方式跟日思夜盼的家乡告别，跟乡亲们告别，跟当年一起战斗过的战友们告别，跟年迈的老母亲告别。

离开家乡的那天早上，天又下起雪，焦裕禄和妻子、孩子们恋恋不舍地迈出家门，焦裕禄回头看了一眼站在雪中送行的老母亲，立刻转身跑回娘跟前，"扑通"一声跪下。

雪落在娘的白发上，娘更显得苍老。娘正需要儿子照顾，儿子却又要远行，愧疚之情涌上心头。焦裕禄大喊一声："娘——"接着重复了嘴边的那句话："娘，你可得照顾好自己的身体呀！"

面对这突如其来的一跪，母亲有些意外，但立刻明白了一切。这分明是儿子在跪谢呀，既是跪谢母亲的养育之恩，又是跪谢这片养育他的土地和列祖列宗呀，他这是把这次离别当成与母亲、与家乡的生死离别了。老母亲表现得很坚强，缓缓弯下腰，轻轻扶起儿子，"禄呀，别这样。快起来，孩子们可都看着哪！"

然后用手拍落儿子肩膀上的雪花："去吧。我——你放心。你照顾好自己的身体、照顾好孩子们就行。"

雪仿佛越下越大了，母子俩挥手告别的身影越来越模糊，直至消失在雪花飞舞的山峦间，深深刻在心窝里……

半个多世纪过去了，但在故乡人民的心灵深处，焦裕禄从来没有离开过。在博山的街头巷尾，无论你遇到白发苍苍的老人，还是年轻力壮的青年人，他们都以焦裕禄为荣、以焦裕禄为傲，每个人仿佛都有说不完、道不尽的焦裕禄。

兰考大地上的"焦桐"

河南省兰考县焦裕禄干部学院的大门外，焦裕禄当年亲手栽下的

"焦桐"，亭亭如盖，浓荫蔽日，树围三搂多粗，每天都有大量学员或游客在此伫立仰望，聆听故事，感悟初心，拍照留念。

"这是一棵长在咱兰考人心尖上的树！"

1963年春天，焦桐广场所在地还是一片沙地，焦裕禄在此亲手栽下这棵泡桐。次年，焦裕禄再一次来到这里时，看着眼前长势正旺的泡桐树，他将自行车往地头一放，一边走一边说："你看我们去年春天栽的泡桐苗都成活了，长得这么旺，三五年就能起到防风固沙的作用。我相信，十年后这里就会变成一片林海。"这棵焦裕禄亲手栽的泡桐树，历经一个甲子的岁月洗礼，已长成参天大树。为寄托对焦裕禄的怀念，当地人亲切地称它为"焦桐"，它成为焦裕禄的化身。

九曲黄河最后一道弯在河南兰考县。这里是豫东黄河故道，曾饱受风沙、盐碱、内涝之患，"漫天飞黄沙，遍地不生绿"。只要一刮风，满脸都是灰土，牙一嚼都嘎吱嘎吱响。《兰考县志》记载："1962年，兰考遭风沙肆虐，21万亩麦子被毁，入秋洪水漫灌，23万亩庄稼被淹死，盐碱地上10万亩禾苗绝产。沙荒、盐碱、涝地占总耕地面积的41.8%，全县粮食亩产量只有43斤，年底全县共缺粮660万公斤，全县36万人中有近20万是灾民。"焦裕禄踏上兰考这片土地的那一年，正是这个地区遭受连续三年特殊困难较严重的一年，全县粮食产量下降到历年最低水平。群众断粮断炊，许多群众外出逃荒要饭，有的因饥饿全身浮肿，甚至饿死在村口路边。他放下背包，从第二天起，就深入基层调查研究。他说："吃别人嚼过的馍没味道。"他拖着患有慢性肝病的身体，在一年多的时间里，跑遍了全县149个大队，千方百计寻找有效治理兰考内涝、风沙、盐碱"三害"的办法。他率领干部、群众积极探索，真抓实干，进行翻淤压沙、翻淤压碱、封闭沙丘试验，然后以点带面，全面铺开，总结出了整治"三害"的总体设想和具体策略，探索出了大规模栽种泡桐的好办法。

焦裕禄任何时候都把群众挂在心上。他下乡时除了调研工作，也会到最贫苦的人家看望。在那一个风雪天，他访问了9个村子几十户生活困难的老贫农。在梁孙庄，他走进一个低矮的柴门，这里住的是一双无儿无女的老人。老大爷因病躺在床上，老大娘是个盲人。焦裕禄一进屋，拍拍身上的雪，一屁股就坐在老人的床头上，开始问饥问寒。

"这么个大的雪，你怎么来了。你是谁呀？"老大爷问。

"我是您的儿子。"焦裕禄很亲切很自然地回答。

老人又问："这大雪天的，你来干啥？"

焦裕禄说："毛主席叫我来看望您老人家。"

老大娘感动得不知说什么才好，用颤抖的双手上上下下摸着焦裕禄……

焦裕禄始终把兰考人民当成自己的亲人，心里装着全县干部群众，唯独没有他自己。他经常肝部痛得直不起腰、骑不了自行车，仍然用手或硬物顶住肝部，坚持下乡、继续工作，直至被强行送进了医院。

焦裕禄的妻子徐俊雅曾经向女儿焦守云讲述焦裕禄去世前的场景："一到晚上，你爸爸的肝疼起来，从床这头滚到床那头，也不让医生打止痛针，他怕麻烦别人，怕多花钱。"肝疼难忍，焦裕禄曾用烟头烫自己，先是胳膊，后是肝部的位置，他还称这是"转移疼痛治疗法"。

"埋骨何须桑梓地，人生无处不青山。"1964年5月14日9时45分，焦裕禄被病魔夺去了生命，年仅42岁。焦裕禄病逝后，人们在他病床的枕下发现两本书：一本是《毛泽东选集》，一本是《论共产党员的修养》。

焦裕禄这位党的好干部、人民的好儿子，从熟悉锄把子、枪杆子，到掌握"印把子"的奋斗成长历程和人生轨迹，既书写下共产党人的视人民如天、人民利益至上的最美答卷，又书写下自己短暂却璀璨的人生画卷。

一个人，一棵树，一种精神，一个产业。随着时代的发展，如今的泡桐树已成为兰考的绿色银行。泡桐除了防风治沙，还是制作乐器的优质原材料。目前全县各类民族乐器生产及配套企业达到219家，年产民族乐器70万台把、配件500万套，年产值达30亿元，全国市场占有率达到35%左右，带动1.8万余人吃上了"泡桐饭"。当年的"防沙树"变成兰考人民的"致富树"，奏响从产业振兴到全面乡村振兴的五彩乐章。

风凉生阔叶，土瘠养深根。泡桐树泼辣喜阳，喜欢沙壤土或沙砾土。"焦桐"生命力旺盛，已成为泡桐树中的寿星。这源于兰考大地的滋养、河南人民的精心呵护，还有党和人民的信任与重托。

"焦桐"，我向您鞠躬，我向您致敬！

矗立心头的雕像

人类学家列维·布留尔认为，"每个图腾都与一个明确规定的地区或空间的一部分神秘地联系着，在这个地区中永远栖满了图腾祖先的精英"。一个伟大民族最深沉的精神追求，一定在其薪火相传的民族精神中进行基因测序和传承。

"焦裕禄同志是人民的好公仆，是县委书记的榜样，也是全党的榜样。"习近平总书记对焦裕禄赞赏有加，视为人生榜样，他长期关注、高度评价焦裕禄精神，尤其近年来，多次在不同场合深入阐发、深情解读焦裕禄精神。

2009年4月1日，习近平同志在兰考焦桐园附近的麦田里栽下一棵泡桐，并把焦裕禄精神概括为"亲民爱民、艰苦奋斗、科学求实、迎难而上、无私奉献"，激励广大党员干部学习弘扬焦裕禄精神。

当年，兰考是河南开封地区最苦的一个县，最穷的一个县，最困难的一个县。1962年年底，地委派焦裕禄去兰考工作时，组织上让他考虑考虑，但焦裕禄立即表示："感谢党把我派到最困难的地方，越是困难的地方越能锻炼人，请领导放心，不改变兰考的面貌我决不离开那里。"

焦裕禄说到做到，一生一直吃苦遭难的焦裕禄最知道老百姓的心思和苦楚，很快"就脱下褂子，穿个线衣，挽起裤腿，和大家一起干起来"，迅速融入了兰考。"他体贴老百姓，老百姓也贴近他、信任他。"

1964年5月16日上午，河南省委、省人民委员会在商丘民权县召开全省沙区林业工作会议，兰考县的一位县领导在发言。

"兰考一天也离不开焦裕禄,可在全县除'三害'斗争最需要他的时候,他却突然撒手走了。兰考的天塌了,老百姓哭得肝胆俱裂,昏天黑地。为什么老百姓对焦裕禄比亲人还亲?就是因为他头拱地为兰考父老乡亲造福,是兰考人民名副其实的好儿子!我们跟着老书记干,浑身有使不完的劲儿,兰考县委班子出了这样的好班长,我们都感到脸上有光。"

会场上鸦雀无声,一些人泪光闪闪。

"要治沙,先治人。治理好沙害,必须先转变人们的观念,坚定信心和勇气",这正是焦裕禄用生命换来的兰考经验的精髓所在。

本来限时一小时,会议主持人说:"兰考的发言不受时间限制。"就这样,讲治沙经验变成讲治沙人的事迹了,跑题的发言整整噙泪讲了两个半小时。当天下午,会议调整主题,"与会全体同志讨论焦裕禄同志的先进事迹"。

1964年5月,郑州天气热得早,万物进入蓬勃生成的季节,医院却发出了焦裕禄病危的讯息。河南省委组织部长张健民和开封地委组织部长王向明代表省委、地委去医院看望病情危重的焦裕禄。躺在病床上的焦裕禄脸色苍白没有血色,但意识清醒,他用力睁开干涩且沉重的眼皮,陡然看到组织上的来人,紧紧握着他们的手,声音也沙哑起来,时而又眉头紧蹙。焦裕禄心情特别复杂,他知道自己的病情已经很严重,但心中有许多的无奈和无法言明的伤悲与遗憾。此时他最放心不下的是兰考的工作,他和县委一班人正在带领兰考人民除"三害"斗争,在这关键时刻自己却要中途退出战斗,没有完成党交给的任务,没有实现兰考人民的愿望,心里全是难过、痛苦与不安。在这即将生死离别的时刻,他有许多知心话要对组织说:"感谢党、感谢组织对我的培养和关怀,感谢对我精心治疗。我没有完成组织交给的任务,没实现兰考人民'防洪、治沙、吃饱饭'的愿望,对不起党,对不起组织,对不起兰考人民。"焦裕禄说得十分动情,虽然声音不高,但那话分明是从心窝里一个字一个字蹦出来的,说完,眼角涌出了泪水。

"老焦,老焦,别这样。你的工作很用心、很出色,省委很满意,开封和兰考人民很满意，你不愧是好党员、好干部。"张健民紧紧握着焦裕禄皮包骨头的手激动地说。那握在一起的两双手分明都在颤抖，仿佛握着千言万语、千嘱万咛、千唤万唤，睫毛也在微微颤动。在场的人都感动得落下热泪。

张健民赶忙擦了一把眼泪，说："老焦，今天我们代表组织来看望你。你有什么话，尽管说。你还有什么要求，我们一定帮助实现。"

焦裕禄由于刚才激动，体力明显下降，说话的声音变得更小，时而断断续续："我死后不要为我多花钱，省下来支援灾区……我活着没有治好沙丘，死了以后请把我运回兰考……把我埋在沙丘上，我要看着兰考人民把沙丘治好。"

焦裕禄弥留之际的声音不高、话也不多。可这临终的后事安排，既合乎他一心为民的品格，又出人预料，句句戳人心，天地都动容。省、地两级组织部长和在场的人，被焦裕禄这以身许党许国的政治觉悟和"我将无我，不负党和人民"的境界情怀所感动，同时也为党即将失去这么一位好干部而痛心和惋惜。

焦裕禄去世时，年仅42岁。当年焦裕禄的妻子徐俊雅33岁，焦裕禄既割舍不下党的事业，也割舍不下自己的亲人，他放心不下妻子，放心不下他和妻子各自的老母亲和6个儿女。在那个年代，这一家人的生活艰难程度可想而知。但是自家的小事、私事、家事，焦裕禄从来不给组织添麻烦，对自己的家人始终从严要求，没有松懈的时候。临终时，焦裕禄还不忘与妻子徐俊雅"约法三章"：不准向组织上要钱、要东西；不准给组织上添麻烦；不准向组织上要救济。这是一位好干部，一个深爱着妻子的丈夫对自己妻子最后的约法三章，徐俊雅一直恪守着焦裕禄的嘱托。

焦裕禄对妻子严格，对子女也是如此。那年，19岁的焦守凤被叫到病床前，焦裕禄摘下戴了多年的一块旧手表，交给她说："爸爸没让你继续读书，也没给你安排一个好工作，爸爸对不起你，这块旧手表送给你做个纪念吧。家里的那套《毛泽东选集》留给你，毛主席会告诉你怎么做人、怎么工作、怎么生活……"

焦裕禄的女儿焦守云回忆说："父亲很贫穷，但是我们觉得他很'富有',他给我们留下了一座精神的'金矿'。经岁月的洗礼,我们也真正理解了什么是'严是爱、宽是害'。我们爱我们的父亲!"

焦裕禄始终保持艰苦朴素、严于律己的作风,他生前用过的棉被上有42个补丁,褥子上有36个补丁。一次,当他听到自己的孩子"看白戏"时,立即要求孩子补上了两毛钱的戏票。这件小事,引起焦裕禄的深度思考,他亲自起草制定了《干部十不准》,明确任何干部不准搞特权、不准特殊化。这十条既平常又不平常,大到"不准用国家或集体的粮食大吃大喝,请客送礼",小到"不准送戏票,礼堂10排以前的戏票不能光卖给机关干部",规定得十分细致。焦裕禄把自己的职位看作是为人民服务的岗位,把职权看作是受人民的委托,为革命掌权,不能用于谋个人的私利。这个《干部十不准》成了约束兰考党员干部行为的准则和规矩,也影响了一代又一代共产党人。据有的同志介绍,党中央在制定"八项规定"时还作了参考。当下,许多干部犯错误,说到底是没守住公权力,没堵住"贪心"这个无底洞,自己跳的"坑"。

习近平总书记在兰考与基层同志座谈时发问:"焦裕禄在兰考工作时间并不长,但给我们留下了这么多精神财富,我们应该给后人留下什么样的精神财富?"当年,焦裕禄在兰考一年多的时间里,几乎走遍了兰考的每一寸土地,他下乡住的是农民养牲口的棚子,县委有汽车,他却始终骑自行车,天下大雨,他冒雨勘察内涝情况,努力掌握水患第一手资料,为抵住肝病的疼痛他居然把座椅旁侧抵出一个窟窿。焦裕禄虽然没有做什么惊天动地的大事,凭着牢记党的嘱托、人民信任和拼命实干的精神,带领着兰考人民坚决改变兰考贫穷的面貌,成为兰考人民的主心骨、党员干部的楷模、那个时代乃至今天也不过时的英雄。

2024年,焦裕禄逝世60周年,他的精神仍然焕发出时代光彩,随着时间的推移愈发光辉灿烂。

习近平总书记指出:"直到生命的最后一刻,焦裕禄始终保持人民公仆的本色,想的仍然是人民群众的幸福安康,充分体现了共产党人立党为公、执政为民的崇高风范。"习近平同志还号召广大党员干部要特别学习弘扬焦裕禄同志"心中装着全体人民、唯独没有他自己"的公仆情怀，凡事探求就里、"吃别人嚼过的馍没味道"的求实作风，"教日月换新天""革命者要在困难面前逞英雄"的奋斗精神，艰苦朴素、廉洁奉公、"任何时候都不搞特殊化"的道德情操。

焦裕禄的光辉事迹充分说明：一个人的地位不用太高，一个人的贡献可以不大，一个人工作的时间也可以不长，只要实实在在地为人民做事，人民就会永远铭记他，不会因为岁月流逝而淡忘，他必定在人民心中获得永生。虽然时代不同了，环境条件变化了，焦裕禄精神不能丢。

党的欣赏、夸赞、表彰，是您一生最踏实、最高尚的荣誉！

人民的敬佩、敬仰、敬重，是您一生最美、最贵重的勋章！

当年焦裕禄在兰考带领兰考人民种植泡桐，既防风固沙，又适合盐碱地，既有社会效益账，又有经济效益账。进入新时代，兰考人民不断开阔眼界、拓展思路，又形成了蜜瓜、红薯、花生组成的乡村振兴特色产业"新三宝"，既养口福，又鼓起钱袋子。

焦裕禄的故事和精神如同绵绵春雨，滋养和激励着一代代共产党人，不断创造新的辉煌。焦裕禄的家乡在鲁山北部。鲁山是淄博的最高峰，山东的第四高峰。家乡博山的山山水水、纯朴善良的人民和孝文化滋养了幼年和青年时的焦裕禄，涵养了伟大的焦裕禄精神。焦裕禄成为这片土地的光荣和人民的骄傲，成为大家崇拜和学习的榜样。鲁山周围，焦裕禄精神深入人心，英雄辈出。

——朱彦夫，1933年7月出生在山东省淄博市沂源县张家泉村。"和平是烈士拿命换的。"他参加过上百次战斗，3次立功，10次负伤，是动过47次手术的特等伤残军人；退伍后，拖着残躯带领乡亲建设家园，并将自己的经历体会写成小说，用坚强意志和为民情怀书写着自己的"极限人生"，被誉为"中国的保尔·柯察金"，先后获"最美奋斗者"个人称号和"人民楷模"国家荣誉称号等。

——孙建博，淄博市原山林场党委书记，一级肢体残疾人，全国人大代表。他凭着"千难万难，相信党就不难"的坚定信念，30多年扎根基层，改革创新，艰苦创业，把负债4009万元的小林场打造成为全国林业战线的一面旗帜和国有林场改革的样板，被授予共和国历史上第三位"林业英雄"称号。

——2023年春，淄博烧烤爆火的时候，网民们关注起淄博市政府办公楼。这座楼已有四十多年历史，只有六层高，没有华丽外观，院墙也很普通，甚至还不如一些村庄的办公楼，这座朴实无华、有些"寒酸"的办公大楼，竟成了打卡景点。有人在追问："淄博穷得盖不起新楼吗？"当然不是。淄博作为一个老工业城市，财政日子比较好过，历任掌舵人都想到过建座与淄博经济实力相匹配的新办公楼，但面对焦裕禄当官做事的风格和艰苦奋斗的精神，思忖再三，还是保持了这种"几十年如一日的朴素作风"。

——从淄博烧烤爆火始，网民一直夸赞淄博的领导班子和干部队伍亲民为民、作风务实。客观地说，他们工作确实用心、用情、用力，通民心，接地气，从根本上讲，这是中国共产党人红色基因的传承，是焦裕禄精神潜移默化的影响。

为什么我们要一遍又一遍、反复地高唱"中华民族到了最危险的时候"这句国歌的歌词呢？这不仅仅是如履薄冰的谨慎和居安思危的忧患，更是客观现实的迫切需要。事实上，我们党自诞生之日起，一直在自我革命、持续斗争的路上，清醒应对和化解着各种生死存亡的严峻挑战。

官风正，民风淳。党风、政风、民风，在百姓眼里都根源于官风。在一些人不作为之风渐长、进取心日消的背景下，焦裕禄精神更是治疗老百姓最讨厌的官僚主义和形式主义的一剂良药。焦裕禄始终坚守入党初心和重于泰山的责任，把党和人民的事业置于自己的生命之上；始终保持对党赤胆忠心的火热和对人民群众的那股亲劲，不惧艰难困苦和疾病折磨，敢于斗争、善于斗争；始终立足实际，求真务实，以百姓心为心，不打官腔，不虚情假意，不故弄玄虚，无论什么情况下都让党和人民舒心、放心、安心。"天下太平，忘战必危。"只要每位党员干部都拜焦裕禄为师，与人民心心相印、同甘共苦，保持昂扬实干的精气神，敢想、敢干、敢闯、敢试，真干、实干、会干、苦干，定能引领时代之风，立强国富民之威。

焦裕禄这尊矗立在博山大地上的雕像，已经永远定格在中国共产党人的精神谱系上，定格在中华民族的炽热土壤里，定格在老百姓纯朴善良的心目中，分明是时代的凝望、民族的脊梁、人民的希望。

那目光，是温暖阳光、行动方向！

那心跳，是昂扬号召、心灵回响！

那头颅，是烈火金刚、永恒信仰！

第六章

大商之道在"无算"

商业活动与我们每个人的生活密不可分。周村古商城,山东仅有、江北罕见,是齐文化的重要载体和鲁商文化发源地,"利缘义取,大商无算",这是周村古商城繁荣发展的血缘基因和精神根脉,是鲁商群体在苦难中坚守、在竞争中生存的诀窍和文化基因。

鲁商与徽商、晋商、浙商、闽商并称为我国"五大商帮",周村是鲁商发祥地。

商业活动与我们每个人的生活密不可分,也可以说,所有的商业活动都是围绕人展开的。经济社会发展到今天,农村有集市、超市,大中小城市有商店、商业街,很多人喜欢赶集、逛街,高品质的生活离不开商品和商业街区。淄博周村古商城,山东仅有、江北罕见,由大街、丝市街、银子市街等古商业街组成,是山东最有历史积淀、最有文化内涵、最有故事的商业街,依然鲜活地上演着大商之道在"无算"的商业传奇……

2024年,是周村开埠120周年。

低调繁忙的老街

淄博市周村区位于淄博市西部,西南与济南章丘市接壤,西北与滨州市邹平县毗邻,地势南高北低,是中国北方商业重镇。目前,周村是山东省淄博市所辖的区,可不是一个村庄。

周村因丝而商、因商而城、因商而盛,自古以来商业氛围浓厚,是齐文化的重要载体和鲁商文化的发源地。

相传乾隆下江南时路过周村,正逢正月十五,只见大街上各商号张灯结彩,正在举行旱船、狮子、芯子、高跷等民俗表演。乾隆龙心大悦,随即挥毫泼墨,御赐周村为"天下第一村"。

周村古商城,历经几千年的风雨洗涤,依然保持原始自然的风貌和古朴神秘的魅力,有始建于唐代的摩尼教寺即现存的千佛阁,有建于元代的汇龙桥，有建于清代的魁星阁，有闻名天下的"八大祥"等商业老字号，素有"旱码头""金周村""天下第一村"的美誉，被专家誉为"活着的古商业街市博物馆群"。

商代是中国古代经济比较发达的年代。商周初期，周村的前身於陵已经存在。商朝末年，百姓拥护的姬昌（即周文王）遭佞臣诬陷，昏庸无道的商纣王不分青红皂白就逮捕了他，囚禁在了河南羑（yǒu）里。姬昌的大臣散宜生等千方百计搭救他。散宜生克服困难，长途跋涉来到东海之滨的於陵市场上，重金购得了一种毛皮漂亮的珍贵动物——虞。纣王看到散宜生献上的虞等宝物，便听信劝言，下令释放了周文王。周文王回到西岐，重整旗鼓，奋起反商。后武王继承他的事业，最后推翻了商朝统治，掀开了中国历史新的一页。於陵就是周村的前身，这也是最早关于齐地重要商贸活动的记录。至春秋战国，周村已是很有影响的城邑了。

闻名天下的中华名店"瑞蚨祥""谦祥益""鸿祥茶庄""瑞生祥"等八大百年商号依旧伫立在这里。自古以来，周村便以美丽的丝绸和繁华的商业而闻名，成为鲁商文化的起源地。

周村大街形成于宋元时期，清末民初最为繁盛。从原北极阁到大街的南端，是最繁华的地段，也是过去周村的商业中心。前期多由陕西和山西商人开拓经营，中期汇集江南各路商帮，后期由山东民族工商业者推动其繁荣。

周村古商城老街的主入口，都有样式不同的牌坊。老街不很宽敞，两旁都是经营各式商品的店铺。这是典型的北方古镇老街，在历史的更替中保存完好，整体建筑彰显着历史沧桑感和久远的时代感。漫步这长长石板路，穿行于风格迥异的店铺之间，眼前依稀再现早年间全国各地南腔北调、穿着各式各样的商人忙碌的身影。曾有人把这里比作中国工商业的摇篮，就在这不大的古街巷，孕育诞生了几十家全国闻名的工商业老字号，缔造着一个又一个工商业传奇。每一家商铺，每一处建筑，每一个门匾，也都有一段精美绝伦的感人故事。

清朝中叶，周村成为著名的商业中心，与佛山、景德镇、朱仙镇等著名水陆码头齐名，独领"旱码头"风骚。1904年开埠前，周村在山东省的经济地位冠绝全省，每年货币流通量1000多万两白银，数倍于济南。

沿着古街往前走，我仿佛穿越历史隧道，迈入600多年前的商城。映入眼帘的是大街两旁的明清建筑，一律是老式的门匾，没有现代的材质和时尚的装饰，长街短巷、黛瓦灰墙、店铺林立、青石板、老字号、旧牌楼、马车、轿子、书局、酒肆、客栈、染坊、票号、银号、绸布庄……家家古香古色，处处悬灯结彩。恍惚中又仿佛听到自遥远的地方传来商城繁华的喧嚣声，而且昔日商贾云集的影子也仍依稀可见，时至今日还在延续着当时的辉煌。

很难想象在淄博这个现代化城市中，还有一座保存如此完好的原址原貌、原汁原味的古镇，让我不由心生几分好奇。据说周村古镇原有商业老街巷36条，还有许多小胡同。20世纪八九十年代初"拆旧建新"大潮汹涌时，尽管一些民间有识之士极力为古街保护呼吁奔走，但古街仍难逃厄运，除这条街外，绝大部分已荡然无存。也有一说在城市改造时因资金短缺而保留下了古镇的这条街，还听说那年张艺谋、巩俐他们在这里拍电影《活着》，也是古街能保留下来的一个原因。

这条古朴传统、低调繁忙的古街存活着周村的历史和鲁商文化，是何等稀有、何等珍贵！

历史留给我们的绝不只是房子和商铺，还有她的商业文化，她的人文生态氛围，她的灵魂。古商城充满了浓厚的北方民俗气息，早上敲响"天下第一锣"，寓意大小商家鸿运当头、生意兴隆；在景区北口入口处，来自民间的锣鼓队穿着传统的服装，打锣、敲鼓，吹起欢快的唢呐调，拉开一天的序曲；民俗婚礼的花轿穿街而过，鞭炮声引导着追赶声和欢笑声；古镇上那些具有古老气质的店主、店员，以及来自四面八方具有现代气质的追寻者和旅行者，有序地活跃、热闹着。在这里，好像三年新冠疫情没让人们之间产生疏离感和社交焦虑，反而使他们笃定了对未来的希望和对生命生活的热爱与自信。

周村古商城像一位慈眉善目、身体硬朗的长者，不迷恋昔日繁华，不声张，不守旧，不抢风头，得意洋洋地欣赏时代匆忙的脚步、年轻人的追逐和飘动的缕缕炊烟，穿越感、沧桑感和新潮感十足……

天下同利

"周村芯子"是周村人最喜欢、最独特的娱乐形式。逢年过节,由儿童装扮剧中人物站在三四人高、细细的芯子上,由人抬着行走,招摇过市,险中求趣,这是精彩的高空民俗表演。辅以仪仗、锣鼓、秧歌、高跷等多种民间传统艺术,令人叹为观止,堪称"中华一绝"。

历史上的周村本是长山县的一个镇,传说"泰山奶奶"碧霞元君是周村长山人,每年三月三,周村人就开始张罗着迎泰山奶奶回娘家。公推几个老成持重之人,背上泰山奶奶的画轴,快马加鞭,直奔泰山,三叩九拜请上神灵,返至淄川地界时,先由一人奔回周村报信,准备接驾,自此日开始,至三月十五泰山奶奶生日止。自明清始,聪明的周村人受高跷和蜡烛灯台启发,为让老人、小孩和个头矮的人站在远处也能观看演出,由大丝绸商在元宵节争相举行别具一格的"周村芯子"演出,其实这也是商家的营销"大战"。

芯子最大的亮点是由适龄孩童在芯子上扮演故事角色,孩童不仅长相要俊秀,更要体态轻巧。孩童浓妆艳抹,身着艳丽丝绸衣带,随着锣鼓伴奏,站在铁芯上高空表演,成为悬在空中的精彩景观,惊艳迷人。那声势浩大的扮玩队伍,宛如一条绵延不断的长龙,簇拥着,凝望着,欢呼着,尽享芯子美轮美奂的造型和精彩绝伦的表演。

主办的商家一方面展示最新最优质的丝绸产品,一方面用欢声笑语回馈客户。这种公益性的演出,恰恰反映出周村商人的经营理念、大爱情怀和奉献社会的精神。

《史记·货殖列传》曰:"天下熙熙,皆为利来;天下攘攘,皆为利往。"

姜太公说:"同天下之利者,则得天下。"不可利己一人而害天下。

管仲则发展为"以天下之财,利天下之人","与天下同利者,天下持之","高安在乎同利"。管仲胸襟宏阔旷达,他能辅佐齐桓公成为春秋五霸之首，正是能以天下之利为利，而不是只贪图一时一己私利。天下同利的经济思想，在齐地得到生动实践。

"利缘义取，大商无算"，就是要在达到共同利益的情况下，实现自身利益。这也是周村古商城繁荣发展的血缘基因和精神根脉，是鲁商的灵魂。

明嘉靖年间，周村出现了贸易于安徽、江浙等地的大商人史朝佐。清初蒲松龄《聊斋志异》中也有周村商业的记录，反映当时周村已经成为山东的商业贸易中心，成为齐地经济文化的主要传承地。

1936年《现代本国地图》介绍：周村"素为豫、晋、燕、赵商贾荟集之地。清光绪三十年，开为商埠，当时商贾之盛，实超过济南，而为全省之冠"。

周村古大街没有现代化的广告牌，没有焦灼的叫卖声，没有口若悬河的宣传推销声，人们也不像当今商海中拼搏的人那样匆忙和紧张，此刻还真有一种"不知天上宫阙，今夕是何年"的感觉。店主们不紧不慢、淡定从容地接待顾客，没有忙乱和浮躁的迹象，他们完全沉浸在老祖宗的遗风之中。

的确是这样，周村古商城古朴而神奇，到处蕴藏着秘密，满街流淌着商界故事。据说居民魏女士的大姨早年送给她一只碗，她一直当饭碗用了五六年，专家一鉴定，却是一只"康熙斗彩花卉纹碗"，一件价值连城的宝贝。居民吕先生下乡搜集旧物，一个老大爷50块钱卖给他一把破椅子，原来却是一把价值一二十万的明代古椅。

逛了很多商铺，烧饼铺最热闹。烧饼既是老街人惦念的滋味，又是外地游客青睐的食物，人们排着长队等待即将出炉的烧饼。据《资治通鉴》记载，汉桓帝延熹三年（160年）就有了周村烧饼。周村烧饼创制成功后，清朝宫廷曾点名确定"聚合斋"生产的烧饼为贡品，相传慈禧太后喜食周村烧饼。清末至民国，周村郭氏人家成为制作烧饼的唯一专业户，新中国成立后，公私合营加入周村食品厂。算起来，周村烧饼已有两千多年的历史。烧饼店的工人师傅现场做烧饼的工艺十分娴熟：把一个核桃大小，准确地说是12.5克的面团，揉成饼状，"揉、捏、贴、烤"动作一气呵成。制饼师傅一双巧手，不到四分钟，一张薄、香、酥、脆的周村烧饼就出炉了。虽然各地超市里都卖包装精美的周村烧饼，但是都不如现场制作的好吃。这种烧饼只有在古街的烧饼铺里现买现吃，才最有味道，满嘴飘香，念念不忘。我也加入排队的行列中，终于买到两盒新鲜出炉的烧饼，真如传说的那样：小小的圆饼薄如纱扇，形似满月，落地珠散玉碎，入口无穷回味。

周村丝绸店同样是个很"热"的地方。我这次来周村，对"周村丝绸在历史上的影响"这个话题很感兴趣，就注意关注这类的史书记载。山东在唐代是全国丝绸制品的主要产区，上交的丝绢的数量占全国的40%左右。周村是主要贡品生产城市和我国北方丝绸之路的源头之一。近几年，"一带一路"是个最热门的词。它是"丝绸之路经济带"和"21世纪海上丝绸之路"的简称。古代丝绸之路是人类历史上文明交往交流交融最为耀眼的舞台，它是汉武帝派张骞出使西域开辟的，最初作用是运输中国古代出产的丝绸。随着欧洲国家与东方诸国建立起海上直航航道，东西方之间的商贸活动越来越频繁。来自中国的瓷器、茶叶、丝绸、家具、艺术品等进入欧洲市场，并以其独特的制造工艺和异域风情引起欧洲人的兴趣。中国丝绸因细腻光滑、色彩斑斓、穿着舒适，在欧洲迅速成为奢侈品。

盛世繁华，江山锦绣。谈起周村古商城的商贸，首先要数的是周村丝绸业。丝绸是独特的蚕丝衣料，精细柔润，具有天的纯净、霞的色彩、云的影子、水的质地。因为丝绸，我们看到了"夏衫短袖交斜红，艳歌笑斗新芙蓉"的少女，"霜绡虽似当时态，争奈娇波不顾人"的贵妇，"座中泣下谁最多？江州司马青衫湿"的诗人，还有"大漠孤烟""长河落日"的丝绸之路开拓者……

地处渤海之滨的周村，丝绸文化源远流长，周村丝绸发源于新石器时代，很早就有凤凰衔来蚕种，教人们养蚕的美丽传说。历史上曾有"丝绸之乡"的美称，"桑植满田园，户户皆养蚕，步步闻机声，家家织绸缎"。夏商时期成为丝织主产区之一。春秋时期，齐国的工匠和学者们，在历代丰富高超的印染经验基础上，形成了古代第一部科学专著《考工记》，其中"设色之工"即"画、缋、钟、筐、慌"五个工种，都与练染工艺有关。"慌氏湅丝"一节，记载了练丝和练绸的工艺过程，介绍了水练和灰练两种方法。早在春秋战国时期，周村生产的丝绸，向东越海到达朝鲜半岛和日本列岛，通过燕国到达今天的蒙古和俄罗斯地区，向西通过秦国到达中亚和西亚地区。汉代是丝绸之路兴起繁盛的辉煌时期，中国的丝绸和陶瓷，成为中亚、西亚、东亚、欧洲等地贵族最喜爱的奢侈品。秦汉时期，当时直属中央的纺织印染作坊"三服官"设在齐国。"三服官"规模宏大，门类齐全，分工精确，各种工序，各个生产门类，动辄拥有上千人的工匠，每年中央财政拨款"费数巨万"。唐代丝绸之路繁荣畅通达到顶峰。唐代大诗人白居易以"天上取样人间织"来形容丝绸的精美。明末清初，丝商纷纷到周村投资办厂，周村成为江北蚕丝业重镇，在明末时已发展成为一个"商贾辐辏"的贸易中心市镇。每逢四、九开集时，"豫、晋、燕、赵商人，咸集于此"。从康乾盛世到清代中期，周村商业的发展已具有相当大的规模，号称"百货丛积，商旅四达"，周村丝绸贸易达到了巅峰时期。清乾隆年间，《淄川乡土志》记载："蚕丝本境天然之大宗，每届春令，比户饲之，……本境虽能缫丝，而售与周村商贾织造。"那时植桑养蚕已成为当地百姓的主要行当。"每于夏季，丝市极盛"。附近地区所产蚕茧大都运往周村的市场出售。

近些年，在周村陆续发现了唐代外来摩尼教遗迹和文物，以及流传至今的摩尼教宗教仪式，它是沿古代丝绸之路而来的波斯文化，这说明在唐代波斯文化随着商业交往在中国流传时，周村已经是一个重要的商业贸易中心和外来宗教的传播基地。应当说，周村是中国古代丝绸之路的一个重要源头，更是中国陆上和海上丝绸之路的交织点、丝绸产品供应地。

漫步在周村古街上，依然感受到绵延不断、无处不在的丝绸文化。曾经的永和丝店、同和丝店、复源丝店、恒和丝店、同泰丝店、同升丝店、泰来丝店、人和丝店、瑞蚨祥绸布店、裕茂公绸布店、庆和永绸布店……想当年每天门前都是车水马龙，来自东北、西北、南方以及国外的客商络绎不绝。这些保存着千余年来丝绸基地印记的地名、店名，还有许多以蚕丝为图案的建筑装饰，承载有关丝绸历史的美丽传说。闻名天下的中华名店"瑞蚨祥""谦祥益""鸿祥茶庄""瑞生祥"

等八大百年商号伫立在这里。像著名的绸布店"瑞蚨祥"，其经营传承历经一百五十年而不衰。

丝绸店仍旧保留古老的经营方式，进门仍是封闭的红漆木板柜台，各色花样的丝绸仍是卷成长条布卷排列在柜台上，柜台里边的人，手拿木尺、剪刀，招呼着顾客。有的门店展销着丝绸衣衫，最高端的是素雅、静美有悬垂感的丝绸旗袍，可以边试边买，听店主介绍丝绸的品质和辨别真伪的技术。室内气氛舒适典雅，回荡着琵琶曲、葫芦丝的低音伴奏。我妻子转来转去，终于为自己选了件心仪的服装，还为宝贝孙女买了件鲜艳的丝绸汉服。花了钱，还不亦乐乎，这就是最为时尚的购物体验吧？

周村的丝绸织染业曾相当繁荣，电视连续剧《大染坊》正是当时印染业的一个真实再现，这里即是故事发生地。浑然天成的明清建筑群和布局合理的深宅大院吸引了众多影视剧组前来拍摄。《活着》《闯关东》《中国商人》《旱码头》等影视剧组都纷纷在这里取景。

"码头"是指江河沿岸、海港停靠船舶上下旅客和装卸货物的场所，常见于水陆交通发达的商业城市。周村古镇大街矗立着一个"旱码头"的匾牌。周村古大街形成于宋元时期，兴盛于明清。清朝中叶，周村成为著名的手工业和商业中心，处在胶济铁路线上的周村，虽然不靠海、不临河，因"聚天下之货"，被称为"旱码头"。

沿着古街，家家古香古色，处处悬灯结彩。恍惚中，仿佛听到遥远商城繁华的喧嚣声，昔日商贾云集的影子依稀可见，周村古大街还在延续着昔日的景象与辉煌。

在周村银子市街的北首，立有一块六角形的石碑，上刻"今日无税"，这就是著名的"今日无税碑"。字是清顺治皇帝所赐，讲述着顺治年间刑部尚书周村人李化熙代商缴税、倡设义集的故事，宣示着身居高位的大员和地方名人推动家乡经济繁荣的义举，给后人留下了传世佳话。说起这块碑，当地人会自豪地说："我们这里是中国历史上第一个'保税区'！"

当年大街上做买卖的人多了，县里在这里设了"二公衙门"，派出专人征收市税，有人却依仗自己是当地人，就向外地来的客商要吃要喝要"使费",半讹半抢地"吃大户"。后来愈演愈烈,衙门里的差人今天拿一张纸说是内务府的文告,明天又拿一张纸说是府衙里的文书,挨个店铺敛银子,各种税多如牛毛,商家苦不堪言、怨不敢言。

刑部尚书李化熙回乡探亲,经常到街市上闲逛,和客商、乡亲们聊天,回京后便向顺治皇帝禀告了周村街上的这种情况,建议皇帝下令,免除周村市税,让商人们安心做生意。顺治皇帝顺嘴说,那就免一天的市税吧。李化熙当即叩头谢恩,心里却想,一日无税怎么能保长期繁荣呢?他想来想去,心中有了办法。连夜修书一封,第二天派人飞马直奔周村。家中接信一看,立即刻了一块五尺石碑,立于市中,上书"今日无税"四个大字,并晓谕众人,奉谕立碑,违令者严办。一时间,周村街上无人再敢收税了,那些巧取豪夺的当地人也不敢胡作非为了,周村街上做买卖不收税的消息越传越远,四面八方的商人都蜂拥而至来周村设立铺号,周村的贸易越来越兴盛了。

数年后,李化熙为侍养老母辞官还乡。他看到周村街市繁荣,心里非常高兴。当看到那"今日无税"的石碑时,又有些后怕,他心里最清楚这四个字的来历和内涵。为了不使周村街商家再受欺负,他慷慨解囊,代替商家纳税。"商家可以不缴税,国家也不能少收入。"周村街拿多少税银,全部由李府承担,不再向商人征收一文。"每岁代为纳,豪棍敛迹,不得横行。"李化熙过世后,他的儿子李灌之、孙子李斯全、曾孙李可淳一辈接一辈地接续,一直到道光年间,李化熙家族代缴市税持续了至少六代人,大约两百年时间。周村无税的佳话闻名遐迩,四方商人齐聚周村经商,周村成了商贾云集的"旱码头",李化熙一家天下共利的胸怀和"今日无税"石碑的威力,形成了上下左右、从内到外亲商、重商、安商、富商的社会氛围,他们一家赓续传承默默无闻、造福乡梓的情怀一直被后人传颂。

这些年,海关总署、税务总局和公检法司等系统,纷纷来"今日无税"碑挖掘和拍摄宣传教育片,寻找政府机构亲商、重商、扶商、兴商的秘密。

"今日无税"碑东邻曾有一"仁德茶庄"。创办人牛俊海是山东省章丘人,原为鸿祥茶庄店员。1946年10月,个人投资在周村大街南首路西开办仁德茶庄。后来因变故,茶庄停业。1982年,他决定重开老店。当时手头并不宽裕,牛俊海决定亲自跑一趟杭州,找以前的供货商谈一谈。不过已经三十多年没有联系了,能不能省下一些进货的定金,他心里也没底。他找到一个炒茶的老师傅,谦逊地问道:

"师傅,请问您还炒茶吗?"

"炒呀!嗯……你是山东的俊海哥吧?"对方惊喜地喊出了他的名字。

没想到三十年没再见面,还能辨认出讲究诚信的客户。就这样,对方没要任何定金,就直接把茶叶发给了茶庄。

牛俊海长期在商界耕耘,对商界的不良行为深恶痛绝。他立下"制之惟恐不精、采之惟恐不尽"的置业祖训,告诫家人"一厘钱吃饱饭,一分钱饿死人"。意思就是要薄利多销,作为传人的牛志卜一直遵循老父亲留下的"仁德"祖训,无论经营产业还是为人处世,都将这两个字摆在首位。仁德茶庄已成为山东省茶行业唯一的"中华老字号",为何历经市场的风风雨雨屹立不倒?牛志卜道出了秘诀——"精进傻卖"。"精进"就是保证茶叶质量上乘且价位合理。进茶时,他与员工一起实地亲自尝茶、选茶,在保证茶叶质量的同时,控制进价成本;"傻卖",就是一直延续的"买一斤送一两"的策略,并且秉承祖训,保证低价,不计较得失。

茶叶因为沉浮释放天然清香,茶庄因为豁达成就心灵甘爽!

诚信立世

那天我走进古商城大德通票号的旧址,只见几位游客站在后院甬道上一枚和成年人差不多高的铜钱前议论纷纷。我也好奇地一看究竟。原来这是一枚"借口钱"。借用中间的"口"字为偏旁,上下左右分别组成了一个汉字,按逆时针的方向来念,右边起是"唯吾知足",左边起是"知足唯吾"。这既是昭告不宰客、不欺客的诚信之道,也是表露商家对待金钱的达观心态。

"诚信者,天下之结也。"这句《管子·枢言》里的话,是说诚信是天下行为准则的关键。

周村各商家始终"唯天下之至诚",坚守"童叟无欺,货无二价"的经营理念,凭诚信拼搏市场,靠诚信扎根立世。

从根子上说,齐桓公信守盟约带了个好头。他在即位之初,率军大举进攻鲁国,在长勺之战中被鲁庄公、曹刿所率鲁军击败。公元前681年,他不顾相国管仲的反对,再次征伐鲁国。这次,鲁国见齐军来势凶猛,不敢迎战,就请求服从齐国,并希望齐国不再侵略鲁国。齐桓公许诺了。两国在柯地(今山东东阿县西南)举行了会盟。齐桓公未带兵器,欣然前去赴盟。鲁庄公和曹刿却怀中带剑,暗藏凶险。盟台之上,鲁庄公突然从怀里抽出剑来,左手举剑对着齐桓公,右手指着自己说:"你们齐国逼人太甚,侵占了我们鲁国大片国土。现在鲁国的边境,距离国都曲阜只有50里了。反正鲁国灭亡了,我这国君也当不成,干脆和你同归于尽!"管仲在台下见情况紧急,准备跑上台去,护卫齐桓公。曹刿站在两个台阶之间,拔出利剑,挡住管仲的去路,口气强硬地说:"你不能上台去!两位国君将改变原来计划,重新谈判。谁也不能上台,否则利剑伺候!"管仲只好在台下对齐桓公高喊:"我们快把占领鲁国的400里土地归还给鲁国吧!两国就以汶水为界好了!"最后,齐桓公在鲁庄公、曹刿的威逼下,签订了盟约。齐鲁两国确定以汶水为界,从此两国友好,息兵罢战。回国后,齐桓公咽不下这口恶气,想撕毁盟约,教训一下鲁国。管仲不同意毁约,劝说齐桓公不要失信于诸侯,失信于天下,应该如约归还占领的鲁国国土。齐桓公遵从了管仲意见。各诸侯见齐桓公言而有信,恪守承诺,都纷纷臣服齐国,从此齐桓公开始成为春秋霸主。

我国悠久的传统文化以儒、释(佛)、道三家为骨架。这三者都有自己的文化体系,但在"诚信"上乃"揆一也"。

诚信乃做人之本。周村古大街中段"英美烟草公司山东周村旧址"左门旁有一尊雕塑。一男子坐在一块石头上,双手在怀里抱着一袋银两。这里有一则反映淄博人拾金不昧、大德无言、大善无痕的道德故事，体现着诚信厚道的鲁商精神。清乾隆年间，有一天，淄川瀑水庄以贩卖生丝为业的赵运亨，牵着牲口驮着丝，早早到周村赶集，朦胧中他看见路边有一堆东西，过去一看是一只褡裢，里边竟然有200两银子。他心里"咯噔"一下，这还了得，丢银子的人一定很着急，要是找不到这银子，说不定还要出人命。于是他卸了驴垛，守在路边，静等失主。从清晨到中午，自己的买卖也没做成，还饿得肚子咕咕叫。这时远处急匆匆地来了个人，像是寻找什么，还绝望地仰天长叹："唉！我这可怎么办啊？"赵运亨急忙上前询问，原来这人就是丢失银子的主人，他又仔细问了银子的成色和数量，一一相符，于是就把那袋银子还给了失主。失主十分感激，跪地磕头，赵运亨赶忙扶起他。失主拿出一半银子感谢他，赵运亨坚持一文不收，连姓名也没告诉对方。谁料过了些日子，失主为了感谢和铭记这位不留名的拾遗者，在路边立了块石碑，上边刻着三个大字"还金处"，表达内心的感激之情。数百年过去了，在民间，这故事依然口耳相传；交易中，商人以此相颂；作坊间，人们互相勉励；家庭邻里中，它是无声的榜样。诚实比什么都重要，抵挡住了金钱的诱惑，捍卫了高贵的人品。手里没了钱可以再赚，但丢掉了诚实和信任就无法立世。

徜徉在古街，品味着古街，房子是古老的，觉得房子里的人看上去模样也是古老的，并且做着同样古老的生意——原始工艺、手工作坊、印染、雕刻、古玩、奇石、字画、烧饼、蜜罐、煮锅……现在是信息网络时代，所有人的思想和消费观念都已改变，卖方市场早已变成买方市场，客户购买商品的渠道众多，足不出户就能买到自己想要的商品。传统的商业思维和经营模式，在这里却大有市场，商品、生活、自然和古老、时髦、舒适都已融为一体，营造出朴素简约、多元开放的商业空间与氛围。

在李鸿章等人兴起轰轰烈烈的洋务运动时，山东一带的大地主，开始进入城市经营商铺。从孟洛川（孟子第68代孙）的祖父开始，便开了孟家布店。孟洛川13岁那年，父亲去世，将产业及孟洛川都留给了伯父。18岁时，孟洛川开始掌管父亲留下的全部产业，并在随后的几十年里，实际上担任着瑞蚨祥的总负责人。

孟洛川以山东省周村的万蚨祥（瑞蚨祥前身）为基础，迅速建立起涉及绸布、茶庄、皮货、金饰等的庞大商业帝国。随着经营规模的扩大，其分号遍布天津、青岛、烟台、保定、上海、沈阳等地，连锁店达26处，开创了连锁经营的先河。清光绪十九年，为抵制大量洋布涌入中国，孟洛川出资8万银两在大栅栏买下铺面房，成立北京瑞蚨祥绸布店。

据说，瑞蚨祥的名字取自古代传说中一种叫"青蚨"的虫子。它比蝉稍大些，能招来铜钱。用"蚨"字，就是取其财源滚滚之意，而神蚨母子血浓于水的亲情又喻企业与员工荣辱与共。清末民初，真正给瑞蚨祥带来滚滚财源的，是官服和戏服生意。当时，北京有"头戴马聚源，身穿瑞蚨祥，脚蹬内联升，腰缠四大恒"的顺口溜。达官贵人对价格不太敏感，但讲究质量，要求服装能体现其身份。孟洛川也不同于那些近代资本家，他从商业中的赢利从来没有投入过再生产，而是全部用来购置田地，收取佃租，然后用佃租支撑瑞蚨祥应对商场风云。这是不是产业融合、规避和化解风险的早期探索？在瑞蚨祥最兴旺发达的时候，烟台、德阳所有的土地几乎都是孟家所有。

"南有胡雪岩，北有孟洛川。"孟洛川短短十几年便积攒了巨富，成为与胡雪岩齐名的商业巨贾。作为零售行业，其经营管理之道就是注意产品和体验相结合，产品极致精良，体验细致入微，真正树起"货真价实，童叟无欺"的招牌。在瑞蚨祥里，总能看见这样的场景：顾客一边歇脚聊天，一边饮茶，还有员工主动敬烟。只要顾客进了店门，不管买不买东西，瑞蚨祥都不敷衍。这些细致入微的购物体验，让瑞蚨祥赢得了好口碑。

孟洛川的一生轰轰烈烈，他的为人之道、用人之道和经营之道，演绎出中国商业奇迹。在商场上与日本人斗，宁为玉碎，不为瓦全，还能和袁世凯称兄道弟，为人乐善好施，被英国的一个大商人称为"中国的丝绸大王和东方第一商人"。长篇小说《东方商人》的作者毕四海曾评价说："孟洛川骨子里其实就是个地主。他的血液里流淌着孔孟之道的精华，但也有糟粕。更可怕的是，他从没变过，他没接受过新思想，也没接受过现代文明的任何东西，这是他失败的根本原因。但他确实也为中国民族商业的发展贡献过自己的力量。"

在1949年10月1日中华人民共和国开国大典上,由毛泽东亲手升起的那面最具象征意义的五星红旗,就是用瑞蚨祥的面料和能工巧匠裁剪赶制的,这是当时中国最大绸布店——瑞蚨祥永远的骄傲。

《毛泽东文集》第七卷171页记载:"历史的名字要保存……瑞蚨祥、同仁堂一万年要保存。"

的确是这样,周村古商城蕴藏着许多商业秘密,满街流淌着神奇故事。

古镇自古人杰地灵,这里造就了无数著名的商人,他们留给后人的不仅是经商的法宝和精神财富。有的经商思想新潮,积极与外国商人接触,带来了许多先进的经商理念。譬如,清朝末年周村就有了现代化的丝织设备,有了电灯,甚至先于北京有了电影放映。

大染坊、瑞蚨祥、三益堂……这些古镇上著名的商铺以及商铺主人的住宅大院也都完好无损地保留了下来。

周村古商城在法律文化缺失的年代,靠诚信铸造了举世惊叹的辉煌。经济、政治、社会、文化等各方面的高速发展,急切地呼唤诚信的回归。当下中国存在一些既区别于西方,又有别于中国传统社会的混乱、无序的社会问题,不仅仅受物欲横流和资本纵横的影响,也有封建思想残余和过度商业化、市场化潮流对人性的双重扭曲的消极作用。市场化改革,没有错,市场能释放社会活力,但过度市场化又会滋生利欲熏心、崇利废义、唯利是图、欺诈腐败等丑恶现象。

为什么周村古商城有市场预判能力、抵御化解风险能力,自身免疫力强,在动荡起伏的商海中始终脚步稳健,"风景这边独好"?它给当下的政府职能转变和市场化改革留下了哪些可挖掘、传承的东西?

大商无算

儒商文化,典型的鲁商文化,是周村古商城最灿烂的文化宝藏。

瑞蚨祥创始人孟洛川在长达数十年掌管企业大权的时间里，坚持"以礼待客，才能以名得利；以德盛金，方能雄踞天下"的原则，演绎了一段东方商人的传奇故事。1900年，八国联军入侵北平时，整条大栅栏被烧，瑞蚨祥店同样成为一片瓦砾，店内的所有账目和物品也都化为灰烬。大火刚灭，当时瑞蚨祥掌门人孟洛川痛心疾首，但无论面对什么灾难顾客还是第一位的，于是他就第一个在废墟上支起帐篷，毅然写下告示，向社会承诺："凡瑞蚨祥所欠客户的款项和实物（有凭证）一律奉还。另凡客户所欠瑞蚨祥的钱物一笔勾销"。

晚年的孟洛川，携儿孙登泰山，他的儿子望着冉冉升起的旭日，想到父亲纵横捭阖、驰骋商场七十多年的壮阔人生，恭敬地问："父亲，您这一生的经商之道是什么？"

孟洛川站在东岳之巅，沉思良久，只说出四个字："大商无算。"后来有人解读为"小靠智胜，大靠德广"，这很有道理。

《周官》："凡民同贷财者，令以国法行之，犯令者，刑罚之。"

《易经》云："利者，义之和也。""于己有利而于人无利者，小商也；于己有利而于人亦有利者，大商也。""大商之为商者，非以聚财富家为目的，而以经世济民为己任。"在"利"和"益"面前，鲁商用实际行动实践"大商无算"。

"夫纤啬筋力，治生之正道也，而富者必用奇胜"，经商必须心志专一，细微处下力，还得有策略办法。有位古商人说过：生意做大了，就不应该还把精力放在小的得失计算上面，最主要工作就是经营人心，经营客户的心，经营合作伙伴的心，经营企业团队的心，而且还要用心经营，做到"大商无算"。

自古"商人重利轻别离"，商人言利天经地义，也无可厚非，这是生存的必需，总归每一分钱都来之不易。俗话说"有钱能使鬼推磨"，真正的大商人，不拘于蝇头小利砸门面，不求眼前小利而丢大生意。假若走歪门邪道、靠投机取巧，不讲诚实和守信，不守道德和法律底线，能一时获利，但不可能久远。

周村古商城见证了明清以来鲁商叱咤商海、货通天下的商业传奇。鲁商遵循孔孟之道，倡导"德为本、义为先、义致利"。也正是因为如此，明清以来，鲁商不如晋商、徽商实力和名气大。在周村银子市街上，当年实力最为雄厚的是千里之外的晋商。历史上鲁商虽不如晋商、徽商那么辉煌，但兴盛时也曾控制北京乃至华北地区的绸缎布匹、粮食批发零售、餐饮等行业。

在周村古大街的瑞蚨祥店内，除了售卖各种丝绸制品，还有孟洛川纪念馆，里面记录着孟洛川的生平事迹和各种为商之道。展厅一角放着一把"良心尺"，这尺子比普通尺子长一寸，在十个"寸"的刻度上刻有十个字：两个端头分别是"天"和"地"，中间依次是"孝、悌、忠、信、礼、义、廉、耻"。店员们每天上柜前，掌柜的总要重申训诫："上了柜，你手里的尺子就刻着天刻着地，刻着孝、悌、忠、信、礼、义、廉、耻，天地良心、八伦八德融于一尺，它时刻提醒你要用好手中的尺子，不但不能给顾客量布时少了尺寸，而且要多让三分。"一寸寸让出的不单是绸缎布料，更是一份诚信和气度，这充分体现了孟洛川"大商无算"的经营之道和厚道诚信的鲁商精神。

周村银子市街有鳞次栉比的票号钱庄，是当年阔佬和阔太太频繁出入的地方。遥想当年，这里算盘声噼里啪啦震天响，闪闪发光的大小元宝、银币铜圆吞进吐出，鼎盛时期每年能完成上千万两白银的交易，堪称最早的"金融街"。

自 1823 年山西商人创设日升昌票号，山西票号开始在全国"跑马圈地"。最早在周村设立票号的就是山西票号大德通、大德恒。大德通在银子市上有个分号，如今已经作为票号展览馆对外开放。展览馆墙壁上贴着一幅"防假密押"字画，这里边藏着只有票号内部人士才看得懂的秘密。那个时候，没有现下的存折、银行卡这样方便的存储方式，更没有微信支付的手段，聪明智慧的商家设计出了严谨的交易方式，所有顾客都用同一套密码，但每一位顾客的密码又都不重样，确实神秘。为了唤起学生的学习兴趣，已作为周村古商城研学的课程，让学生们亲笔填写、亲身体验一次，了解"大德通票号"的经营方式，并能实际运用古代的银行密码。

"防假密押"开头两列是"谨防似票冒取，勿忘细视书章"12 个字，代表一年中的 12 个月。

随后六句诗"堪笑世情薄，天道最公平。昧心图自利，阴谋害他人。善恶总有报，到头自分明"，这30个字则代表一个月30天。

而"生客多察看，斟酌而后行"和"乔氏连城壁，由来天下传"，各10个字，分别代表"零壹贰叁肆，伍陆柒捌玖"10个数目字，分单双月循环使用，记录银两数目。最左下角的"国宝流通"4个字，对应"十、百、千、万"4个单位数。

当然，这个"防假密押"也会调整，不过外行人感觉不到，也根本看不明白。

穿过大堂，来到房子中庭，冲门的大厅是票号大掌柜接待大客户的地方，南侧一间客房，北侧一间餐厅。其实中厅地下是金库，而金库的入口就在人来人往的餐厅处。

"最危险的地方，却是最安全的地方。"金库入口设在餐厅，这恰是商人的精明之处。金库交给谁看都不放心，干脆不看守。餐厅人来人往，没有一个人是金库的看守，却人人又都是看守。票号既省了雇人看守的费用，又找到了一个最安全的地方。逆向思维，轻易破解了危局。

历史是一面镜子。孟洛川的"大商无算"与日升昌票号的"防假密押"这两个故事，分别由清晚期工商金融界代表人物孟洛川与乔致庸创造，阐明了成功商人的道与术的辩证关系。老子曰：有道无术，术尚可求也。有术无道，止于术。大商无算，商指代表其价值追求及商业准则的商道，无算是各种经营韬略与智慧在道的指引下呈现为信手拈来之算的状态，也就是无所谓算计却又无所不算。防假密押是日升昌票号避免伪造汇票行为采取的独特生存之术。两者虽不可同日而语，却异曲同工，从两人人生轨迹看，都在追求中国文人修齐致平的家国情怀，最终在各自领域达到当时的极致。当时文人经商即儒商的涌现成为时代潮流，一改中国长期重农抑商之封建弊端，从而开辟了近代中国工商金融业自强崛起之路。

左手捧《论语》，右手拨算盘

日本商业之父涩泽荣崇拜孔子，认为《论语》是"工商之本"，他的专著《〈论语〉与算盘》总结自己一生学习论语、成功经商的经验，阐述了一个核心思想：《论语》讲究忠、孝、仁、义，算盘则言商求利，二者并不矛盾，关键是要做到"见利思义"。

"天"为先天之智，比喻人的天赋、才能，经商之本；"地"为后天修为，靠诚信立身。山东早期的商人，基本都是在私塾里读着四书五经成长起来的，从小受到儒家文化的影响，满脑子都是中国传统文化。应当说鲁商的突出特点是"重义轻利"，义利兼得时取之，不能兼得甚至矛盾时，就会舍利取义。这是鲁商的灵魂。无论德商与智商、经商与悟商的智慧与谋略，都需遨游商海，方可百炼成钢、炉火纯青。

周村古商业街两侧的房屋一般为两层，典型的明清风格，以砖木结构为主，门市精巧别致，匾额和招牌丰富多彩，却没有现代的广告牌，俨然一个中国古商业街的活标本。张艺谋执导的电影《活着》在这里拍摄而成。葛优饰演的福贵在错落有致的院子里走动，往来如梦，命运凄冷，却坚忍而沉默地活下来了。与福贵命运奇妙类比的这条古商业街，在经历曾经的极度繁华并历尽劫难之后，依然活着，活得有滋有味。

儒学并不反对求利，讲究和主张君子爱财"取之有道"，反对取"不义之财"。在中国人的意识里，家与国是联系在一起的。企业家的家风，可以成为企业家的隐性财富和软性竞争力；特别是那些掌控着家族企业的企业家，无论是世代流传的，还是亲手缔造的，"家风"，在某种程度上也展现于其所在企业内在的文化和精神。

"至诚至上、货真价实、言不二价、童叟无欺"。这是瑞蚨祥的经营理念和宗旨。一代儒商孟洛川精于商道，对店员"道之以德，齐之以礼"，待顾客"货真价实、童叟无欺"，秉持"财自道生，利缘义取"

经营理念，操守"顺时应变，正合奇胜"商贾谋略，富有"自强不息，开拓创新"奋斗精神，成就了中国近代商业史上独特的经济文化现象，其核心就是鲁商文化。早年的瑞蚨祥将以"仁、义、礼、智、信"为核心的儒家伦理作为经营理念，其售货员在给顾客拿货时，会先拿中、次两种供顾客挑选。在对商品特点做一番介绍之后，让顾客自己挑选。如果顾客嫌次，就再拿好的。在与顾客的交谈中，售货员多是察言观色，揣度顾客心理。第一次取货不中，第二次就会符合或者接近顾客的要求。也有的顾客买东西，对于花色、品种没有一定目标，这时，他们就会搬出多种花色品种，详做介绍，让顾客挑选。顾客要是拿不定主意，还要根据顾客的情况为其当好参谋。对那些无意买货、只是进店看看的顾客，也要做到百看不厌，百拿不烦，和颜悦色地招待。当顾客挑选好商品以后，他们会先帮助检查一下是否有残损。量好尺寸后，还要跟顾客叮咛一句"尺寸无误"，以免客人浪费了料子，多花了钱。对于收找款数目，也都得一一说明，并将找回的钱整整齐齐放在桌子上，让顾客自取，以表礼貌。

古大街人杰地灵。鲁商代表人物杨瑞清，自幼聪颖，16岁中举人，但是他厌倦仕途，思想活跃，善于接受新鲜事物，对封建皇权深恶痛绝，最后走上了经商之路，他的经商交友，包括饮食吃住都透着儒雅。杨家大院是二进四合院，前后相连。院中花园中有各种奇花异草，有上百年的老树，还摆放着一些大小不一的观赏石。两个四合院的后面还有一个院子，院子里有马厩、马车以及司马人住的房子，处处彰显当时主人的富有和阔气。室内陈设也十分考究，中西合璧，有精美的中式字画、古玩、刺绣、木雕，也有欧式的沙发、茶几、钟表、唱机等，处处彰显出主人不俗的文化品位和前卫、时尚、新潮的一面，体现出近代鲁商的生活情调。

状元府也是古镇的一个标志性建筑，比其他建筑更为壮观。整座建筑是典型的北方四合院建筑风格，前后三进院落，第一进院落正堂是一座砖木结构的二层楼，人称状元楼。王应统，祖籍山东长山县，在康熙二十六年（1687年）参加乡试中武举。翌年，25岁时赴京试中进士，殿试一举夺魁，被钦点为状元。青砖灰瓦，雕梁画栋，气势恢宏，并建有花园和演武场，整个府邸的建筑风格和规模彰显了官宦人家的风范，既有官府的威严氛围又有居家的闲适情调。大染坊、瑞蚨祥、三益堂……这些古镇上著名的商铺以及商铺主人的住宅大院也完好无损地保留了下来。

在周村大街，每个小店都非同凡响，考究起来，都有了不起的历史和故事。人们爱夸赞饭菜香、酒香，很少称赞醋酸。还常常有人用"醋坛子"，形容在男女关系上的嫉妒反感心理。就说这王村小米醋吧，它以小米、麦曲为原料，同时又以黄酒曲为辅料，经加工过滤、高温发酵等工艺酿造而成，迄今已有四百多年的生产历史，被誉为"小米醋始祖"，还是山东的非物质文化遗产。蒲松龄在周村任教期间，留下这么一段顺口溜："蒲先生，三顿饭，酸煎饼，两个半，葱炒豆腐醋和蒜"。相传，乾隆下江南时品尝过王村小米醋和黄酒，并对王村醋大加赞赏。自此，王村醋被作为贡品进入京城，当然更是百姓餐桌上的必需品。

良心尺、公平秤、还金处、无税碑，一个个故事被默默传颂，一种种精神在赓续传承，周村自从立起"今日无税"碑算起，到光绪皇帝批准开埠，有两百多年的历史。来街市的买卖人一拨接一拨，虽然在不停地变换，但作为买卖人的诚信和公德始终不变，因而周村逐步发展成为名扬天下的"金周村"，同时还成就了鲁商群体的优秀品质和良好声誉。

"天地一杆秤，三尺有神明"。周村芙蓉街东头有家不起眼的秤铺，名叫正心堂，是家老字号。他家做的秤非常准，毫厘不差。因此，方圆百里的人只认正心堂做的秤。为了防止心眼儿不正的人盗用正心堂的堂号卖"鬼秤"，每做出一杆秤，都要在秤杆梢上钉一朵秤芯花，以示区别。有一次一位孙掌柜请王师傅在杆上做点手脚。王师傅没直接反驳，而是拿起一杆秤，指着秤杆问："孙掌柜，你知道这杆秤为啥一斤是十六两吗？"孙掌柜摇了摇头。王师傅接着说："老祖宗发明杆秤的时候，就定下了说道和规矩。你看这一两就是天上的一颗星星，南斗星是六颗，北斗星为七颗，加起来是十三颗。剩下的三颗呢，是福、禄、寿三星，它们又分别代表着天、地、良心。我们秤行也有秤行的规矩，不能缺斤短两。为啥啊，少一两就损了福，缺二两就伤了禄，短三两就折了寿。你说，这种'鬼秤'谁敢做啊？"孙掌柜听完，默然无语，脸红着走了。

据传，范蠡帮助越王勾践复国后，急流勇退，隐姓埋名，辗转来到齐国周村做生意，他后来被尊为我国四大"财神"的"文财神"。他发现市场上很多人都是用眼睛估计分量，很难做到公平交易。他受农民用桔槔从井中汲水原理的启发，发明了人类第一杆秤。在周村古商城西北侧，有一座始建于清康熙末年的"三星庙"。大殿供奉着福星、禄星、寿星神像，皆笑容满面，可亲可近。道教是中国土生土长的宗教信仰。三星是属于道教的神仙，古人分别赋予其非凡的神性和魔力。

1937年，抗日战争全面爆发，日军把周村占为据军和物资供应基地。国难当头，不仅需要舍财取义的大善，更需要舍生取义的大勇。周村富商马家的三个儿子马耀南、马晓云、马天民积极参加抗日，先后壮烈牺牲，成为抗日民族英雄，被誉为"一马三司令"。17岁的马耀南在山东省立济南第一中学就读，他积极参加爱国反帝活动，并参加了山东早期的共产党人邓恩铭、王尽美组织的"马克思学说研究会"，接受了共产主义的启蒙教育。民族危难时刻，他毅然放下学业和家业，组织民间力量与日寇抗争，随后，二弟马晓云、三弟马天民和社会各界有志之士相继参与。为了支援起义部队，马家变卖了部分商铺，老街的其他商户也没有置之度外，或出钱，或出粮，或出人，最后促成了武装抗日的黑铁山起义。不幸的是，由于日寇的残酷围攻和叛徒的出卖，马家三兄弟相继为国捐躯。马家不怕牺牲、舍小家为大家的爱国主义精神和周村商人的为国为民的大义之举一直激励着后人。

"沉舟侧畔千帆过，病树前头万木春。"新中国成立，周村老街迎来了新生，这里迅速发展成为拥有200多家店铺的街区，涌现出众多商业才俊，创造了无数的商业传奇。2023年春，淄博烧烤爆火时，游周村逛古商城成为游客必需的行程安排，享受到耳目一新的消费礼遇和游玩体验……

商家成功的原因众多，家风是隐性财富和看似软性、实为核心的竞争力。尤其是家族性企业，无论是祖传的，还是新缔造的，企业能否生存发展取决于内在的文化与精神。如果靠金钱和物质堆砌，肯定无法完成。由"富"到"贵"，更是一个积累和修养的过程。好家风是一个家族财富最忠诚、最可靠的守护者。走遍周村的老字号，家家有自己的家训、家教、家风和商业诀窍。

周村煮锅是山东淄博风味小吃之一，1910年左右由周村三星庙前徐方明、镇西桥李六所创始，最早兴于农村集市。家住南下河的厨师徐方明先生，每日肩挑一个铁炉和简单餐具，带上些熟肉下货，找集市上一避风的角落，将顾客挑选的下货称好切碎，放在两块炸豆腐片上，然后在锅内烫煮，汤，顾客可以根据需要随意舀着喝。任何人吃上煮锅，再喝喝这免费的热汤，给肠胃灌灌缝，立刻说话的腔调和精神劲就不一样了，无论跑集市，还是赶路，脚步陡然轻快了许多。

煮锅发展到今天也精致起来。正中放一口很大的平底铁锅，铁锅上放着盛汤的砂锅，再放大的圆木桌面，桌面正中间挖一洞，露出砂锅，在桌面周边另设有10个圆孔，其中一孔安放烟囱，一孔供顾客烫酒；其余8个圆孔放置搪瓷小碗，下方是流动的温水，可同时招待8位顾客，一改过去"众人同舀一锅汤"的习惯，成为保着温的"分餐制"。煮锅的菜肴主要是丸子、烧肉、炸豆腐、鸡肉、松肉、酱鸡、南肠等，由顾客随意挑选。最大的特色是那个拳头大小的大丸子。个大、馅足、皮薄、味香，加上老汤的慢煮，真是唇齿留香，真该抽时间尝一尝。因煮锅由乡村集市发展而来，各种简易煮锅摊子随处可见。周村古商城有一户"丁家煮锅"，生意很火。原来3元一份，后来15元，现在是25元。我第三次来周村采风时，先到"丁家煮锅"品尝了一顿，然后又接着来了两趟，主要是想拜访店主的母亲解玉兰。她曾是周村国营红星饭店的负责人，退休30多年了，今年87岁，满面红光，头脑清楚，每天中午时分还要到店里帮助收一阵子款。我取来算盘让她演示，她边自如地拨弄算盘，边介绍："我们这个煮锅质量好，儿子、儿媳下力气，生意很红火。"

"这个店生意红火的秘密是什么？"

"面向普通百姓，诚信经营。关键一条：不坑人、不害人。"

薪火传承

溯至远古，三皇之燧人氏，钻木取火传之族人，燃起希望之火。自此人族薪火相传，一息若存，希望不灭。华夏民族自诞生始，在黑暗中高举追求光明与幸福的火把，在一次又一次磨难中奋起，点亮人们心中希望的薪火！这薪火不灭的传承，就是中华民族在时空命运长河中不朽长存的奥秘。抓住天时、地利、人和的大好时机，从前辈奋斗历程中汲取智慧与力量，守正创新，代代薪火相传祖传的血脉与精神，就能续写出各自领域属于新时代的传奇。

江山代有才人出，各领风骚数百年。

周村古商城着力打造国家级历史文化古街、鲁商文化发源地、影视拍摄基地品牌，尤其是周村商埠文化的底蕴和周村商人的睿智让人印象极其深刻。

2020年8月1日，四集大型纪录片《大街》开机仪式在周村古商城隆重举行。夏日蝉声里相约周村大街，一起听大街故事，品大街文化。开机仪式现场邀请到5位当代鲁商：瑞蚨祥第五代传人孟庆钢、大染坊集团董事长陈鲁、周村烧饼有限公司董事长张兆海、知味斋创始人杨军和馍馍酱创始人吴敏，倾心讲述他们在大街的温暖记忆和美好希冀。大家纷纷表示："我们这一辈人，要让周村的产品重现当年的风光和引领当下时尚，努力把自己的品牌和业务做到更远的地方。"

"这老字号的品牌，不只是我们企业的、家庭的，同样是大众的、社会的、国家的！"

"大商无算，是前辈在苦难中坚守、在竞争中生存的诀窍，是鲁商的文化基因。"

"适者生存、优胜劣汰是市场法则"，老字号的优势在于"老"，劣势也往往源于"老"。"老字号"不能"倚老卖老"、躺在功劳簿上"吃老本"。只有适应消费需求，推陈出新，满足顾客高品质的"胃口"，才能守住祖传的"金字招牌"。

一方水土养一方人。每一片土地，都有大地的性格和人的品格。姜太公自封齐建国之始，就采取"通商工之业，便鱼盐之利"的基本国策，以农、工、商并重作为发展齐国经济的总方针。他曾称大农、大工、大商为国家的"三宝"，指出：农齐备则粮谷丰足，工齐备则器具用足，商齐备则财货富足。"通商惠贾"的优良传统在齐地延续至今。千年古韵与时代新风交相辉映，成了一道独特风景线。周村自春秋以来就是重要商业胜地，特别是在近代工商业发展进程中，弘扬齐文化传统，既尚利，又崇德，诚实守信，务实创新，许多经营模式、经营方式开风气之先，成为中国近代经济发展史上的一个独特典范和鲜活样本。周村商业的繁荣是古老文化底蕴、商人拼搏进取、政府担当作为、顾客诚心支持的综合结果。周村古商城正滋养活化着古老真实的历史风貌，其平民化的城市特色，更彰显传统市井商业文化的恒久性和亲和力。开放合作是当今世界的潮流，互利共赢是各国人民的共同向往。周村商业长盛不衰的经验启示我们，坚持开放平等的胸襟，坚持正确的义利观，拆除利益藩篱，寻找利益契合点，包容多元、多样利益的诉求，迈上实现共建共享、共赢共富的坦途。

周村是清朝至民国初期山东的重要商埠，也是丝绸之路在山东的主要丝绸集散地。在周村大街北首西侧保留着清政府设立的"大清邮局"，周村开埠不久，官方设立邮政局，既服务商人，也让周村人早在百余年前享受到了家门口的邮政服务。绿色的邮箱、绿色的邮包和邮递员绿色的工作服，那是时代的标识和身影，是邮递员视信如命的责任，是老百姓盼信如同盼月亮的焦灼。经历岁月的洗礼，这里已被打造成"邮政+旅游"的景点。旅客可以轻松地了解历史，可以给远方的亲人或朋友发信、寄明信片，也可以免费盖留念章。我掏出采访的笔记本，高兴地在扉言页上连盖了"大清邮局""银子市街"等几个印戳。

周村古商城正在各方面配合支持下，持续打造平民化、市场化、法治化、国际化营商环境，全力创建国家5A级景区，探索新时代优秀传统商业文化与旅游深度融合发展的经验，擦亮一张中国文旅"新名片"。

我国改革开放以来，政府这只"有形的手"和市场这只"无形的手"协同配合，商家这只"闲不住的手"各谋其利，推动了经济快速发展。当然，商海里也存在唯利是图、利己主义者。譬如，为了眼前的利益弄虚作假，牺牲他人利益而成全自己，专取"不义"之财，商德已荡然无存，没有信仰和尊严，好像真的"无商不奸"。凡丢掉良心和尊严来做生意的，都谈不上是真正的商人。没有节制的欲望，是人生的牢笼和毒品。如果人生在世只是为了钱，人人都欣赏留恋这个社会表面的繁华和物质的享用，内在只剩一个华而不实、追求虚幻的空壳，那就丢掉了祖宗留下的最宝贵、最精髓的东西，丢掉了人类因进化而获得更大生存优势的根本目的。

自古以来，官商勾结的现象层出不穷，关键在于能否控制和制衡好权力与金钱。当官发财两股道，当官就别想着发财，想发财就甭当官。官有官德、商有商道，彼此交往必须守规矩、守界限，有交集但不能搞交换，有交往但不能搞交易，既不能过于亲密无间，又不能敬而远之，从而构建"亲""清"统一的新型政商关系。假如金钱至上、利益至上，活在一个任何东西都是商品、都能用金钱来构建和衡量的世界，我们就会失去目标和方向，一切变得空虚、迷茫，如空中楼阁。人成酒囊饭袋，如同行尸走肉，那么人生还有什么意义呢？社会有什么发展前途呢？该当如何回答"我是谁？""我从哪里来？""我到哪里去？"这个哲学终极问题！

有人概括说，近几百年西方国家之所以崛起，主要靠文艺复兴和工业革命。看起来，像是商业和财富是主要推动力，追根溯源是文化的作用。文化推动了思想解放和科技创新、技术进步的浪潮。钱是货币交易的工具、商品买卖的凭证，不代表真正的财富。真正的财富是文化、科技、精神、信仰。企业家没有雄心斗志和专心致志，企业不可能做大。成功的商人，有天赋与努力等因素，根源在文化的滋养与底气。

正可谓：大商无算，厚德载利；小靠智胜，大靠德广。

消费市场瞬息万变。网络发达和电子商务的兴起，改变了消费形态和结构，整个世界被互联网拉平，快捷便利的网络购物也悄然进入百姓生活，全民"刷单"，尤其成为年轻人的"帮手"。各种网络直播和直播带货，确实大大增加了产品销量，但很多问题也随之而来。主要是产品质量难保障，容易出现假货、水货。如果放弃道德准则，盲目追求经济利益，最终会被大众所唾弃。有的网红经济泡沫一般，堆砌得快，破碎得也快。在经济日趋繁荣、经济业态变化万千的当下，利缘义取、大商无算的价值理念正在觉醒中传承。周村古商城的店主开始探索"老字号+文化体验""老字号+直销+网购"的发展模式，培植出新的发展突破口、经济增长点，受到市场和消费者的欢迎。

2023年11月初的那天清晨，我走进了周村古大街北头专门从事文物收购和委托买卖的"宝晋阁文物店"，店主刘传芹讲述了她帮助外地青年销售淄博烧烤吉祥物的故事。春天，淄博烧烤火了以后，湖北神农架25岁的男青年李家州，怀着一颗好奇心跑到淄博寻找商机。他自己满怀信心地设计出"美淄淄，香博博"一对毛绒玩具，已经在临沂加工成品。因创业没有资金，只好透支了银行信用卡，急需还款。他热情高涨地跑到"海月龙宫"淄博烧烤体验地和八大局农贸市场门口推销，竟然一无所获，对他的自信心打击挺大。于是他在背包里装上两套毛绒玩具，抱着试试看的想法来到周村商城。那天周村古商城游客很多，他迈进古商城的第一个门就是宝晋阁文物店。刘传芹见一位青年人进门，赶忙打招呼，攀谈交流期间，李家州从包里拿出了"美淄淄，香博博"的毛绒玩具。刘传芹和他的韩国籍丈夫一听来了兴趣，感觉一个青年人靠自己的努力来到人生地不熟的淄博闯市场，精神可嘉，值得关心支持。说话间，就倒上了热茶。刘传芹抚摸着"美淄淄，香博博"的毛绒玩具，心生喜欢。

"这样吧，就按你测算的一只38元、两只70元的价格，先放在我们这个店里帮你代卖。"

"你再去市文旅局作为文创产品备个案，可以到市里'非遗文化产品展示区'去销售，正巧我们店有个无偿的展位。"

就这样，刘传芹夫妇帮助青年李家州无偿代卖产品，即使作为礼物送了亲朋好友，也是全额付款。李家州不但很快打开产品销路、付清了欠款，还在他乡有了知疼知热的"姨家"。

我采访刘传芹时，她抑制不住激动的心情，还找出与李家州的视频让我欣赏。"这青年已去广东学习直播了。他临行时告诉了我他的人生感悟：'成长就是一遍遍地反省自己，踏实走好每一步，才可能根深苗壮。'我们夫妻俩帮了外地一个有志气的好青年，真高兴！"

天又亮了。我来到周村古商城北大门"大街"牌坊时，阳光正给这窄长的古大街和林立的商铺镀上一层金黄。牌坊两侧那两棵400多岁的古槐，抖掉黄叶，挺立腰杆，俯视着朝代更替、商家荣辱兴衰和奔走的人流。恰巧4位帅小伙抬着娶亲的大花轿，红红火火、欢天喜地地穿街而过，溅起一片鞭炮声和欢笑声，传向远方……

第七章

"淄博烧烤"传奇

"淄博烧烤"为什么火爆成四面八方、无尊卑之分的消费乐园、"现象级美食"？背后的原因是什么？绵延不断的后劲和动力何在？它是当代中国活力满满、热气腾腾的一个缩影，对扩大内需、拉动消费、提升市民素养和城市品质，很有启迪。

《韩非子》记载:"上古之世……民多疾病。有圣人作,钻燧取火,以化腥臊,而民说之。"

2023年春,"淄博烧烤"猛然出圈。"进淄赶烤",迅速成为最时尚的"网红盛事"。这滋滋作响、热气弥漫、香气扑鼻的人间烟火味,成为新冠疫情暴发以来百姓生活中最诱人可口、最热销火爆、最壮阔宏大的烧烤场面,是当代中国活力满满、热气腾腾的一个缩影,成为鲁菜的一朵奇葩,书写下了人类历史上一段热火朝天的"烧烤传奇"!

人们纷纷追问:长期低调内敛的淄博为什么先火爆了"烧烤"?"淄博烧烤"一时的绚烂能否持续爆火?火爆背后的深层次原因是什么?绵延不断的后劲和动力在哪儿?

山东淄博这座数千年"炉火"不熄的陶琉之城,平日里我们并没关注和发现它的独到和特别之处,它却伴随新冠疫情常态化防控的节奏,瞬间点燃久违的"人间烟火"。这座历史悠久的老工业城市因烟火气火遍全网,四面八方的游客纷至沓来,接踵而至,热度持续升温,淄博烧烤火爆"出圈",火得出乎预料,火得浪头滔滔,火得家喻户晓。五湖四海的兄弟姐妹不远千里,甚至包括外国朋友也齐聚淄博,展现轻松自在、享受生活的状态,令人刮目相看,百思不解。

2022年春节联欢晚会上舞蹈《只此青绿》爆火,是因为生命之绿架起了与观众心灵的桥梁,观众看懂了演员对《千里江山图》这幅长卷发自内心的热爱,唤醒了我们对于传统文化的那份炙热与赤诚。淄博烧烤之所以火遍全网,街面上车水马龙,顾客蜂拥而至,是因这一缕久违了的烟火气,焚烧掉心灵隔膜与捆绑身体的牢笼,奔赴一场释放天性、洗涤心灵、回归生命常态的人生盛宴。

耳闻不如一见,一见不如亲自体验。2023年5月16日,我选择初夏淄博温度蹿到最高的这天,再次赶往淄博,切身体验"好酒不怕巷子深，可口烧烤不怕远"，品尝"淄博烧烤"的至味纯香，探寻"淄博烧烤"传奇背后的秘密。

民以食为天

淄博地处山东省中部，是一座组群式的老工业城市，西靠省会济南，东接潍坊，南依泰沂山麓，北濒九曲黄河，交通发达，是沟通中原地区和山东半岛的咽喉要道，为山东省重要的交通枢纽城市。

俗话说："人是铁，饭是钢，一顿不吃饿得慌。""柴米油盐酱醋茶"，都是最基本的民生。"吃喝拉撒睡"这生命五要素中，"吃"排在最前列。烹饪饮食是人生存的第一要义。怪不得人类学家张光直先生形象地表述："到达一个文化核心的最佳途径之一就是通过它的肚子。"他在《番薯人的故事》里把烧饼、麻花、炸油饼、又酸又馊的豆汁儿、蒜味钻鼻香的煎灌肠等北京小吃记录得有声有色，令人神往……

正如《周易》噬嗑的象辞所说："夫君以民为天，民以食为天，民之所以仰观乎君上者，为其能食我也。"中国以"美食大国"享誉世界，不仅美味佳肴遍布，中国菜品更是风靡海外。中国人的吃不但要满足胃，而且要满足嘴，还得有听觉、视觉、嗅觉和感觉的参与。北京烤鸭、兰州拉面、四川串串香、重庆火锅、武汉热干面、开封小笼包、西安肉夹馍、长沙小龙虾、广东肠粉、桂林米粉、德州扒鸡、沂蒙煎饼……这些舌尖的美食无不堪称一绝，让人津津乐道，刻骨铭心，味蕾绽放。

淄博烧烤到底靠什么魅力，把全国各地的食客都"馋"去了？

有网民说："三年疫情，始于湖北武汉，终于河北石家庄，庆功宴摆在了山东淄博。"这话有一定道理，但也不尽然。

一顿匠心独运、颇有地域特色的淄博烧烤，迅速成为美食的新宠和广大游客奔赴淄博这座城市的理由；"说走就走"的信息呼唤和交通便利，让奔赴一顿美食随时成为可能。2023年开春以来，淄博烧烤不断升温、爆火,一跃成为网络"顶流"。"五一"假期,淄博旅游订单同比暴涨2000%,吸引全国各地游客"赴淄赶烤"。

烤炉、小饼和蘸料,灵魂烧烤"三件套",凭此,"淄博烧烤"持续火爆出圈。大街小巷,小方桌依次排开,三五好友围坐一圈,小炉子一摆,每人一个小马扎,在小火炉上亲自动手翻烤,羊肉、牛肉、带皮五花肉……老些、嫩些、焦些,全凭各自喜好。谁料就凭这一支小肉串作为燃点,带火了淄博这座老工业城市。

淄博烧烤,每个摊桌上都有一个铁皮小火炉,烤炉分两层,下面一层供食客自己烧烤用,上一层放置已经烤好的肉串或者其他等待入口的烤串,避免肉串凉了影响口感。火炉底部正中是个盛水接油的铁皮水槽,两侧是长方形、抽屉状的炭火盒。客人到了,店主把已烧旺的炭火入盒直接插入火炉内,就可展开烧烤操作。上桌的肉串都已烤到大半熟,火候交由食客自己掌控。

"撸串要快,姿势要帅"。先拿起巴掌大的面饼,对折两次之后,蘸上辣椒粉、孜然粉、花生芝麻盐、蒜蓉辣酱等蘸料,然后再把小饼摊在手掌心,放上两串滋滋冒油、肥瘦相间的肉串,握住小饼将肉串攥紧,往后一抽竹签,肉串就这样完整包裹在小饼里面了,接着放上水嫩的小香葱或清脆的生菜再卷起来。吃的永远是香气扑鼻而又热乎乎的肉串,如嫌小饼凉了,也可以放上肉串之后一并加热。这一舒一卷、一紧一松,这种差异化的体验,成就了食客的沉浸感、获得感和自主权,自己亲手烤和卷的肉饼,无论品相和口感怎样,那都是自己独一无二的作品。那种肉香、葱香加上麦饼的甜香,在舌尖舞蹈,在口腔弥漫,瞬间满足你对美食的欲望。柔软的麦饼和小葱、生菜及蘸料的参与,让原本油腻的肉串瞬间变得柔和且清爽,煞是可口。

按说各地都不缺小麦,这种面粉烙的小饼随处可见,当然也不缺羊肉、不缺小葱,为什么淄博的烧烤能火?这个火爆烧烤场面能模拟效仿吗?山东淄博烧烤的火苗如此蹿高,烧出了人们对人间烟火气的深情渴望,也映照出淄博市这座城市的管理良心、市民的温情与热心。

"淄博烧烤"已经不仅仅是一种餐饮美食的体验、情感沟通交流的热烈场景,它更是传统文化、时尚文化、饮食文化、消费文化等现代城市文化交融、交织、交汇的鲜活形态和现场操作、现场体验的朝阳业态。对年轻人来说，"淄博烧烤"是一种社交货币，同时也是淄博市与全国网民建立连接的情感载体和信任纽带。淄博烧烤海月龙宫体验地持续火爆，广场和烧烤桌天天坐满，游客们推杯换盏，热闹非凡，不时齐声合唱。献歌助兴的歌手热情高涨，政府限价唱三首歌酬劳不得超100元。5月21日，淄博烧烤人气再度爆出圈，融恒公司等30来个团队同时在淄博烧烤海月龙宫体验地搞团建活动，再现万人同时烧烤的壮阔场面。

"淄博烧烤"最早火起来的火焰，是被一群大学生点燃的，正是年轻人旺盛的青春活力和网络自媒体超强的传播力、辐射力、拉动力，让淄博立刻成为最热门的旅游目标城市之一。2023年3月份以来，"淄博烧烤"依托流量迅速"出圈"，全网话题播放量406.2亿次。"大学生组团到淄博吃烧烤""坐高铁去淄博撸串"等话题，更是登上了各大平台的热榜，搜索量竟然高达525.3万。据美团、大众点评等方面数据显示，"五一"假期，淄博火车票搜索增幅位居全国第一，淄博旅游订单（含酒店、景点门票）同比增长超过20倍。淄博的城市形象和吸引力、影响力大大提升，为商业繁荣、人才聚集和产业振兴提供了良好环境。

要说奇迹、传奇，当然数据最有说服力：

传奇一：客流量猛增得惊人。三年新冠疫情防控期间，我们都曾见证过城市马路上空无一人的冷清画面，让人心里瘆得慌。2023年的"五一"假期期间，淄博市车水马龙、人声鼎沸。经铁路到淄博共32.7万人，经高速和国省道入淄车辆共111.3万辆，各客运站到淄共3.6万人。据数据统计，入淄总人数约314.5万人。八大局便民市场持续火爆，重点网红打卡地总客流量122.95万人次。淄博烧烤海月龙宫体验地5月1日夜瞬时最高峰值达2.06万人。

经考证，当时海月龙宫体验地的露天烧烤场所内，有2000桌（原来预摆1200桌，后又迅速增加了800桌），据电脑记录的即时大数据，20000多人同时在吃烧烤，那人山人海、壮观热闹的场面实属世界罕见。

在入口处出现短暂堵塞现象时，指挥疏导人员迅速应对，举起喇叭大声高喊："外地游客请优先！本地游客请稍候！""请大家理解！"

紧接着，有零星游客退出了队伍或退到队伍后边。

传奇二：市场主体膀子甩得开。火热的市场就是商机，心理需求、消费需求更蕴藏巨大商机。烧烤本身带来的GDP很有限，但传递出的营商环境好的信号更有震撼力，经营者的信心更为重要。截至6月12日，淄博市注册登记烧烤行业市场主体3305户（3月1日以来新登记600余户），正常经营烧烤餐饮单位2000多家。设立"智慧淄博烧烤服务"小程序，本市的烧烤店、鲁菜馆、景区、酒店、网红打卡地和老字号全部上线，助力游客引流分流工作，有效缓解部分热门景区和烧烤点过度聚集现象。淄博在营住宿酒店1277家，床位只有6万多，主城区的酒店的床位很快被预订一空，真的"一床难求"。由于流量高峰和夜间经营等因素，烧烤业主一直处于高强度、高负荷的经营状态，多数店主和服务人员身心疲惫。淄博网红烧烤店"牧羊村"只好"五一"前夕短暂休整，备战"五一"新一波顾客高峰。政府及时上线了"您码上说、我马上办"小程序，市民和游客可通过扫码等方式提交合理诉求或意见建议，跟踪服务。总归游客们千里迢迢来淄博，除了享受自由畅快烧烤氛围，不可能"单吃烧烤"，还要住宿、一日三餐嘛，因而商机遍地。

传奇三：社会安全平稳有序。这么巨大的人流量，四面八方的游客蜂拥而至，交通安全、食品安全和舆论安全等成为城市和社会管理面临的难题，都是"大闺女上轿头一回"。交通安全方面，淄博加密主要线路班次、调整公交烧烤专线为全天运行，公交线路延长至淄博烧烤海月龙宫体验地，串联淄博站、淄博北站、海岱楼等重点交通场站及网红打卡地。制作交通流量"潮汐图"，间隔两小时调度交通流量数据，保证交流安全。

食品安全方面，在旅游消费集聚地设立消费维权服务点，就地就近化解消费纠纷。建立了接诉即办和24小时快速回应机制，做到投诉、应诉、接诉各方满意。建立"从原料到餐桌"全流程闭环管理机制，确保食品安全。"五一"期间共检查畜禽产品批发商187家次、食品销售单位2013家次、农批农贸市场77家次；检查烧烤餐饮单位1434家，责令整改12家；检查小饼小作坊33家次，责令整改5家次。对烧烤食品抽检 139 批次，已出结果的批次均合格；快检 2005 批次，全部合格。

信息网络安全方面，"五一"期间涉"淄博烧烤"相关话题总播放量 97.8 亿次；共监测涉"淄博烧烤"网络舆情信息 580 万条，其中负面舆情几十万条。由于处置及时，积极稳妥，"五一"期间未发生有较大影响的网络舆情事件。这些年，各地各行业吃过小切口、小问题引发负面舆情大炒作的亏，谨防个别网民"挑刺"、爆"黑料"，"一粒老鼠屎坏了一锅汤"。像"淄博出租车打表多收 5 块被罚 200"等舆情，算负面消息，其实算正面消息也未尝不可。

烧烤的火爆客观上大大增加社会稳定的不确定因素。游客先后由省内为主向省外为主过渡，从学生群体向社会群体延伸，守住安全底线困难很大，但没有"破防"现象。不同地域、不同性格、不同习俗的人群近距离吃串喝酒，加之各类各种抱着不同需求来淄博的人聚集在一起，引发言语不合、肢体冲突甚至斗殴的风险极高，但被大家美好的愿望和美好的享受拒绝、阻挡、感化了许多。应当说，绝大多数网民其实清醒冷静，只是有些人经意或不经意间被忽悠、被带偏、被裹挟进信息的洪流。

传奇四：淄博百姓和游客出奇地心齐。据美团、携程等电商平台数据显示，"五一"期间，全市酒店入住率近 100%。因加强住宿价格管控，在"五一"前后对宾馆酒店客房价格实行涨价幅度控制措施，酒店和员工都点赞支持"五一"期间，利用企业员工宿舍、训练基地等渠道共储备应急房源 1096 间、床位 1934 个，每天 23 点后仍未找到住处的游客，可通过 12345 便民服务热线求助，其间共动用应急住宿房源 167 间，妥善安置 505 人，让每位来淄博的人都有到家、身边有亲人的感觉。来淄博烧烤的青年群体主动当起了义务"宣传员""推销员"，不断通过朋友圈、抖音、小红书等分享消费历程和真实体验，社交平台迅速出现"滚雪球"式的裂变传播，几乎所有人都在朋友圈和短视频中看到淄博烧烤，这强大的蝴蝶效应，迅速激活人员出行的愿望。来过淄博的游客迅速成为淄博烧烤现象的维护者和"裁判员"，一旦网上出现对淄博不公不良信息，网民会群起而反驳，呈现"全民皆兵"的感觉。这与这么多年网上信息"一边倒"的现状形成了强烈反差。可见广大网民内心深处是多么希望和期盼干净清洁的网络空间。淄博网民高巖留言说："我现在出门都小心翼翼，生怕因为我影响了淄博的美好形象。"北京网民"武王"在抖音上留言道："看多了有关淄博的视频，我常常满含热泪，就这样被淄博感动着。人之所以为人，皆因美好而遇。我们来人间一趟，就是为体味这至纯的人间烟火。任何语言都无法描述出每一个人的感受，但在淄博，我们终于找到了心灵的寄托。"

淄博这座老工业城市，变成一座因烧烤火起来的网红城市，瞬间又转换成一座旅游城市，更是始料未及！

客观地讲，淄博并不是文旅市场上得天独厚的佼佼者：论自然风光，比不过山川秀丽的风景区或海浪荡漾的沙滩；论人文风情，赶不上许多的特色小城；具有地方特色的标志性烤串，也曾是各地都吃过数载、许多地方区位优势和资源优势更独特……那么，淄博凭什么"火"的？这个问题不仅引起各级政府和商家的思考，也引起了消费者和旁观者的思索，想"抄作业"的城市也在躬身反思和自省，千方百计对"吃""住""行""游"等环节逐一做好应对与服务。对普通消费者来说，讲太多的道理没用，再物美价廉也不行，最根本的是："谁拿我们当亲人、当自家人，我们心里舒服踏实，就愿意去消费，愿意去参与"，"好地方谁不愿意去？"

肉是烧烤的主角，串是烧烤的形状，口味是烧烤的品质与追求。自古许多人喜欢炕头小酒盅，钟情街头巷尾、市井里弄品酒香的场景，发出知己难逢的人生感叹。淄博烧烤的食材、价位、口感以及就餐环境与坦诚的服务，更适合活力四射的大学生和年轻人这个消费群体。当然，"任何美食，无非是一碗人间烟火"。顾客与其说吃的是烤串，不如说是感受着童叟无欺的诚信、有情有义的暖心服务和彼此之间的信任与坦诚。最难的，也是我们最渴盼、最珍惜的，是淄博市每位市民，无论什么职业、什么岗位和什么年龄都把自己当成这座城市的主人，把奔赴淄博的每一位游客当成久违且远道而来的亲人，这是中国版的"深夜食堂"！

游客不远千里赶往淄博吃烧烤，从更深层次上讲，吃的是中国人几千年绵延不断的烟火气、人情味，是脱除繁华与矜持、尽享政通人和的祥和气，是彼此体谅关照、心照不宣的平民消费，是高朋满座却无尊卑之分的理想乐园。在这种场景下，尽情拥抱返璞归真的自由、善良与真诚，心灵深处收割属于自己的那束美妙光阴。

青春约定：双向呵护与成就

春色满园关不住，一枝红杏出墙来。

淄博市与大学生的双向呵护、约定和奔赴与成就，必定载入后疫情时代启动经济社会和旅游业快速发展的史册。

2022年春，新冠疫情出现局部反弹，全国上下丝毫不敢懈怠，加大"协同作战"力度，坚决打赢这场"没有硝烟的战争"。5月1日，山东大学（中心校区）确诊一名学生为无症状感染者。山东省疫情防控指挥部确定由济南、淄博、泰安、德州市会同山东大学做好隔离转运师生服务保障工作。

是啊，每天我们都猝不及防地和不同的人、不同的世界擦肩而过，人生跌宕起伏、生活悲喜无常，谁知道蹉跎与磨砺的轨迹可能就是在经历命运的转折和传奇，甚至成为传奇故事的主角或参与者。

"山东大学的师生来我们淄博隔离了"这个消息很快传遍淄博。

5月2日，山东大学2700名师生到淄博市隔离，市里确定集中安排在周村区、临淄区、高青县和沂源县。5月10日上午，2700名山大师生完成集中隔离任务，安全顺利转运回济南。

山东大学的师生到淄博隔离期间，淄博人极其用心。抵达的次日，5月3日，各隔离点给每位被隔离的师生送来了淄博市委、市政府写给山大学子们热情洋溢、充满感情的一封公开信。

亲爱的同学们：

疫情当前，山大学子自觉服从抗疫大局，紧急转移来淄，体现的是责任与担当,首先要为大家点赞。自古磨难皆过客,浮云过后艳阳天。我们坚信有党中央的坚强领导,有省委、省政府的关怀,有大家的共同努力,定会驱散疫霾,守得云开月明。封控不封爱,隔离不隔心。淄博这座城市历来有情、有义、有爱、有光,只要是大家所需、淄博所能,我们一定竭尽全力、用心用情做好服务保障,始终与同学们肩并肩、心连心,携手打赢疫情防控阻击战。凡我在处,便是山大;待你来时,这就是家。我们并肩战"疫",更期待与大家相互赋能、彼此成就,一起向未来!

相关区县迅速成立山大师生隔离工作组,制定方舱工作流程和服务规范。

2022年5月2日,周村区韩仇套隔离点接收了山东大学师生870人。5月10日,除4名"同时空"学生转运外,其他师生隔离期满安全返校。师生隔离期间,周村区像对待自己的亲人一样周到热情,专门给前来隔离的870名师生印制相关宣传图册,每人一份"周村烧饼"。为确保师生的饮食安全,选择周村宾馆、知味斋等4家当地知名餐饮单位轮流供餐,早餐每天都有七八种品类,午餐和晚餐都有10种以上,兼顾鱼肉蛋奶、蔬菜水果,确保营养美味。同时,针对每人用餐量有所差异,每餐均有大小份供选择,及时有效避免粮食浪费情况的发生。我找到了齐悦国际酒店午餐清单:5月5日,口水鸭翅、黑椒牛仔粒、五花肉炒芸豆、手切肠、风味焓有机菜花、盐水花生米、开胃酸辣汤、酸奶、苹果、自蒸馒头、长粒香米,共11个品种;5月6日,红烧鱼、小酥肉、西红柿炒鸡蛋、菜椒炒红肠、家常芹菜、自制小咸菜、紫菜山珍汤、酸奶、香梨、沃柑、自蒸馒头、长粒香米,共12个品种。此外,为增强师生的幸福感和仪式感,为11名隔离期间过生日的同学定制了生日蛋糕和鲜花,播放生日歌,送上生日祝福;为3名女老师送上鲜花和水果等礼品,献上母亲节祝福。两家爱心企业为隔离师生赠送周村烧饼、向阳酥、馍馍酱等特产,以及周村古商城景区门票和年卡,让山大师生充分感受到了来自周村人民的关心和爱护。其实,这都是贵宾待遇呀！怪不得学生感动得流泪，也就理解了为什么这群年轻人如此爱淄博。

临淄区等地帮助青年学生了解和品尝本地烧烤，有送餐员主动发出"疫情过后再来淄博吃烧烤"的真诚邀请。

从沂蒙革命老区划入淄博市的沂源县，像迎接前线归来的战士一样热情接待这批到沂源的青年学生。五四青年节，创业公寓隔离点和沂源方舱隔离点分别为师生送上贺卡等节日祝福，为8位同学庆祝了生日，还为23个外国留学生专门安排心理辅导老师和英语老师。这些处于隔离状态的学生，与当地的服务人员建立了感情，互相约定"明年春天再见面"，学生离开前，因不能集体聚集，有的隔离点为学生们准备了淄博烧烤和送行的水饺。

这次，我访问了周村区当时主管这项工作的负责人。她说："可怜天下父母心。谁家都有孩子，当时我的孩子也被封控在大学校园里。当济南这批孩子来淄博封控时，我感觉就是自己的孩子回来了，就情不自禁地像对待自己的孩子一样去关心他们、疼爱他们。正巧市里有要求，我们各县区也有一个互相交流的平台。很快都达成了共识：我们一定尽心服务好，让学生们到了淄博如同见到了自己的家人，如同见到了自己的父母，自己的叔叔、姑姑和兄弟姐妹，有到了家的踏实感觉。当然，如果以后他们能来淄博就业创业更求之不得！"

正在苦读期的学子们，正常的学习、生活节奏被突如其来的疫情打乱，心情郁闷、压抑已久，没想到不在家人亲人身旁，却在异地他乡享受到家的温暖、高规格的礼遇，面对陌生人如此掏心掏肺的服务，有些受宠若惊，感激之情油然而生。

2023年闰二月，为"双春年"。"十年难逢闰二月""于无声处听惊雷""组团到淄博吃烧烤"的话题，迅速登上抖音同城榜热搜第一。自3月初大学生组团去淄博吃烧烤开始，曾经的山东工业名城淄博，因充满烟火气的烧烤在网络上爆火。经历了三年疫情，爱热闹的中国人很快被淄博烧烤这种价格亲民的地摊围坐式、开放聚集性的餐饮吸引。

3月5日，马上惊蛰时节，那个周末的天气突然特别暖和，人们被暖意融融的春风吹得心花怒放，纷纷脱掉了冬装。淄博多家烧烤店出现排队人数激增的现象，山东理工大学等驻地几所大学的学生趁周末组团吃烧烤，接着山东大学等济南高校的学生约上亲朋好友相继租车浩浩荡荡到淄博撸串、吃烧烤，通过朋友圈、抖音号等网络平台发布相关照片、视频，经自媒体短暂发酵后，这久违的让人感动得哽咽的烧烤滋味，迅速在网络上爆火，成为口口相传的重大消息。

淄博市十分敏锐、敏感，感觉这是大学生一个心理预期的爆发点。市里迅速召开商务、城管、文旅、交通、公安、宣传等部门参加的协调会，提出各单位各负其责，接住流量，借势借力，敞开大门欢迎学生来淄博吃烧烤。当即决定由市公交公司设立公交专线，方便青年学生们出行。谁料，第二天就正式开通了公交烧烤专线，学生可由火车站直达烧烤点。享受美食的同时，乘坐高铁出行、在齐风古韵的淄博火车站南站房和"钟书阁'中国最美书店'"前打卡留念，迅速成为年轻人"烧烤之旅"的标配。

3月7日，气温直接冲到了27℃。

淄博政府对网红事件的反应堪称神速。3月10日，淄博市组织召开新闻发布会，向社会发布了打造"淄博烧烤"美食品牌的相关情况，其中设立淄博烧烤名店"金炉奖"、成立烧烤协会、绘制淄博烧烤地图、新增21条定制专线。这些最引人注目的消息发布后，网上又掀起了一波热浪狂潮。

3月底，网络大V聚焦上了淄博。央视新闻主持人康辉开始推荐淄博烧烤。3月28日，央视新闻视频号推出五分钟探访短视频《淄博烧烤为什么火爆出圈》，29日上午，央视新闻微信公众号进一步推出《烧烤带火一座城，为什么淄博行？》，29日晚，康辉更是动了心，在《主播说联播》里，直接推荐起淄博烧烤。他说："山东淄博成了热门打卡地，不少网友坐高铁来淄博吃烧烤，这背后，我们淄博其实下了很大功夫，做了实实在在的努力，接地气就会有人气！这是淄博厚积薄发的成果！所有淄博市民，一起加把劲，让淄博烧烤更红火！我看馋了，也想着啥时候去打卡体验！"

淄博烧烤大火，吸引了很多网红大咖前来打卡，其中有千万粉丝的打假博主"superB太"也应粉丝邀请来到了淄博八大局，在他探访的熟肉、水果、海鲜、糕点等10多家店铺中,不但无缺斤少两的现象,还添加赠送商品。他说就连卖红薯的大爷的秤都是准的,这是让人很不可思议的事情。"很多网红城市不一定像网上说的那么好,但像淄博这样的城市是可以优先选择旅游的城市。"博主视频下面34.4万条评论里,有一条点赞数高达19.7万的评论说,"明明是一件理所应当的事情,我却这么感动";另一条点赞25.8万的评论说,"我宣布,这一波山东赢麻啦"。我到淄博采访时,听街道的同志说,此博主正在计划请他探访过的10家店铺的业主聚餐答谢。

应当说,绝大部分中国网民近来都在社交媒体上刷到过"淄博烧烤",瞬间,淄博烧烤炸裂了整个烧烤界!人们哪怕要排上几个小时的队,也要亲口尝一尝淄博烧烤到底有什么与众不同之处,以至于突然火成了"现象级美食"。综合分析比较,淄博烧烤的特点:一是场面简朴热闹,参与性强;二是价格便宜,适合绝大多数消费群体的需求;三是待客实诚,吃得可口放心。山东人的豪爽、热情、善良、好客在淄博体现得淋漓尽致。淄博烧烤有浓浓的烟火气和人情味。带皮的五花肉是淄博烧烤的代表,肥瘦相间的五花肉在木炭的高温下,被烤得滋滋冒油,耐嚼还细嫩。肥肉部分有点焦脆,但还保持着肥肉的油脂香,加上瘦肉的耐嚼,肥而不腻,口感和层次丰富,甭提多么香脆可口了。

"万物皆可烤"。淄博的夜晚充满人间烟火气,人们渴望在现实的社会中彻底解压释放自己。淄博烧烤摊尤其是周村的"海月龙宫烧烤体验地"场地广阔,远离住宅区,周围没有居民,迅速变成了恣意嗨歌的火爆场所。在户外,迎着微微的暖风,头顶一轮皓月,在优美乐曲伴奏下,不论你来自天南地北,不论民族、年龄、性别、美丑、高矮、胖瘦,马扎一坐,烤串一把,举杯互祝,虽是人生第一次相遇,却一见如故,没有丝毫陌生感。当人文与烟火气息相融、传统与时尚相连、热爱生活与喜欢热闹相遇、互联网大数据手段与民众审美情趣相聚,就闪动出迷人的魅力。这是集餐饮、演艺、娱乐、休闲、体育等于一体的夜经济业态,是组团互动式、沉浸体验式、娱乐释放式等各种业态相融合的消费场景,十分宝贵。我有位职务比较高的朋友,自己悄悄沉浸到了烧烤现场,立刻被现场的气氛深深感染和感动,自己扛进去那箱啤酒，一小会儿就分着喝完了。啤酒给了谁不知道，对方姓什么不知道，同桌的人也不知道他是干什么的。就是喜欢这种陌生人"围炉夜话"的方式，礼敬和留恋这美妙的团聚时刻！

3月31日，济南至淄博烧烤游周末往返专列开通。进入车厢，映入眼帘的是挂在车厢入口处的"烧烤专列欢迎你"的标语。环顾四周，车厢两头设置了"烧烤专列，属于淄博的美味"的提示板，每个窗帘上还配有淄博烧烤的故事，让旅客在车上就能了解淄博烧烤的历史与文化、前世与今生。淄博市文旅系统"代言人"到"文旅专列"上搞推介，就是要蹭着"淄博烧烤"的热度，告诉外地朋友：淄博值得你来！这里，不只有美味烧烤，更有美丽的风景、美好的韵致和善良的心灵。

4月上旬，"淄博烧烤"出圈之后，极大激发出淄博市民的集体荣誉感和城市自豪感，许多市民主动为游客指路、带路，送包子、水果和矿泉水，开车走在马路上主动为外地车让道，有的主动帮助游客联系食宿事宜，有的农场主把没有着落的游客导航到自家的院落来接待。天南地北的游客为了一顿烧烤，纷纷涌向淄博这座城市，保持了持续火爆的势头。淄博火车站4月15日合计到达、发送旅客83635人次，创下单日旅客到发量的历史新高。

烧烤带动各行业呈现火热状态。不仅烧烤店增加，烧烤师也变得重金难求，住宿、交通、旅游同时呈现向好势头。这期间，淄博市头脑冷静清醒，通过一系列措施"接住"这波火爆的流量。首先考虑的是安全，包括食品安全、交通安全、治安安全和网络安全等问题，譬如，游客有没有来淄博绕了道的？出租车有没有拒载、不打表或者服务质量差的？有没有网约车服务不规范的？烧烤的食料是不是合格？有没有烧烤现场环境条件和卫生条件差的？有没有食品不卫生、损坏身体和心情的？有没有矛盾和纠纷不能及时调解处理的？市区（县）两级迅速反应、快速联动，逐步转向规范完善、提升品质、慢慢"撤火"，第一时间建立"淄博烧烤会商联席会议机制"，建立问题收集、问题办理、调度报告、会议会商四项机制，设立食品安全和消费价格、安全保障、交通运输、环境管理、文旅推广5个工作专班。不久"淄博烧烤会商联席会议机制"调整为"淄博市提振消费联席会议机制"，工作专班扩充至11个，通过集中办公、实体运行，及时处置各类问题，形成常态运行、定期会商、长短结合的工作体系，有效应对了持续暴涨的流量冲击，让外地游客不知不觉地享受到优质、便利、暖心的服务。

2023年4月26日《人民日报》以《让"家乡味道"美名远扬》为题，刊发消息解读工业和信息化部等11个部门联合发布的《关于培育传统优势食品产区和地方特色食品产业的指导意见》。文中指出："近日，山东淄博推出了'淄博烧烤+'系列特色文旅主题产品，新增了烧烤定制公交线路。打造消费场景，淄博烧烤是生动实践。意见提出打造集食品品鉴、文化创意、社群交往等功能为一体的地方特色食品消费场景，提供沉浸式、体验式、互动式等多元化的消费体验。"淄博烧烤有这样好的局面，当初的设计和治理同样有"阵痛"。

超乎想象的巨大流量，曾让人们对淄博"五一"的表现捏一把汗。"五一"假期，人流达到峰值，淄博经受住了考验，交出了一份秩序井然、顾客满意的优秀答卷，宰客欺客、秩序混乱等负面舆情鲜有出现。

这得益于精心的策划准备。为了满足游客"舌尖上的需求"，擦亮"鲁菜发源地"品牌，做好烧烤与经典鲁菜、预制菜等深度连接，推介地标性风味小吃。假期之后，人流确实有所减少，但依然火爆。消费市场更加多元和复合，消费热潮是"波浪式"的，高低起伏，这都是市场常态。

从到淄博烧烤的人流构成看，3月份以大学生团队为主，4月份，家庭等各种亲友团趋多，5月份，团建、旅行团开始增多，中高考结束后和暑期再现人流高峰。

5月29日，大众网联合山东宫阙无人机团队在淄博会展中心举办了由500架无人机表演的大型无人机灯光秀，点亮淄博，献礼淄博。空中先后呈现出高铁、陶瓷、琉璃、丝绸、海岱楼、公园城市等精美图案，让游客欣赏了一场视觉盛宴。

6月11日，高考结束第一天，在淄外地游客数量由高考期间的70

万左右达到 80 万，比高考前明显增长。高考结束当天，主要网红打卡点人数达到近期峰值，海月龙宫烧烤体验地近 2 万人、海岱楼钟书阁 2.5 万人、淄博陶瓷琉璃博物馆 1.3 万人。

与此同时，淄博八大局文化一条街"扇画"火爆出圈，众多国内知名书画家纷纷汇聚于此，有各级美术协会的成员，有国际一级美术师，有国家邮票设计师，有国家级非遗传承人，自发摆摊为来自全国各地的游客现场题字作画，一幅画 20—100 元价格不等。游客们认为，来淄博旅游不仅能品尝美食、欣赏美景，还能获得超出预期的文化体验和艺术体验；知名歌手乌兰图雅、皓天演唱了歌曲《我在淄博等你吃烧烤》，在国内外均形成较大影响。

中秋、国庆假期期间，全市火车站到站旅客人数、来淄客车数量、重点监测零售企业销售额、餐饮企业销售额，较 2019 年国庆假期分别增长 44.6%、89.1%、29.5%、40.7%，总体上保持了较高的热度和流量。

用时髦的话讲，供给侧和需求侧的双向互应和配合，才会碰撞出消费火花。现实生活中人间烟火缺失，而在淄博，压抑的生活得到了释放，精神有了寄托，生活充满了爱，这样的生活状态谁都喜欢！从淄博这方面来看，主要靠服务优质、政府主动作为和人民诚实守信；从顾客角度讲，到淄博主要是享受热情、真诚、暖心的服务和和风细雨、丝丝如缕的文明风气滋养，感受工业老城、文化古城的独特魅力。

蕾切尔·卡森在《寂静的春天》中说："每个人都与他们的生身之人乃至周边生命有着难以割断的肉体与空间联系。"天下万物，不论大小、明暗、远近，皆是一个整体。它们虽然纷纭熙攘、种类繁多、各自不同，但都不是单独的、割裂的。高质量发展的城市须当站在大市场的时代潮头，找准供给侧和需求侧的契合点与兴奋点，下好历史文脉、民风民俗、社情民意、公共治理能力的大棋局，才能不怕别人挑毛病、鸡蛋里挑骨头，有可能避免断崖式的砸锅、毁牌子。

近年来，人人手机在手，我们每天被大量的信息包围着，不知不觉，时间就在指尖悄悄溜走，大脑也被碎片化的讯息填满。吃淄博烧烤必须坐下来，彼此或肩挨肩，或面对面，放下烦躁和手机，两只手根据个人的喜爱和生熟度，不断翻动火炉上滋滋作响的肉串，或者为撸串忙活，眼睛望着眼睛交流，知心话说出口，拆除陌生感、隔阂感和戒备感，找到久违的仪式感、亲切感和满足感，甚至有在家的亲切感，什么不顺心、不如意都伴随淡淡的炭烟消散。由以往看到某个产品或创意或某些有益的信息，立即分享和传播，变成眼下分享渗透着自己心血与汗水的可口美食，乐在其中的现场感、体验感和成就感无法比拟。把自己交给天地间，深呼吸，与朋友坦诚面对，找到原本的自己，收获彼此的尊重和信任，这是对美好生活向往最顶端的心灵满足与释放。

"青天有月来几时，我今停杯一问之。"我们头顶的月亮神秘可亲，温情可随，无论何时都光彩照人。

民心力量

> 我们相爱在南山坡，
> 心儿在这里找到乐园，
> 天地见证了我们的缘，
> 你的爱让我有了永远……

无论我们走进淄博哪一个烧烤场所，最火爆的歌曲就是这首贵州"村BA"的热门歌曲《我们相爱在南山坡》。这里没有大牌的明星，没有摇滚乐队的伴奏，也没有顶级的指挥家，或一人唱大家和鸣，或集体合唱，或边唱边舞，群情亢奋，异口同声，让人感觉激情燃烧，立刻沉浸其中，甚至感动得热泪盈眶。各个烧烤点像镶嵌在淄博城区的一个个巨大的磁场，靠奇妙的磁力把天南地北的游客吸引、聚集在一起。一眼望不见边际的人海和汹涌澎湃的歌声，不管有多少烦恼、不如意，无论有再多、再沉重的心事，都被顷刻淹没或消融。

这是文旅盛会，百姓节日！《环球时报》上有专家分析，淄博的出圈既有偶然因素，也有一定的必然性。"淄博之所以成功，最重要的一点是，它将山东热情好客的文化通过餐饮的形式表达出来，并且在疫情恢复后缺乏文旅消费热点的形势下抢占了先机。"

烧烤现场如同狂欢节一般，人声鼎沸，既吃又喝还唱还跳，欢歌笑语，特别热闹，寂寞已久、隔离已久的游客自由释放兴奋快乐的心情。城市自身释放着暖心的温度、热度和磁性的凝聚力、向心力，普普通通的市民，自觉自愿维护淄博形象和做人品质，"为荣誉而战"，成为最旺的人气，馋死了那些坑人宰客的景点和导游。

淄博烧烤火爆出圈，"八大局"这个便民市场也成了"网红打卡地"，"五一"假期累计接待量近 100 万人，日进客量最高达到过 21.9 万人，出乎所有人的想象。"八大局"原为淄博市行政办公中心，约在 20 世纪 70 年代末期，市政府将 8 个部门（包括财政局、教育局、卫生局、农业局、水利局、林业局、文化局、机械工业局）集中在一处办公，被居民俗称为"八大局"。"八大局"于 2011 年 3 月拆除再建，"八大局"便民市场因"八大局"得名。市场南北长 710 米，东西长 600 米，共设置 356 个摊位，主要经营蔬菜、水果、鲜肉、水产、卤制品等居民日常用品，随着市场的走红出圈，蔬菜、海鲜、肉蛋等日常生活类商店开始转型，餐饮类店铺比例大幅增加。因价格便宜亲民、小吃美味独特，迅速成为大学生群体的热门打卡地，成了名副其实的"网红"市场。2023 年 10 月 10 日，山东省文化和旅游厅公示了第三批省级夜间文化和旅游消费集聚区名单，淄博市唯独"张店区八大局文化旅游休闲街区"入围。

按说便民市场，我国城乡各地比比皆是，同质化、平民化、低效化的竞争最为激烈，为什么偏偏淄博"八大局"这个便民市场火了，而且由"爆红"过渡成"长红"，天天人流如织？人们要询问，他们是如何满足全国各地游客的吃、购等需求？如何维护居民正常的生活秩序？城市卫生如何维护？短斤少两怎么避免？厕所怎么建？社会治安怎么加强？各类矛盾纠纷如何化解？投诉渠道怎么畅通……这些民生小事，直接关系到游客的安心与舒心、关系到市场的运营和经营者的利益，这既考验着政府部门，也考验着业主和广大市民。淄博各级各有关方面以打造安全、舒适、放心消费场景为目标，及早做好准备和应对预案。4月中旬，淄博市发展和改革委员会、市市场监督管理局联合发布《关于规范经营者价格行为提醒告诫书》，提醒告诫各宾馆酒店、饭店餐饮、交通运输、景点景区、烧烤商户等行业、业户，依法明码标价、诚信经营，不得拒绝或不履行价格承诺，不得随意涨价，严禁收取未标明的费用欺诈消费者，自觉维护市场价格秩序和公众利益。对经提醒告诫仍然不整改的经营者，依法从快从严从重处罚。张店区体育场街道对市场周边的河滨、东苑社区3300余户居民主动入户上门做好沟通、解释工作，发放《致居民的一封信》，收集居民意见。发放《致八大局便民市场经营业户的一封信》和《致八大局便民市场店铺使用方的一封信》，对市场店铺所有者及经营业户的经营转让行为进行规范引导，避免资本力量狂野破坏市场原生态环境，倡导每天22点闭市，降低噪声对周边居民影响。

食客们最舒服、最高兴的时候，也正是烧烤店老板和辖区工作人员最忙碌的时候。排位、点菜、催菜、换火、上菜、算账、送行、收拾桌凳、整理卫生……"腰酸背痛也不能停，有时候恨不得长出三头六臂来，实在忙不过来呀！"烧烤店老板着急地说。

那天我也来到了"八大局便民市场"。站在共青团东路南侧，就看到市场南入口处上方拱形的"八大局便民市场"的霓虹标识，下方横梁上的电子显示屏即时报告着进场和离场的人数。旅客人头攒动，出出进进，非常热闹。出来的游客基本上没有空手的，年龄稍大一点的，提着成袋、成盒的炒锅饼、紫米饼，年轻人嘴里啃着酸奶棒。步入"八大局便民市场"，只见各摊位前站满了购买的食客，那语言南腔北调，真是方言的大汇合。原先卖菜的摊位开始炒锅饼，卖水果的开始摊紫米饼，每走几步就是炒饼铺、紫米饼店，各自还在店铺门前做着自我推介。只见路面上很干净，不远处路正中就有标识明晰的垃圾桶。多家网红店门口有围栏，避免游客拥挤。街道的负责人介绍说，为方便游客、缓解急需，他们新建了八大局停车场，协调18处企事业单位及社会停车场对外开放，增加机动车停车位1000余个，还新建了临时应急公厕两处，协调市场周边企事业单位开放厕所。保持街面卫生也不容易，59名保洁人员全天不间断清扫，频次为半小时。"五一"期间，平均每天清运垃圾 800 余桶，比日常增加 10 倍。因为垃圾车进不来，全靠人工拖运。

　　街两侧是 20 世纪六七十年代盖的住宅楼，住在楼里的老职工多。原来这个便民市场，主要是方便这批人。如今烧烤火了，路上摩肩接踵，上学、上班的不方便，老人出门买菜也不方便了。但大家基本没有怨言。那天，西侧宿舍楼阳台上站着头发苍白的夫妻俩，他们还不时向我们友好地招招手，我赶忙劝同行的人也挥手回应，表达谢意。

　　我询问了一位 70 左右的老住户王大爷。他笑着说："八大局市场已经开了几十年了，原来主要是卖青菜，这里在张店是价格最合理、品种最多的市场，既方便又实用。想不到这个卖菜的地方，突然成为景区，成了什么网红打卡区了。现在居民买菜确实不如原来方便了，可商机也多了。外来的游客是客人。客人到咱家门口了，就得热情相待呀。"

　　孟子曰："天时不如地利，地利不如人和。"是说决定战争胜负的关键是"人和"。淄博烧烤的爆火，占了天时、地利和人和，尤其是人和，更加特殊和难得。无论是官方还是民间，无论是线上还是线下，无论是本地市民还是外地游客，形成了齐心呵护"淄博烧烤"品牌的良性互动和正向循环。

　　淄博烧烤"火"，是众多原因协同集成的结果，其中淄博人民的付出、努力和呵护是最根本的，尤其是崇商重客、厚道诚信的品格和务实包容的处事风格给游客留下美好印象。四面八方的游客不但喜欢淄博烧烤，更喜欢这座城市对游客的态度，喜欢淄博人的格局和情怀，许多人表示"淄博这座城市真的来了不想走，走了还想来"。那天，我路遇一位淄博市民，我们闲聊起来："淄博烧烤火爆给你带来了什么？""尝过三年疫情的冷清，大家当然喜欢眼下的热闹与繁华。我是土生土长淄博人，我爱淄博。淄博好，我高兴。来人越多，我越开心。为顾客忙碌，能挣到钱，累也高兴。"

　　"正味烧烤店"的老板给我讲述了她的一段经历：

　　"2020 年 6 月，我在水晶街开了个烧烤店。这几年生意一直不好干，去年上半年基本没开过灶。但得缴房屋租金，还有职工最低工资和管理维护费用等，我们没家底耗呀！今年3月初，我和丈夫去重庆考察学习他们的烧烤经验，接着又去广州参加餐饮招商会，想开开眼界。我的梦想就是让更多的人了解淄博烧烤，甚至走到更远。那天，店里的人急匆匆地告诉我，'今天很奇怪，店里的人明显多起来了'，到5号，我们赶回淄博，正巧迎来了第一波流量。4月30日这天，我们店从9点忙到晚上11点，忙活了200桌，我和员工都累坏了，当然累也高兴。我现在有3家直营店，生意都很红火。我自己想做、多年做不了的事，政府帮助我完成了。前几天，重庆的8位朋友慕名而来，冒着大雨到我店里吃了一顿烧烤，最后含着泪告诉我：'我终于在你这里找到信心和希望了！'最近，我店里添了贵州、甘肃和烟台的几名员工，他们说：'我们在为自己的生活和事业奋斗，为淄博的荣誉而战！'

"淄博的烧烤能火，离不开每位淄博人的集体付出和参与。前段时间，店里客人多，我们淄博人都是先让着外地游客。那天，一位爸爸带着一位四五岁的小朋友来到我的烧烤店。孩子看到许多家长陪同孩子在吃烧烤，嘴巴甜甜地嚷着：'爸爸，我也要吃烧烤。'

"爸爸说：'我也想吃。可咱淄博人得先让远道来的客人吃。'

"孩子不管这些，也不懂这些，噘起了小嘴巴，还嘟囔着，不想离开烧烤店。

"我看到这里，心疼起了孩子，于是二话没说，包起10串烤好的羊肉串直接塞给了孩子：'孩子，阿姨送你的，不要钱。吃吧！'

"家长还在和我客气，孩子竟然站到我跟前，给我鞠了一个躬：'谢谢姨！'"

我听到这里，泪水悄然涌上眼眶。

这是多么机智灵活的老板。

这是多么通情达理的家长。

这是多么单纯善良的孩子。

是啊，淄博烧烤能有今天的局面，有各方面、有淄博全市人民的共同努力和默默付出，其中也包括老人和孩子们，这种众志成城的状态是多么宝贵、多么可贵啊！淄博每一位平凡的市民，无论男女老少，都作出了不平凡的贡献。

淄博这座城市，不仅历史感厚重、现代气息浓郁，而且有了一种平易近人、暖心暖肺的美感。

淄博大大小小的烧烤店，甭管出名不出名，都座无虚席，挤满了排队的人。据朋友介绍，"五一"期间，一家烧烤店挤得满满的。老板担心慢待了前来吃烧烤的食客，便拿扩音器喊话："各位远道而来的客人：俺淄博烧烤都是一家，一个味儿，请到别家吃也一样。"没想到这段砸自己饭碗的短视频，在网络上播放得还很快，看的人很多。烧烤店的烧炭师傅，一天下来脸被熏成了包公，只能看见笑眯眯的眼睛和白牙齿，但没有任何怨言。

淄博不仅是网红，更是人们对美好生活追求与向往的集中展现。你只有到现场亲身感受，才能真正理解什么是"众人拾柴火焰高"，"人心齐泰山移"。

出租车司机，不但要优质服务，还得熟悉淄博烧烤店和其他美食餐厅的地方，及时回答和推介好去处。"现在不跑空车，前一位乘客还没下车，后面的订单就来了，有时连饭也顾不上吃。"

所有淄博人都很珍惜这一次城市发展机遇，谁也不想、谁也不敢因为自己给这座城市、给淄博人丢脸抹黑！

据说，有一位走南闯北的网红博主，在许多旅游地挑过毛病，他认为人性在利益面前经不起考验，普通人为了挣到钱，肯定会动心，于是一行几人决定到淄博踩坑挑刺。他们下了火车，专选最容易出问题的路边出租车。谁料两辆出租车同时到了酒店，价钱居然和事前在手机上预估的基本吻合；酒店看到他们是外地来的，还主动给了个优惠价，房间干净卫生；烧烤店生意虽然火爆，但没遇上宰客的老板。博主无可挑剔，服气了淄博人的人品。

夜深了，窗外灯火通明，我远远凝望着烧烤店员们忙碌的身影，他们不仅要收拾桌凳和卫生，还要检查水电、采购物资、提前备料，大事小情遍地都是，还得笑脸面对顾客、周到服务。这一天下来，疲倦可想而知。怪不得，淄博市鼓励倡导各门店轮休，集中检修调试设备、采购物资和人员休整，以保证安全。"多亏市里这个规定，要不我自己还不好意思歇，担心慢待了远道跑来的顾客。"

我又翻出2023年4月19日淄博发给全市人民的一封公开信。我一边读，一边仔细体味。

亲爱的市民朋友们：

淄博烧烤爆红出圈，红出了淄博这座城的古韵新颜，燃起了我们淄博人"心往一处想、劲往一处使"的精气神。有"淄"有味有情谊，您的贴心细心耐心，让天南海北的游客放心暖心舒心。谢谢好客又"让客"的您！

最是一城好风景，半缘烟火半缘君。烧烤出圈，美在"淄"味，更美在淄博人。您的热情比火炉更炽热，鲁C车主自觉礼让外地车辆，暖心大姨主动为排队游客分发灌汤包，商家店主自发提供免费住所……每个淄博人都想游客所想、尽自己所能，一个个微镜头串联出淄博这座城市的温度。您的善意比小饼更实诚，从"别让外地人失望"的担心，到"淄博人就要为淄博长脸"的担当，从"周末留给外地客人先吃"的自觉，到"做好服务不宰客"的自律……一句句质朴的语言汇聚出淄博这座城市的实在，诠释了市民对这座城市最朴素的荣誉感和归属感。您的豪爽比蘸料更过瘾，真心把游客当亲戚、与游客交朋友，售货的时候，把秤杆翘得高高的；拼桌的时候，一起欢呼一起唱；赶车的时候，出租车师傅比游客还着急，卡住的后备厢说切割就切割……一件件敞亮事展现出淄博这座城市的率真。这是一场自发的全城行动，也是一次自觉的全民参与，不管是早出晚归的环卫工人、公交司机、外卖小哥，还是日夜值守的公安民警、城管队员、市场监管人员，还有我们主动作为的机关干部、社区工作者、网格员、志愿者等等，人人都在默默付出，人人都在发光发热。为我们的市民点赞，为淄博有这样的市民感到骄傲自豪！

投我以木桃，报之以琼瑶。关注和信任是责任也是动力，淄博竭尽所能把最好的一切拿出来回馈。我们一直在努力，但工作中仍不尽周详，城市治理和服务供给还有许多短板和不足，给市民和游客带来一些不便和困扰，对大家给予的体谅、理解、包容，我们深受感动、深表谢意。我们一定全力干好工作、加快完善提升，为大家创造更好的生活环境、更多的体验场景。也真诚期望全体市民继续当好东道主、做好主人翁，倍加珍视来之不易的城市品牌，努力守护这份城市荣誉，为淄博高质量发展汇聚强大合力。

我们倡议让利于客，坚持诚信守信互信，依法规范经营，杜绝欺诈行为，身体力行弘扬齐文化的开放包容之心、大气谦和之风；我们倡议让路于客，科学规划出行线路，优先选择公共交通，尽量减少扎堆拥堵，让淄博之行路畅心更畅；我们倡议让景于客，合理错峰出游，把更多当地熟悉的景色，留给节假日远道而来的游客，让他们更好感受五彩缤纷的淄博魅力。

一家人，守护一座城；一座城，温暖一方人。这个春天，淄博众人拾柴让烧烤红红火火，更要一起努力把日子过得红红火火。

我们建立了"您码上说·我马上办"民意平台，大家有什么不便，发现什么问题短板，有什么意见建议，随时扫码提出，我们全力办好，携手共建共享美好生活、共创共赴美好未来。

感谢，每一位城市的守护者！

致敬，每一位可爱的淄博人！

有位网友调侃说："在这封信前，还以为自己是个笔杆子；读完之后，才觉得自己冰冷得像根电线杆子。"

哪有什么岁月静好，只不过是因为有人负重前行。淄博烧烤好吃，这背后有多少人在努力，在奉献牺牲，在殚精竭虑，在负重前行？这让我联想起边防战士、抗疫一线和抗洪救灾一线的人们，大家都是血肉之躯，都有自己的家庭和生活，当别人需要、社会需要、国家需要时，就义无反顾、冲锋在前、自觉奉献，甚至牺牲。这就是民心的力量！"感恩"不是个矫情词，而是一种生活态度、大德的心境。

淄博人展现出崇德向善、见贤思齐的良好社会风尚。游客还在路上，各方面"都已精心准备好了"。淄博打了一场千方百计维护烧烤秩序、想方设法让游客暖心满意的"人民战争"。淄博人周末几天少去烧烤店，让着外地食客，或者去当志愿者；开车走在马路上，先让别的车辆；有外地游客来到淄博吃烧烤，结果没有座位，询问旁边大哥"可以拼桌吗？"，结果直接受邀坐下一起吃；为了欢迎外地游客到来，淄博人组织车队到淄博火车站免费接送，甚至还有商家派出了15辆豪车接送；在餐馆等位时，有的商家免费提供冰淇淋给游客食用；夜晚发生汽车追尾，得知对方是外地游客后，本地人热情邀请车主去自己家里住下。虽然这都是些小事，却让对方感到温暖，展示出了一道"好客山东、暖心淄博"的亮丽城市风景。一些顾客说："我来到淄博，才真正理解了什么叫'宾至如归'。不知道为什么，我经常莫名其妙地流眼泪，是被这普普通通、为游客忙忙碌碌、跑前跑后的淄博人感动了。"

"撸淄博烤串，打卡钟书阁，观齐盛湖夜景，是对淄博这座城市印象最深刻的三件事。"位于淄博齐盛湖公园制高点的海岱楼钟书阁，南门前是"中国最美书店"几个醒目的大字，它是一个以书籍为载体，给读者提供休闲、阅读、交友、探索、交流空间的综合性文化休闲平台和全新概念的书店。它凭着深邃的文化魅力和幽静美丽的风光，助推着淄博烧烤的爆火。旅客们夜晚可沉浸于书海，品尝钟书阁的创意产品雪糕或冰淇淋，享受美不胜收的视觉盛宴。5月2日晚10点多，钟书阁已超过闭馆时间，但游客依旧在南门大台阶下方排队，迟迟不肯离去。一些外地游客对执勤工作人员讲，来一趟淄博不打卡海岱楼钟书阁，觉得非常遗憾。其中一位北京大姐握着工作人员的手，恳切地说："我父母都80多了，这次带他们来淄博旅游，是想给母亲在淄博过一个印象美好的生日，明早9点多我们一家就乘动车回北京，不想错过参观最美书店的机会，这可怎么办？"工作人员很受感动，当即回答："大姐，别着急，我非常理解您的心情。不过今天太晚了，别影响两位老人休息。这样吧，明天早上7点30分在这里等你，我们专门为两位老人开通绿色通道。"第二天，他们一家人如约而行，工作人员引导这位大姐陪父母看到了淄博最美的晨景，并请他们一家人在七楼喝了一杯热茶，留下了一组精美的照片。老人家连连夸赞："这个生日确实有意义！既吃了，又看了，真正体会了淄博的热情。"

战争最雄厚的伟力在于民众，市场经济条件下，一座城市的魅力同样要靠每一位市民的付出与努力。我们是中华民族的子孙，有相同相通的血脉，有共同的初心使命。就如同一片森林，由众多高耸的树木、杂乱的灌木和各类恣意生长的花草，构成共同的绿色生态家园，当然，这里没有任何多余的树木和绿叶。每一个枝条、每一片绿叶都有自己的生命形态和生存方式，都值得尊重和珍惜。为什么这些树木和植物能枝繁叶茂、生生不息？优美的自然生态、新鲜的空气是谁的功劳？谁也说不清，因为大家都在贡献、都有贡献。草根的微力更鲜活、更亲切，更值得尊重。生命的意义其实很简单，就是伸出手掌，面向阳光，舒展生命，不知不觉画出一道风景，投入绿色的海洋。

"移苗要保活，必须带泥坨。"淄博烧烤火爆的作业能"抄"吗？应当说：淄博因为全体市民的加入，齐心协力把营商环境、市场环境做实、做优、做热，才有了淄博烧烤的火爆；否则也可能昙花一现。重商文化和淳厚民风是那抔必须同步携带的老娘土。

微光可成炬，温暖一座城。燥热的夏天已经来临，皓月当空，清澈明亮，不灼目，温和到让人能直视其美。此时大自然所有生命都进入一个肆意张扬的季节：光鲜，蓬勃，热烈，本色……

文明与文化的火焰

与我们形影不离的太阳，每天升起落下，无论是迎来黎明，还是送走黄昏，它始终是一团熊熊燃烧的火焰，温暖着大地和大地上的人们。

远古的熊熊大火，把类人猿从大森林里赶出来，使他们挺直腰身。是劳动使他们完成了从类人猿群向人类社会演变的伟大一步。是我们的祖先"钻木取火"的创造与发明，结束了人类茹毛饮血、食腥啃生的漫长历史……人们对火的研究与利用，使人类冶炼出了青铜、钢铁，继而造出了大刀、长矛、大炮、飞机、轮船、火箭、导弹、卫星等一系列改造自然、征服敌人的设备和装备。

　　"脍炙人口"是说美味人人爱吃。西周时期，烤肉在民间盛行，但由于古代没有"烤"字，被称为"炙"。对此，《诗经》有多处记载。《小雅·楚茨》中曰："执爨踖踖，为俎孔硕，或燔或炙。"是说当贵族们祭祀祖先时，都得恭恭敬敬地做些烤肉作为祭品。后来烤肉渐渐进入寻常百姓生活。当下，有野外烧烤、炭火烧烤，还有电烤箱、电饼铛、微波炉等多种厨具的烧烤烹饪方式。

　　"淄博烧烤"火爆出圈，原因众多。有时代背景的原因，社会风气的原因，消费群体的原因，营销传播手段的原因，传统文化积淀与萌发的原因，更重要的是淄博自身的原因。大学生群体与淄博市政府的双向奔赴、怦然心动，有着自媒体、融媒体和信息网络的助力加油、"沉浸式"互动、前瞻性引领。不仅是"小串+小饼+小葱""灵魂套餐"的吸引和诱惑，也不仅仅是当地政府竭诚呵护的温暖瞬间，更是因其全方位折射出这座城市的文化积淀和历史传承。

　　为什么许多网民和旅客对淄博市的几封公开信爱不释手？先让远方客人吃的烧烤哪能不好吃？淄博人拿游客当朋友、当亲人对待，随便在大街上问个路，都是热情指津，有的甚至直接帮助带路。这样的淳朴民风，这样的待客之道，"有朋自远方来，不亦乐乎"的鲜活情景，让我们流连忘返，心向往之。这烧烤火爆出圈的底蕴和动能到底是什么？

　　泱泱齐风，品质淄博。淄博是齐文化发祥地，曾上演"春秋五霸"之首、"战国七雄"之冠的盛况，诞生了太公封齐、管鲍之交、管晏辅国等故事，成就了稷下学宫"百家争鸣"的美谈，孕育了《孙子兵法》《齐民要术》《考工记》《聊斋志异》等巨著，留下了齐长城、齐国故城遗址、东周殉马坑、世界足球起源地等文化遗存，有着滋养了王渔洋、蒲松龄等"文学巨匠"的宝贵文学遗产，东夷文化、商业文化、陶琉文化、聊斋文化、渔洋文化、黄河文化等地域文化交相辉映，悠长的文脉、特殊的文化生态革故鼎新，让历史文化和现代生活融为一体。

淄博是一座"窑火"赓续的城市，用"火"史超万年，是闻名遐迩的"江北瓷都"。早在新石器时代，淄博的先民就已掌握制陶术，开始烧制陶器。土的可塑性与火融合出新的生命——陶，陶瓷生产需要经过黏土制坯、赋釉、点火煅烧等工序。从新石器末期的蛋壳陶，到宋代问世的"雨点釉"和"茶叶末釉"，都是淄博人智慧的结晶。千年烧制不仅让土在火中涅槃，晶莹玉润，也"烧制"了淄博这座温度之城，赋予了这座城市希望的火苗。

那天，我来博山探寻和谒拜供奉舜帝的"窑神庙"和供奉女娲的"炉神庙"。窑神庙门刻有一副对联："范金合土，陶铸五行补造化；食德饮和，俎豆千载拜冕旒"。殿内神台正中是头戴冕旒的窑神，火神、风神、山神、土地分列两侧。长期以来，人们以窑、炉产品换来了丰富的物资，富庶了一方百姓，也为人类陶瓷、琉璃事业做出了贡献。明清年间，淄博陶瓷、琉璃产业已闻名遐迩。骨质瓷的发明是新中国成立以后的事了。日月的光辉就如这炉中的烈焰，香火不断，赓续这一缕文明血脉，源远流长。

宴饮的最高形态不只是为了吃饱果腹，也不纯粹为了过瘾解馋，而是把饮食作为一种交际形态，以满足人们特定的交往愿望和精神需求。"烤串"在淄博兴起是改革开放以来的事，也就是几十年的历史。最早是从商城周村郊外的一个小树林子里传出的烟火味，让淄博人知道了"烤羊肉串"。烧烤这个"新吃法"很快在淄博餐饮消费市场有了一席之地，而且讲究吃的淄博人深深地爱上了这个新吃法。于是城区大街小巷烧烤门店如雨后春笋般发展起来，郊区甚至偏远的镇村也能找到吃烧烤的地方。庞大的消费群体又催化着这个新兴业态的快速成长壮大。淄博烧烤以独特的烧烤工具、烧烤技巧和食用方法，对传统烧烤超越与烧烤文化的升华，迅速成为中国烧烤的领导型品牌，信誉度、火爆度、新颖度皆为上品。

我和几位朋友聊起对淄博的印象，感觉淄博多年来像是一台奥迪轿车牵引着一辆大型拖拉机，既有时尚新潮的亮点，又有体疲脚跛的身姿，既不会冒头出圈，也不会落后太多。这次烧烤火爆，见证了涵养文化、厚积薄发的底气与威力。淄博从齐国故都、稷下学宫、足球起源地、工业名城、北方瓷都，到今天的网红城市、旅游城市，奥秘何在？因为这里没有城管追赶小商小贩，没有交警到处贴罚单，没有出租车拒载客户，没有商家坑骗游客，没有酒店坐地涨价，没有导游硬拉硬拽、强买强卖……城市所有管理人员和全市的老百姓热情欢迎和接待全国各地的客人，让许多到过淄博的客人乐不思蜀，甚至连国际友人也跨洋过海来烧烤。有个烧烤店老板自责地说："我要是早学点英语就好了，今天就能用得上。"

讲仁爱、重民本、守诚信、崇正义、尚和合、求大同等，是中华优秀传统文化的智慧结晶和精华所在。当年，"重工厚商""通商工之业、便鱼盐之利"是齐国定国之策。齐国是"春秋五霸"第一个霸主，齐桓公振臂一呼、号令天下。齐桓公尊管仲为"仲父"，授权让他主持一系列政治和经济改革。管仲注重经济，反对空谈主义，主张改革以富国强兵，他说："国多财则远者来，地辟举则民留处，仓廪实而知礼节，衣食足而知荣辱。"齐国除在税收上让利于外商，还以人为本，处处优待外商，呈现"天下商贾归齐若流水"的局面。《管子·轻重乙》记载："一乘者有食，三乘者有刍菽，五乘者有伍养。"意思是说，对拉一车货到齐国的外商，免费提供饮食；对拉三车货到齐国的外商，另外免费提供马的饲料；对拉五车货到齐国的外商，则由政府专门配备可以自由调遣的人员。

淄博不仅是鲁菜发源地，烧烤文化也源远流长。淄博陶瓷琉璃博物馆内陈列着几千年前用于烤炙食物的陶琉容器，2022年发现的临淄赵家徐姚遗址，可将烧烤食物向前追溯一万三千年。管仲在其著作中详细阐述了上菜的顺序和饮食礼仪，说明早在春秋时期淄博饮食已具有鲜明仪式感。所有商业活动之所以能持续，背后都深埋着深层次的文化因素。今天人们为什么还挤破头去淄博吃烧烤？这体现着改革、创新、开放、务实、包容的齐文化内核。这烟火气拼到最后，拼的是文化。生意能走多远，靠的也是文化。

周村区历史悠久，文化底蕴深厚，被誉为"天下第一村""丝绸之乡""金周村""旱码头""鲁商发源地"。周村古商城，是"中国活着的古商业建筑博物馆群"，是体现齐文化重商精神的"活化石"，是淄博文化名城建设的"金字招牌"。2023年5月20日清晨，我迈出"大隐寒舍"民宿的门，就跨入周村古商业街。天刚蒙蒙亮，路灯还亮着，只见店铺林立，遍地古迹。走在万顺街、大街、丝市街、银子市街、绸市街、平等街、状元街，踏着青石板路，抚摸青砖古墙，观赏一幢幢风格迥异的明清古楼，仔细阅读"今日无税""防假密押""魁星阁"的文字介绍，它们鲜活地展现着"厚道、诚信、开放、包容"的鲁商精神，我仿佛直接感受到"东方商埠"的昔日风采和文化魅力。渐渐地，街面上人多了起来，各家商铺做着开门准备，大街南端有一批青年男女正在准备传统汉服婚礼，街上铺上街道里回响着欢声笑语，华丽庄重得体的婚服承载着对美好未来的期盼。我走回街北头时，不少外地游客正在"大街"彩色牌坊前留影。我询问值班的协警："请问这个'五一'假期这条街最多一天游客是多少？""8万！"可能感觉回答得太随意、太夸张，接着他又追上我，走到我面前解释说，"最大承载量是4.8万，到过6万多。"

"稷下学宫"是世界上最早的官办高等学府和政府智库。从田齐桓公起，齐国在临淄稷门外设置学宫，吸引各地学者到齐国讲学、交流、著书立说，后习称"稷下学宫"，它是那个年代最重要、最出名、最耀眼的学术场所。物以类聚，人以群分。到齐威王、齐宣王时，稷下人才济济，有1000多人。稷下学宫在兴盛时期，曾容纳了当时"诸子百家"中的几乎各个学派，其中主要的有道、儒、法、名、兵、农、阴阳、轻重诸家。稷下先生在那里聚徒讲学，自由辩论，高谈天下治乱之事，"不治而议论"。因齐国政府采取优客政策，使学术观点、价值趋向以及国别、派别、年龄、资历不同的人，都可以自由发表意见，使各种思想碰撞和激荡。齐国稷下学宫，诞生于齐初尊贤纳士、崇文尚学的政治沃土，成就了战国七雄中最强盛的齐国。这种文化底蕴促进了各种文化、文明的碰撞交流与交融，形成了淄博走向文化自觉、自信、自强的底气与可能，为经济社会的健康发展注入了精神动能。

"我还是个孩子"在抖音上发布了一个玩笑："国外媒体：各国请注意，最近中国有大动作，海陆空都在向一个地方集结，以狼烟为号，带着孜然味……"

我在淄博的那几天，天空特别晴朗，晴空万里，白云飘荡，大气透明度很好，尽享了城市美景和大自然气息。阳光洒向每一个角落，白云与蓝天邂逅，清风微拂，让淄博这座城市充满了灵动之美、生态之美、人文之美。烧烤的回归，是一种久违了的感觉。原来一直有人担心这么多烧烤摊会污染空气和影响"创城"。其实，淄博原来很多烧烤店也确实存在占道经营、烟气污染等问题。2015年，淄博市开始引导露天烧烤"三进"，即进店、进院、进场经营，同时，大力推广使用无烟烧烤炉具。改造过的一个小烤炉，让淄博烧烤实现了华丽的转身，既留住了烟火气，又远离了烟气污染。淄博的实践表明：城市的烟火气和防止空气污染、"创城"不是不可调和的矛盾体。只要转变城市治理和服务理念、在细节上下足"绣花功夫"，完全可以同生共存、同兴共荣。

淄博牧羊村餐饮有限公司总经理杨本新自己介绍说："那是20多年前，我的第一家店在张店西六路北首开业。一共10来张桌子，一张桌子35块钱，一个炉子10块钱，就这么简简单单开张了。因创始于天下第一店张店，配以天下第一村周村的特色小饼，其中还寄托了对家乡沂源山野牧羊的情感，故取名'张周牧羊村'。"因为凭借着真材实料以及独特出众的口味，早在2002年，"牧羊村烧烤"就出现顾客排起长队等候就餐的热闹景象。2020年，著名歌手薛之谦来品尝"牧羊村烧烤"后，对其风味赞不绝口，更是在演唱会上主动做起了免费宣传，让牧羊村在随后一两个月里红火非凡，吸引了众多歌迷、粉丝前来打卡。2023年春天"淄博烧烤"的爆火，也再一次点燃"牧羊村烧烤"这家拥有近30年历史老店的热度。这期间，不仅有众多外地旅客专程赶来一品"淄"味，还有许多大大小小的网红也为了流量纷纷涌入，对杨本新和他的"牧羊村烧烤"来说无疑又是一次挑战。杨本新带领员工一手抓品质，一手提服务，力求打造淄博烧烤响亮的品牌。俗话说，众口难调。烧烤毕竟是从地摊生意发展而来，按照现代餐饮业的规范要求的话，服务质量和服务方式难免有不完善的地方，特别是超负荷运转时，要想让每一位慕名而来的顾客满意实属困难。对此，杨本新和他的店员们总是千方百计解决问题，做到"顾客投诉立即受理回应"，尽最大努力服务到位、让顾客舒心满意。"五一"假期，"进淄赶烤"的游客实在太多，连续一个月超负荷工作，实在难以承受，于是有一天贴出店铺停业休整三天的告示。但杨本新和他的员工看到远道慕名前来的食客，不忍心休息，第二天就恢复了营业。此后，为了既能接待好顾客，又保护好员工的健康，"牧羊村烧烤店"每天限号接待200桌顾客。

地摊是经济，同样是生计。贩夫走卒，引车卖浆，古已有之，曾是一些人家养家糊口、赖以生存的谋生手段。改革开放初期，开始进入引车卖浆的黄金时期。当时我在县城读书，夏天经常看到围坐在马路边下棋的人，有的光着膀子，有的摇着蒲扇，满怀兴致。清晨，"丁零丁零——"，一辆辆自行车穿过人群。清脆的铃声之后，便听到了从早餐铺传来的各种声音。最动听的是炸油条"嗞嗞嗞"的声响，一股诱人的香气飘飞入鼻。早餐店人满为患，桌子从屋里摆到了马路边，坐着吃早餐的多是老年人，青年人手抓早餐，边走边吃。做小本生意的人，熟悉和钟情地摊和马路市场。老居民亲身边小商店、小饭馆。小商铺，缴上房租、水电费和各种税费，自己兜里剩不了多少，但心里自在舒坦，有街坊邻里亲着、捧着呢，能为大家提供些服务，心里美着哪。

记得当年大城市、小县城大街小巷边上各类美食、价格低廉的帽子袜子裤子、五花八门的小玩具蜂拥而至，人头攒动，十分热闹。通过整治脏乱差、优化环境，取缔占道摊点，马路摊贩"进屋"，城市美了、整洁了，加上收入差距随之拉大，购物需求也拉开了距离，商店门头也分了档次。其实许多人过着表面光鲜、实则寒酸的生活。经济社会发展到当下，给小摊、露天市场、集市等传统的商业活动适当留点生存空间，在城市的一些背街小巷和特定地点的摊位，在规定时间出摊经营，依旧能解部分百姓燃眉之急。我查阅了一些资料，纽约、华盛顿、巴黎等国际大都市，从来都没有拒绝地摊经济。"烟火气"是一种充满热情、友好、活力的生活氛围，这可能就是许多游客一定奔赴淄博吃顿烧烤的重要原因，为了寻找和感受众生互信、平等、同乐的热闹与踏实。淄博烧烤，说到底属于平民消费，市场广阔。大家还记得当年中央八项规定出台，在民众的一片叫好声中，许多酒店饭店被倒逼转型。有的自恃清高，转型动作慢，反而被市场淘汰、被食客远离。这就是生活、生存与生命的相互关系吧。

淄博烧烤火爆之后，全体淄博人都很珍惜这份机遇与荣誉，无论是公职人员还是普通民众，迅速成为这座城市的主人翁和参与者，这里没有看客和旁观者，大家豁达宽容、温和亲切，整个社会少有暴怒和戾气，这非常难得！

有血有肉的人，其实就是遍地堆放的柴火，有火的性格、火的精神、火的情怀、火的耐性与沉默。这块曾经诞生过绚丽物质文明与璀璨精神文明的土地，被烧烤的热情点燃，实现了农耕文明与工业文明的交汇，山区文化与海洋文化、中国优秀传统文化与时代文化的融合，铸造出新时代的文化重塑传统业态的范本。

淄博这一轮火是谁点的？应当是这座城市的真诚待客之心和迷人的烟火气。

陶瓷是中国古文明的象征，瓷器是中国人的精神符号。中国的英文名China，借用的就是陶瓷的意思。淄博这座"千年瓷都"，历经七千多年陶瓷文化的沉淀，厚重与时尚、传统与现代、开放与包容交相辉映，彰显出守正创新的澎湃动力。越烧越旺的千年窑火，延续成烧烤的火苗，点亮了万家灯火，点燃了淄博人民创新、创业、创造的火热激情。

一个城市的成熟，源于历史与文化的积淀、功能的完善、人心的温暖和文明的觉醒。彼此有了信任感、方向感和成就感，流星可能成为恒星。目前，淄博正以"烧烤"为媒，加快推进齐文化、陶琉文化、聊斋文化、丝绸文化，以及旅游文化的创造性转化和创新性发展，将文化与艺术深度融合，努力让游客感受齐地风土人情，体验别样

"淄"味。

淄博大地，升腾着万众一心、守土有责、再续辉煌的冲天热浪！

"当仁不让"

天大地大，黎元为先。

"首要的是维护好每位游客的合法权益"，面对人流狂潮，没有现成应对办法，少有不情之请。淄博令人可喜可赞的是：有关部门和一线人员不繁文缛节、不捂着头请示、不等发令枪响，主动冲锋陷阵，"我在岗我负责"，即使超负荷运转，也努力第一个负责。

游客不远千里赶往淄博不仅仅是吃烧烤，而是吃的中国人几千年绵延不绝的烟火气，倾情尽享政通人和与返璞归真的自由、善良、真诚，虽高朋满座却无尊卑之分的人情味，那份心照不宣、彼此关怀的平民消费场面，人心所向的人间乐园、和谐社会。

淄博这座被烧烤带火的城市，烧的是全国人民的渴望与热情，考验的是这座城市的领导层、政府部门和相关从业者包括全体市民的道德水准和良心。党和政府既顺势而为又"当仁不让"，从一开始的见微知著、培育引导，到深谋远虑的后期规范完善、配套服务都密不可分。优秀的管理、有温度的制度、恰到好处的执行、贴心的跟踪服务，这些都成为打造良好营商环境和消费氛围的"四梁八柱"和关键性因素。

"当仁不让"出自孔子《论语·卫灵公》："当仁不让于师。"朱熹集注："当仁，以仁为己任也。"目前是指应该做的事，就积极主动去做，不推让。淄博和其他老工业城市、资源枯竭型城市一样，一直被工业产业结构重、发展层次低、环境质量差等问题困扰着。天南海北的大学生和游客涌入淄博，早些年就已埋下伏笔。年轻人，尤其是大学生，既是推动消费的群体，也是创造价值、走在时代前沿的群体。淄博的年轻人包括本地的大学生也一度流失。曾经辉煌的淄博老工业城市"当仁不让"，壮士断腕，凤凰涅槃，"终于有了点成绩，我们有泪水有悲壮，更有喜悦，最难的时候我们都挺过来了，我们无惧无畏迎接未来"。

在法律、政策框架下，赋予责任主体一定空间和自主权，能避免"其政察察，其民缺缺"。淄博市区及各部门围绕"吃住行游购娱"全链条，打了一场"大兵团集群作战"，把游客的意见和需要作为行动导向，把八方游客当成贵宾"全员服务""全程呵护""全程保障"。迅速制定行业规则、行业标准和业户规范指南，头等目标是提升服务质量和服务水准，同时从源头避免哄抬物价、食材不过关、缺斤少两现象，时刻提防"小问题"导致"大舆情"、公众情绪"小火苗"点燃群体怒火。承诺"你点我检、你送我检"；喊话"多吃肉、少喝酒，玩得尽兴"。原来通往八大局市场的道路坑洼不平，有游客反映过去"打卡"不方便，淄博当夜就开始修路。

"电子元件"在抖音上发了一个消息："停车免费，违章不罚款，免费充电，免费看管行李，肉串一元，结账打折，宾馆降价，免费喝水，免费早餐，车顶上的小礼物，卫生间免费肠胃药和卫生巾，免费提供自家住房给游客……请问这是哪里？"

辽宁一位顾客说："淄博虽说没有5A级景区，却有'八大局'这样全国少有的5A级农贸市场，更有与百姓贴心贴肺的5A级政府。就凭这一点，就值得我们来一趟淄博。"

淄博市顺势而为、快速应对，推出硬核措施和全方位服务，接住了一波波流量，且稳稳妥妥。"淄博烧烤"的火爆，既是淄博市不断优化营商环境、推动改革创新激发市场活力的厚积薄发，又是对"有为政府"的重大考验。这背后考验着城市的应急能力和治理水平，尤其是管理者和实施者的初心、良心与担当。"五一"节来临之前，淄博上下全方位、精细化梳理问题和风险，强化应急手段，聚集问题，想法出招，打通堵点淤点。食品安全、社会治安、物价纠纷、消防安全、酒店住宿等等，不仅有预案，还有压力测试和演练，举一反三，反复准备。烧烤用的肉类、小饼、葱、酱等食材，农业、商务、畜牧、卫健、市场监管等部门从进货渠道、存储、加工等环节分工把关，各司其职，唯恐有什么差池。

5月2日深夜，原山大道快速路（胶济铁路桥）南向北车道路面，因钢筋外露发生多起交通事故。约晚10点30分，有14辆轿车轮胎损坏无法行驶，造成40余名外地游客滞留，影响了出行计划安排，人困马乏，精疲力竭，心急火燎，有的开始抱怨，甚至互相埋怨。张店区综合行政执法局负责同志得知这一突发情况，说，"问题就是命令！""在张店地段的问题，就是我们的问题；旅客的困难，就是我们的困难"。他们没有请示，立即组织起应急处置队伍，迅速驱车前往，半小时赶到了现场，及时为滞留的游客提供了热水和简单盒饭，积极商定修车和下一步的出行方案。5月3日0时前后，游客滞留情绪得到缓解。他们按照免费提供群众就餐、住宿服务，免费对受损车辆维修的原则，进一步提供便民服务，尽可能地保障旅客出行少受影响。同时，应急施工队伍立即对问题路面进行维修，并设置警示锥筒引导车辆避让，5月3日凌晨维修完毕。现场5辆车更换备胎后自行驶离，其余9辆无法行驶车辆拖运至4S店维修。深夜2点，安排外地15名游客集中就餐和住宿。凌晨4点，所有车辆全部处理完毕，道路正常通行。5月3日上午7点30分，分别陪同外地游客至4S店修车处理事故车辆，最后14辆事故车辆全部修理完毕，获一致好评，河北廊坊的一游客还赠送了一面锦旗。他们真心实意地帮助他人，真的"赠人玫瑰，手留余香"。

　　同晚这个地点，陕西西安一对夫妻带两个孩子驱车直奔淄博，计划3日吃完烧烤，直接返回西安老家看望父母，因车辆变速箱破裂，愁得一筹莫展。张店区城管局的同志得知情况，同样很着急，不仅免费为其全家安排了食宿，还帮助购买了第二天的高铁票。帮助联系4S店维修了受损车辆，通过物流直接送至车主手中，尽可能弥补西安这家游客来淄博遭遇的遗憾。他们积极稳妥地处理好这件事，不仅操心费力，还得花钱。

　　无数人的默默出力，才有了淄博的出彩！

　　一个群体，一个社会，甚至一个民族，如果人性冷漠，肯定没有希望，人们也没有温暖感、幸福感和安全感。世态炎凉的现实生活，确实曾让人们凉了心。譬如，老人倒地抽搐，路人不敢搀扶，有人想扶一把，又担心被讹诈。医院门前，那疼得爬不动的患者该不该管？医患关系到底应当生死相依、病人以生命托付、医院精心救治，还是只盯着钱、把生命用金钱量一量？都说"严师出高徒"，老师管教学生怕违法，罚站不敢罚久，批评不敢说重话，假若家长一闹，处于弱势的学校往往息事宁人，老师写检讨、扣工资，教做人的老师被无理惩戒。彼此信任、重感重义的人际关系怎么了？曾有媒体报道，一个公民要出国旅游，需要填写"紧急联系人"，他写了自己母亲的名字，结果有关部门要求他提供材料，证明"你妈是你妈"。"我怎么证明呢？这简直是笑话！"人家本来是想出去旅游，放松心情的，"这些办事机构看似对顾客生命负责，实际上是给老百姓设置了哭笑不得的障碍"。如果我们这个社会什么都要证明，那无论谁都会寸步难行。这种冷漠、机械、教条的笑话，这类不讲情、不讲理、不重义的做法，何时能被真诚与善良唤醒？

我们要警惕有些人像尼采说的那样："我们总是先扬起尘土，然后抱怨自己看不见。"

"你敬我一尺，我敬你一丈"。客观地讲，到淄博的客人也是鱼龙混杂、良莠不齐，一些人是为了蹭热度、赚流量、博眼球或"找茬"，甚至另有企图。现实中确有的人是因为会找茬才"红"的。客观地讲，绝大多数游客到淄博不单纯是沉浸于撸串的狂欢，而是突然发现一群温暖的人和一座热情好客、没有欺诈的城市！其实谁也不缺一顿烧烤，缺的是淄博那样的基层官员，缺的是彼此信赖，缺的是人间温暖！任何旅客到一个人生地不熟的地方，遇到困难时的样子都可想而知，不但焦虑，甚至会感到崩溃。淄博重视维护游客合法权益，从各方面精心做好准备。严格管控住宿价格，控制高峰期的涨价幅度，让游客吃"定心丸"。如有涉嫌哄抬价格的，立即查处，决不袒护、决不手软。职能部门更是坦言："淄博，真的是唯恐对您有一点招待不周的地方。"大家达成共识："谁砸我们的锅，我们就砸谁的碗。谁也不能坏淄博名声。"有烧烤摊主也放话："现在我不再是为了赚钱，而是为淄博市民、为淄博的荣誉而战。"看热闹的本地人说："淄博人的确夏天喜欢吃烧烤，或就近找一家，或一家人自己烤。不知道为什么烧烤能一夜蹿红，以前也没听说哪个是网红店啊。现在都很火，我们自己委屈点是应该的。"

淄博对需要帮助，特别是遇到困难的游客，更是暖心服务。"五一"假期，每天晚 11 点仍未找到住处的游客，只要拨通 12345 热线，立刻有回音。这期间，有关方面动用应急住宿房源，妥善安置了 505 位游客。有一位游客，开车带着父母来游淄博、吃烧烤，因事先没预约上房间，当深夜找不到地方住宿时，试着给"12345"打了一个热线，没想到立刻有了暖心的回音和休息的住处，脸上愁云立刻变成笑容，接着跟家人商量："等秋天我再拉你们来一趟淄博？"

我国正处在加快城市转型发展的战略机遇期，同时也是社会矛盾的高发期。城管执法人员自然而然成为政府形象的代言人。一段时间，城管的社会形象不是太好，城管人员也是哑巴吃黄连，一面受气、一面蒙冤。客观地讲，确有城管执法不文明、不规范、野蛮执法、对弱势群体关心不够、追着小商小贩包括烧烤摊满街跑的"恶法"现象，也有遇到超越职权范围难题、遭遇过暴力抗法事件、执法人员受伤的现象，还有个别媒体对城管妖魔化，许多市民对城管有成见、"吐槽"的问题。

2023 年 5 月 2 日，张店区执法局的负责人正在帮助张店浅海牧羊村烧烤店排列整理烧烤用具和餐桌。

店主高兴地给游客介绍："这个是俺的城管局长！"

外地旅客们很是惊讶：

"什么？城管局长？"

"他是城管局长？"

"城管局长在帮你练摊？！"

一时，游客们纷纷跑来与城管局长合影留念，这一阵围堵、"追星式"拍摄，反映出民众的情绪与愿望。我访谈到了这位局长，他说："'一人难称百人心'，我们的同行确实不容易，很难让各方面都满意。我们是只做不说，变堵为疏，由过去的'灭火式'转变为'防火式'，要通过服务解百姓之难、行管理之责，探索'自治为主、政企携手、多元参与'的管理治理路子和办法。"

因疫情等因素的影响，经济下行压力仍未彻底解除。2020年5月和2023年2月，中央文明办明确表示，不将马路市场、流动商贩列为全国文明城市测评考核内容。给"地摊经济"松绑，是降低疫情对经济社会影响的暖心之举。一时间，从南到北，从东到西，地摊经济再度火了起来。恢复经济社会秩序、满足群众生活需要是好事，但卫生脏乱、噪声扰民、侵占人行道又成为难题，相互矛盾。地摊经济说白了就是我们以前看到的在路边、公园、休闲广场、小区等公共场所摆摊卖东西。我记得在县城工作时，晚饭后和家人朋友，沿着马路一边走一边聊天，大街两旁都是摆摊的小商小贩，叫卖声、讨价还价声，此起彼伏，好不热闹。人们三五成群地围着路边卖衣服的、卖玩具的、卖小吃的，看看这看看那，在逛街之余，还能顺带买些平时商场见不到的，或是比商场价格便宜许多的东西，既经济又实惠。有的地方兴起"创意市集"，就是一群有才华的艺术家在一个固定的地方集体摆地摊，展示出售自己的作品和创意，甚至帮人画肖像，这是地摊文化的一种升华。纵观世界各地，但凡有底蕴、有文化的城市，"地摊经济"都还有空间，它不仅仅是一个商业聚集，更是一道人文景观。城市化发展过程中，收入差距拉大，低收入群体购买力低，对商品的价格需求弹性较小，买东西时对价格精打细算，地摊商品相对低的价格正好适合了这部分人的需求。不同岗位和不同群体对地摊经济解读也有差异，拓展就业门路，降低百姓生活成本，活跃民间消费，在宏大的民生体系中占有一席之地，这应当是地摊经济长期存在的市场根据和现实依据。

据说，商朝时就有了马路市场，姜子牙时运不济时，就是个摆摊的，可谓"摆地摊"的鼻祖。但他卖啥啥不行。卖自己编的笊篱，一个也卖不了；挑担卖面粉，被乱马践踏撒了满街。他后来才华逐渐显现，辅助周武王，位极人臣，并为开国第一功臣。管仲说："处士必于闲燕，处农必就田野，处工必就官府，处商必就市井。"齐地商业文明的起源就是市场的公平竞争，在民间商贾中没有垄断，没有强买强卖、欺行霸市，街巷任由选择。这种没有门槛、没有围墙的摆摊市场，给经济条件差的商人留下了广阔空间。

现实经济社会生活出现的问题是千奇百怪的，原因肯定一言难尽，往往取决于处理得是否及时、分寸是否得当，能否让各方满意。烧烤说白了最初就是一种"地摊经济"。淄博原来很多烧烤经营者不仅露天烧烤，且多是占道经营，占下地盘后还盲目"摊大饼"，同样存在噪声和油烟扰民问题，确实造成周边环境污染，影响了城市形象。经炉具更新和规范管理，极大减少了油烟排放，杜绝了烟熏火燎的场景。

"淄博烧烤"火爆后，服务质量、食品安全、住宿游玩、交通安全、市容秩序、油烟污染、社会治安、外患引入等等，都一一展现在千千万万的聚光灯下，各个部门都是"压力山大"。然而淄博的干部为民意识强、执行力强、服务能力强，像迅速开通烧烤专列、开发系列文创产品、短时间内建成烧烤体验地、烧烤行业审批服务"一次办"，尤其是连夜快修"东一路"、火速修建网红打卡地停车场、八大局市场连夜更换新标志，还有酒后闹事公安20秒出警等，淄博形象反而屡次被"加分"。政府用心用情部署和基层种种细心暖心的利民便民措施，不仅仅是迅速积极回应了网友各种需求，更重要的是提升了服务质量、锻炼了自己的队伍。在这里，拍脑袋、拍胸脯变成了躬腰板、亲力亲为，少有互相推诿扯皮、"躺平"不作为现象，干部的辛苦指数变成了顾客的满意指数、本地老百姓的幸福指数，齐风韶韵焕发新的生机。

自2023年5月26日至31日，《淄博日报》在第二版分组分期公布《市直部门单位"破解中梗阻·提升执行力"公开承诺》，市直89个部门单位在自查自纠基础上，列出社会关注、群众关心、企业关切的工作事项291个，接受社会和群众监督。市市场监管局的第四项事项是："坚决守牢食品药品安全底线，在产食品生产企业'三标'管理覆盖率达到100%，80%中型以上餐饮单位达到'清洁厨房'要求，药品零售药店、药品使用单位年度检查100%全覆盖，抽检不合格药品处置率100%。"

烧烤，尤其是淄博这么大范围的烧烤，外界许多朋友担心环境污染问题，这很正常。传统烧烤都是用木炭烧烤，烧烤过程中，食物直接处于点燃的木炭上方，烤串上的油脂、碎屑和撒的调料等都会直接落到木炭上，燃烧起烟，极易造成空气污染和地面污染。为减少烧烤油烟对环境的污染，淄博经过多年探索，已经解决了这个问题。首创"大炉子＋小炉子"模式，开创了无烟环保烧烤先河，推广了无烟烧烤炉。大炉子为主烤模式，采用两级油烟净化系统，油烟净化后达标排放，减少对居民和环境的影响；小炉子为保温模式，属于无烟烧烤。各区县根据实际情况，选取合理位置建设"烧烤城""烧烤大院"，积极引导露天烧烤"进店、进院、进场"，从遍地开花到相对集中规范经营。市里分5批确定了90余处夜间经济街区。目前，各烧烤店提供给食客的是富有参与感和体验感的无烟烧烤小炉。即使这样，市里还是对海月龙宫淄博烧烤体验地等烧烤地进行环境空气质量的监测分析，在各烧烤店安装了一氧化碳报警器，及时准确掌握数据，研判空气质量情况，守护游人身体健康。

每年夏季高考时刻，都有许多学生和家长紧张焦虑。淄博这座暖心的城市，特别喜欢年轻人，更是疼爱自己的孩子。高考时段，淄博市是禁噪期，禁止各类文化娱乐、餐饮等公共服务场所噪声扰民，开展爱心服务。5月30日，淄博市如约启动第十八届爱心送考"为小"公益活动。公共交通总是冲在前边。今年（2023年）高考期间，淄博公交76条线路共1003台公交车将免费供考生们乘坐。此外，出租汽车分公司、民通公司、万方公司共抽调195辆出租车作为爱心助考车辆，并在车辆风挡玻璃上张贴"爱心助考有淄有爱"标识，选用一批综合素质好、责任心强、有爱心、熟悉城市道路的驾驶员，全力保障爱心送考。政府倡导，业主也自律，烧烤店有序关火轮休，晚10点之后不得出现扰民现象，守护一片宁静。淄博市还为高考生印制"未来可期、金榜题名"的蓝丝带，代表淄博考生的独特身份。蓝丝带系到接送考生的机动车后视镜上，一旦出现特殊交通状况，交警会优先疏导指挥蓝丝带车辆通行。

淄博用好烧烤出圈的流量效应，相继推出"淄博烧烤＋""聊斋文化＋"等特色文旅产品主题展品，组织开展"好品山东·淄博美物"展销会、住房交易博览会、陶瓷博览会、淄博2023青岛啤酒节等活动90余场，及时发放餐饮、零售等各类消费券，精准挖掘消费潜力，推动消费总量的扩大和质量提升。2023年1—9月，全市限额以上社会消费品零售额 343.8 亿元，同比增长 10%，连续 7 个月保持两位数的增长。

践行好党的群众路线并不容易，并不是走马观花地看看，或者花里胡哨地应急性地干一阵子就完事。心离群众近不近，和群众亲不亲，群众心里有一杆秤。最要紧的是把老百姓的事全心全意地当成自己的事、自家的事。淄博经验核心一条：把老百姓的事真心实意地放在心中最高位置，就一顺百顺；把老百姓的事当成自己的事，什么事都不算事了！

我们希望像淄博这样有情有义、没有欺骗的城市，越多越好！

我们希望像淄博这样朴实无华的基层干部和市民，越多越好！

"功成不必在我"

烧烤，既烤热民心，也考验着党心。

淄博持续数月的烧烤热度不减，把一个老工业城市的形象塑造成为一个政通人和、令人心驰神往的"网红城市"，谋势而动、顺势而为、乘势而上是一条重要原因。

我国经济已迈入高质量发展轨道。中国特色社会主义、中国式现代化，不仅思想认识步入新境界，工作实践也迈上新天地。"淄博现象""淄博速度""淄博奇迹"，奥秘在哪里？其实是游客、业主、市民、政府打了一场四方"协同战""攻坚战"。关键是依靠了"两条"：充分发挥党的领导优势和社会主义制度优越性，适应群众需求，顺势而为；充分尊重市场主体，释放市场活力，实现"有为政府""活力市场"的高度契合、高效融合、密切配合。当淄博烧烤出现火的萌芽时，党委、政府见微知著，反应敏锐，抓点带面，举一反三，推动助力，及时依法规范，努力营造公平竞争、公开透明的市场环境，用好"看不见的手"和"看得见的手"，热情拥抱"王者归来"。

党的声音和国家的政策部署，说到底靠谁落地落实呢？当然是地方官员和基层党员干部。其实大家都是些普通人，只是相互尊重、彼此信任、用心用情，善于从实际出发、做好"结合"的文章，善于从繁杂问题中找规律、从苗头中发现趋势、从偶然中认识必然，善于驾驭复杂局面、凝聚社会力量、防范各种问题，把党和人民赋予的权力和责任，变成实实在在的为民行动。淄博市面对纷纭复杂的社会现象和市场行为，抓住重点和关键环节，掌握和运用法律权限和政策尺度，划清个人与企业的界限，科学预见，主动作为，自觉迎挑战，防风险。尤其重视松绑、减负、赋能，打破"信息孤岛"，上下左右同心同向，携手共事，联手做事。让我深受感动的是基层党员干部和一线工作人员眼到、心到、手到，敢做"探路者""守护者"，自觉当主人、"挑大梁"，积极主动做淄博形象的代言人和守护神，甘当幕后英雄，甘愿做默默奉献者。"海月龙宫"烧烤体验地各烧烤店主要是场外经营，受天气逐渐转凉影响，游客体验感变差，入冬前发布告示"考虑天气原因，暂时关闭。开放时间，视情况确定"，取得社会各界和民众的理解。

众人拾柴火焰高，共同添柴火更旺。党委、政府和基层组织积极主动作为，业主诚信为本的职业道德，老百姓展现出的纯朴民风，外地游客的消费期望和诉求高度融合在一起，互相拆除心理"防护墙"，彼此关心与呵护，共同在淄博大地上得到充分表达、有机融合与生动体验，齐心协力创造出"淄博烧烤"传奇。

民心大如天，民生重如地。中国共产党根基在人民、血脉在人民。2023年4月3日，习近平总书记在学习贯彻习近平新时代中国特色社会主义思想主题教育工作会议上强调，坚持一切为了人民、一切依靠人民，自觉问计于民、问需于民，始终同人民同呼吸、共命运、心连心，着力解决人民群众急难愁盼问题，把惠民生、暖民心、顺民意的工作做到群众心坎上。这为基层提供了准则、指明了方向。

组织优势是中国共产党由小到大、由弱至强的重要法宝，也是解读"中国共产党为什么能"的重要因素。党的宗旨和政策，靠党的组织优势凝聚与呈现，靠一个个基层组织和每一个细胞"一呼百应"的凝聚力和"一竿子到底"的执行力。

淄博是"县委书记的好榜样"焦裕禄的故乡。博山区源泉镇北崮山村是焦裕禄的诞生地。焦裕禄在河南省兰考面临严重风沙、内涝、盐碱自然灾害的紧要关头，担任兰考县委书记。他通过大量艰苦细致的调查，摸清了"三害"的底子，找到了治理"三害"的路子。长篇通讯《县委书记的榜样——焦裕禄》和《人民呼唤焦裕禄》的作者穆青先生说，焦裕禄"心里装着全体人民，唯独没有他自己"。焦裕禄以"对群众的那股亲劲、抓工作的那股韧劲、干事业的那股拼劲"，用心血、汗水和生命书写出"亲民爱民、艰苦奋斗、科学求实、迎难而上、无私奉献"的焦裕禄精神。焦裕禄亲民爱民的故事和精神，深深感动着家乡的父老乡亲和一代代青年人，榜样的力量、信仰的光芒深深教育和引导家乡的党员干部。

"没想到淄博市政府这座有些'寒酸'的办公大楼成了一个旅游打卡景点。"这座大楼已有60多年的历史，只有6层高，没有华丽的外观，院墙也很普通，甚至还不如一些村庄的办公楼，它展示着一种"几十年如一日的作风"。只有大门过道上面威严的国徽和办公楼一楼"为人民服务"几个大字，彰显出它特殊的神圣庄严感、历史厚重感和朴实亲近感，因而网民对它格外有"好感"，纷纷打卡拍照。那天我也去了一趟，以前我数次进这个院都是公干，今天在大门口听到"领导不攀比、不跟风、不炫耀，老百姓有福"，"大楼陈旧，外表朴素，内里实在，接地气、连民心"，我特别高兴，心里格外舒坦。

淄博领导层头脑冷静清醒，始终把人民放在心中最高位置，心无旁骛地"做正确的事、正确地做事"，正努力擦亮服务淄博、诚信淄博、志愿淄博、劳动淄博、文化淄博的品牌。就淄博烧烤而言，更是稳中求进、提质增效，注册"淄博烧烤"集体商标，制定行业规则和行业标准，通过赋码挂牌、评星定级，规范业户经营行为，推动技术、品质、管理等方面，着力推动"小地标"转化为"大品牌"。淄博的各项事业，离不开党和政府这个引领者、推动者、奋进者、服务者和奉献者的角色。烧烤在刚兴起的很长一段时间，压根不是什么正餐，是淄博人正餐后的"第二场"，甚至是"第三场"。经政府强力推动、业户严格自律、网络点赞助推，终于"扭转乾坤"，成为食客不远千里也要奔赴的一顿"正餐"。无数不眠的灯光，陪伴疲倦的身影，映照着默默无闻的坚守与付出。为了烧烤这盘正餐，淄博各级全方位仔细备课。

为了游客"吃得放心、玩得开心、走得舒心",积极从食品安全、消防安全、社会治安等方面擦亮"淄博烧烤"这张新名片;无数次地研究斟酌和部署,譬如专门发出通知提醒,具备开放条件的党政机关、事业单位,免费向社会开放停车场和厕所;真诚期望全体市民继续当好东道主、做好主人翁,倍加珍视来之不易的城市品牌,努力守护这份城市荣誉。

挺直脊梁、躬腰前行,追逐亲民爱民的崇高理想,高耸起属于这个时代的群体雕像。

地基打得牢,大楼才能盖得高。九层之台,起于累土。大厦矗立,原因在于牢固的地基深埋在地下。党的十八大以来,淄博这座老工业城市,一直保持战略定力和历史耐心,既有"任凭风浪起,稳坐钓鱼船"的从容自信,又有"千磨万击还坚劲,任尔东西南北风"的坚韧意志,还有"千里之行,始于足下"的踏实稳健,夯基垒台、立柱架梁,着力加快新旧动能转换、推动产业转型升级,努力实现由"量"到"质"、由"形"到"势"的厚积薄发。随着经济转型的起势和城市热度的回升,蓄势已久的淄博引发外界关注只是个时间问题,烧烤恰巧赶上这一个重大节点,且被淄博从上到下牢牢抓住了,并把文章做足做实做细做酷了。

淄博这座老工业城市,既经历过辉煌,也经受过资源枯竭、环境污染的痛苦折磨。这几届市委、市政府自觉践行习近平"绿水青山就是金山银山"的生态文明思想,一茬接着一茬干,一届接着一届干,以壮士断腕的勇气、刮骨疗毒的决心,打响治理大气、水和生态修复为核心的"三大环保战役",不断加大对"散乱污"企业的整治力度,推动传统产业"脱胎换骨",艰难探索凤凰涅槃、转型蝶变的广阔路径。加快建设生态淄博,创新实施"全员环保""刑责治污"机制,建设"八河连通、六水共用、清水润城"生态水系,累计关停淘汰"散乱污"企业一万余家,全面完成煤炭消费总量压减任务,环境空气质量明显改善。完成孝妇河、范阳河等河道全流域治理,建成花山、九顶山等重大生态修复项目,被国务院表彰为全国四个环境质量改善最明显的城市之一。连续二十六年保持"国家卫生城市"荣誉称号,荣获

"中国人居环境范例奖"。实施优化营商环境"一号改革工程",打造"无证明城市",努力营造重商、亲商、安商、富商的浓厚氛围。敢理"旧账",又善理"新账",注重从"小切口"入手,解决一个又一个"大问题"。通过深入贯彻落实创新、协调、绿色、开放、共享的新发展理念,调整发展重点、调整发展格局、优化空间布局,新建淄博北站、扩建淄博站,为城市扩容,提升接待能力,逐步展现出淄博开放、品质、大气、和美的城市形象。

2022年,淄博快速路"西半环"通车,让快速路与淄博中心城区主要干道互通,与三个高速路口出入口互联,更让快速路与淄博在建多条高速公路遥相呼应。空间布局的优化,城市由外延式拓展逐步向内涵式发展转变。

新冠疫情三年,没想到烧烤的这一把火,成了淄博刺激消费觉醒的一把利器。人生是需要耐心等候的,等候一阵风的拂过,等候一朵花的盛开,等候一场云开月明,等候生命爆发的强音。一座城市如果看得见长远、耐得住寂寞,埋头实干为后人做铺垫、打基础、利长远的事,人民群众一定会在心中树起好口碑,客观公正的评价须在历史沉淀以后。

青年决定未来,把青年捧在手心里。青年有爱国的情怀,更有担起重担的肩膀。一个城市,如果青年人有了希望,这个城市就有了未来;如果敞开胸怀热情迎接青年人,这座城市就有了"诗与远方"。怀揣梦想的青年人,"都愿意选择自己喜欢的城市,端专业对口的饭碗"。有专家说:"抓住年轻人,就抓住了城市未来。"山东是工业门类最齐全的省份,山东工业门类最全的市是淄博。淄博这座城市作为老工业基地和资源型城市创造过辉煌,牺牲和付出也巨大,转型发展的压力也是巨大的,过程同样是痛苦而漫长的。决策层深知,年轻人所代表的创新朝气和蓬勃活力,正是这座城市最需要、最渴盼的内生动力。

为保留和传承深厚的文化底蕴和曾经的辉煌历史,淄博把青春活力作为经济增长新的生长点和突破点。为让年轻人在淄博生活得更舒服,淄博全面提升城市"现代气息""时尚气质""活力指数",努力打造时尚、活力、绿色的城市环境。一批青年运动场所、时尚项目比赛场地、文化创意场所、绿地等相继涌现。

"让城市对青年更友好、让青年在城市更有为"，这是淄博追求的目标。2020年就在省内率先提出建设多彩活力的青年创业友好型城市；2021年开始围绕年轻人需求，打造"好学、好看、好吃、好玩、好创业"的"五好城市"，当年5月，共青团淄博市委举办"多彩青春·活力淄博"名校学子"来淄体验"活动，邀请北京大学、山东大学、中国海洋大学、山东财经大学、齐鲁工业大学的近200名优秀学生代表齐聚淄博、参观考察；2022年争创首批全国青年发展型城市，探索提升城市活力，当年7月，共青团淄博市委组织北京大学、华中科技大学、哈尔滨工业大学的高校学子到淄博深度体验。他们先后到淄博市城乡规划展览馆、淄博陶瓷琉璃博物馆、周村古商城参观考察，全方位了解淄博城市建设、产业智造、数字创新、文化传承、生态保护等方面的发展蓝图和亮眼成绩，像淄博青岛啤酒节、麦田音乐节等盛会和天空之橙、水晶街、钟书阁等网红打卡地，已蓄力吸引着年轻人。烧烤的目的是，既温暖年轻人的胃，更想留住年轻人的心。

一个人选对一座城，是幸福；一座城遇到优秀的人，是幸运。淄博求贤若渴，敞开大门，广纳贤才，表达了为人才提供施展才华、创造追梦圆梦机遇与舞台的决心，盼望发展活力迸发，人才充分涌流。早在2020年10月，淄博市委、市政府印发《关于建设多彩活力的青年创业友好型城市25条政策措施》，为包括所有高校学生的青年提供就业创业、来淄体验、健康成长、服务保障、荣誉激励等一系列支持保障措施。淄博市38处青年驿站全部向青年学生开放，来淄实习、游玩、访友的市外高校在校大学生，可享受每年4次、每次5天的半价入住。及时完善提升人才政策，推介个人创业担保贷款和大学生就业体验日等就业政策，加快推进"五年二十万大学生来淄创新创业计划"，希望更多年轻人了解淄博、留在淄博。据报道，淄博青年驿站2023年的申请人数，同比增长了2300%。这座古老的工业城市，虔诚期待着吸引更多年轻人才，为了城市日后长远的活力添砖加瓦。现在很多高校科研院所都愿去淄博进行各种技术研发和交流对接。

年轻人尤其大学生，既是推动消费最快的群体之一，也是走在时代前沿的群体。他们头脑灵活、思想前卫，既有预见力，又有引领潮流的能力。淄博烧烤只是激活了他们的味蕾，就产生了趋之若鹜、接踵而来的效应。对于淄博而言，真正能留住年轻人的，却不是烧烤，而是城市和个人广阔的发展空间。以化工、煤炭为传统支柱产业的淄博，产业开始转型升级，电子信息产业已成为淄博增长最快的新兴产业之一，涌现出了新恒汇、智洋创新、卓创资讯、亚华电子等一批具有领先水平的骨干企业。产业的焕新与换乘，成为淄博吸引年轻人、打造网红经济的志气和底气。当然要想一直红下去，还必须从整体战略上讲好产业故事。如果这些产业故事与年轻人的兴趣点、兴奋点同频共振，便能以点带面形成引领，由人才结构之变激发产业结构调整，城市转型提速跨越也就顺理成章。

人特别是年轻人，是城市最宝贵的资源。一顿烧烤，改变了淄博在无数年轻人心中的城市形象。纷纷涌入的大学生，对淄博意味着什么？对于正在起势的淄博而言，由烧烤走红吸引来的年轻人，是淄博让人才由流量变"留量"的良机，许多青年将由"为淄博所有"变成"为淄博所用"，珍惜凤毛麟角，必定收获价值连城。淄博这座老工业城市，一定会因为年轻人的热爱和青年人的投入绽放更加绚丽的时代光彩。

城市的生命是"以人为本"、以"诚"为本。城市就像一个人一样，如果生长过快，骨骼发育滞后，会出现身体不适的状况。淄博将以人民为中心、以人为本的城市发展治理理念，真真切切地贯彻到城市治理和服务的全过程和各个环节，用绣花的功夫抓好城市建设和管理，努力提升城市功能品质和市民满意度。

"言必信，行必果"，是我国的古训，是中华优秀传统道德的精华，也是当代每个公民应遵循的道德准则。为实现妻子的诺言，曾子杀猪，教导孩子要诚实；为实行变法，公孙鞅立木取信，得到百姓信任；为实现自己对楚王的诺言，晋文公退避三舍。面对价值观和需求多元的世界，我们该如何点燃一盏心灯，去寻觅黄金般珍贵的信任呢？我国的城市化奇迹，来自中国社会结构和文明形态的巨大转型。每座城市都有自己的成长坐标和发展方向。"以人为本常态化，社会管理信息化、精细化、科学化"是城市管理的目标,"天下难事必作于易,天下大事必作于细","城事"系着群众福祉,得下绣花般的精细功夫。承载好心情的,不仅仅是房子、票子、车子,还包括惠及老弱病残,涉及衣食住行、生老病死等生活琐事,以及公平正义的社会大环境。淄博这座城市是根据经济社会发展水平和百姓生存生活需要建设的城市,不以"城"为本,而是以"人"为本、以"诚"为本,出发点是淄博市民和来到淄博的人,落脚点是集体的生活质量和荣誉。老百姓喜欢这座城市,这是最难得的财富。只要发扬这个好传统,产业转型也好,社会治理也好,其他任何工作,哪有办不成的?

由于金钱诱惑、贪婪驱使、价值观扭曲,"一切向钱看"有了市场,致使人心不古,一些人信仰缺失、是非颠倒、道德沦丧,淳朴善良的民风被吹散,假东西泛滥成灾。造假者先从最弱势的农民兄弟这里开刀,冒出假种子、假化肥、假农药,然后是假证明、假文凭、假档案、假学历、假公章,还有假夫妻、假孝顺、假忠诚等。这些问题,说到底是诚信体系出了问题。

"淄博现象"表明,在城市发展方面,既要搞好"硬件",更要搞好"软件"。"软件"可以弥补"硬件"的不足。当前,我国城市的"硬件"比过去强了许多,有的甚至比某些发达国家都强,但"软件"建设却成为许多城市发展的"瓶颈",或者说是"瘸腿"。城市建设必须"软件""硬件"齐头并进,这是"淄博现象"带来的重要启示。淄博烧烤这把火持续火,这不是偶然,而是必然。秩序井然的繁华商圈,车水马龙的交通枢纽,热闹非凡的夜市小摊……这是消费者对高性价比、地方特色体验的渴求,还是适当允许地摊存在,改善民生和多元立体发展的探索?我认为,这是长期"以人为本""以诚为本",由信任宝塔支撑起的天地与空间。基层干部成了"服务员",公安干警化身"守夜人",为人间"烟火气"遮风挡雨、拧紧"安全阀"。政府"有为",推动着市场"有效"。就说厕所这个问题吧,过去许多县城"一个土坑两块砖,四根木柱支顶伞,夏天臭气熏,冬天刺骨寒"。脏、乱、差,严重影响形象和健康。厕所问题可不是小事,小厕所连着大民生,关系大文明。淄博在迎接烧烤人流高峰前,就注重考虑让公厕与流量、与城市品质相匹配，让公共厕所功能完备，与周边环境相协调，方便每位游客。

城市如此疼爱每一位市民，每一位市民必定把城市当成家。

机遇不可失，人心不可违。"兼听则明，偏信则暗。"倾听的耳朵是虔诚的，倾听的心灵是敏感的。中学语文课本中的《邹忌讽齐王纳谏》，讲述的就是战国时期齐国谋士邹忌劝说君主纳谏，改良政治的故事。现代社会信息量越来越大，传递信息的速度越来越快，人们获取信息的途径越来越广、越来越便捷。淄博"您码上说·我马上办"，市民和游客都可通过扫码等方式提交合理诉求或意见建议，让决策者和执行者耳聪目明。

淄博这座资源型工业城市，生态环保的压力尤其大，但有尊重普通百姓意见和声音的传统。许多企业职工全家付出巨大，"献了青春献子孙"，但烧烤又是一些家庭生存的营生。淄博不是简单关闭，而是刀刃向内自我革命，该依法取缔的坚决取缔，需要整改才能生存的给点时间和空间。淄博保留和扶持烧烤这个特色小吃，也是纠结和争论了很久，动机是拓宽居民就业增收渠道，让群众生活富足、心情舒畅。《2023年淄博市政府工作报告》就自揭短处：城市发展过程中，"产业创新力不强，新旧动能接续转换不够顺畅"，"区域协同发展水平不高，经济体量不大、产业结构不优"。淄博这座处于转型阵痛期的工业城市，正抢抓机遇，加大创新力度，在烧烤流量的聚光灯下，开始向现代化旅游城市转变，且步伐坚实。在不断探索的道路上，这座城市的人们始终记得，无论道路多么曲折艰险，一顿香气十足的烧烤，一瓶清爽净透的啤酒，就能瞬间让敦厚的市民和豪爽的客人恢复生机，勇往直前。纪录片《人生一串》说，淄博是"全国唯一还有独立小烤炉纯炭烤的无烟烧烤"，"没了烟火气，人生就是一段孤独的旅程"。对于享受淄博烧烤的人来说，唯有烧烤，能将日思夜盼的诗和远方融化进浓浓烟火气中。这缕烟火气，一直以陪伴者的角色，陪伴淄博人思想转变、城乡变迁。最美书店海岱楼钟书阁、唐库文创园、中国陶瓷琉璃馆、齐文化博物馆、周村古商城、潭溪山这些或传统或时尚的景点，都被列入了"串粉儿"的旅游攻略，成为淄博文化挖掘传播和精神享受的宝地。

淄博的干部有一条共识:我们的首要职责是为470万淄博人民服务,让他们舒心开心、生活幸福。我们对自己人和客人必须"一碗水端平",切实把握处理好,不能偏废。不能一边红红火火,一边怨声载道,要让每一个市民都有实实在在的获得感、幸福感和安全感。

人类社会像一个庞大良性的生态系统,进行自我淘汰和净化,在涅槃中重生。任何道路都不笔直平坦,都是在探索中前行的,有人彷徨、犹豫不决,有人误入歧途,有人行至半道、分道扬镳,有人以命相许、慷慨献身,更多的人矢志不渝,坚贞不屈,前仆后继,接力传递……

淄博毕竟是个三四线城市,各方面短板很多,各方面的工作任重道远,问题不是几场烧烤能解决的,需要全面发力、久久为功。尽管面临一堆难题,但淄博人充满勇气和自信,保持"归零"心态、"冲刺"姿态、"赶考"状态,凸显发展的耐力和韧性,许多新的增长点在萌生,注定精彩纷呈!

未来可期

"淄博烧烤"无疑是近期热门话题之一,尤其是在信息化快速发展、人人都是自媒体的大背景下,"淄博烧烤"的美誉度和顾客信任度处于常态化状态,而不是一窝蜂地轰起来,然后大起大落、大暴大跌。如何让"舌尖"带动"脚尖",从"网红"成为"长红",从火爆烧烤到网红城市,"花开不败"?需要我们站得高一点、离得远一点,放到历史长轴和未来趋向等维度观察和思考。

概括地说:悠久的文化底蕴和紧跟时代的脚步是轴心和秤砣,是借势起飞、扶摇蓝天的一对翅膀。

淄博烧烤成为展现后疫情时代社会风貌的窗口,过去的荣耀与未来的力量汇聚在当下,打消了一些人对民众消费的持续力和政府定力的疑问。

  中国式现代化是一个系统工程，核心是人的现代化。发展的脉搏与动力，是万众一心，积极性、主动性和创造性竞相迸发，温度、尺度和力度协调，创业、创新、创造同频共振。淄博烧烤的火爆，迎来了久违的热闹与喧哗，也带给我们曾经的欣喜、担忧和冷静思考。应当说，党中央领导全国人民进行的三年抗疫斗争取得重大战略成果，奠定了社会安定的基础，唤醒人民尊重生命、热爱生活的澎湃激情。党中央、国务院审时度势、果断决策，坚持稳中求进，加强宏观调控，牢牢把握扩大内需这个战略基点，转变经济发展方式，推动生产、流通、消费各环节更多依托国内市场良性循环，形成了生动活泼、安定和谐的政治局面，这是淄博烧烤火爆的政策环境和现实根据。淄博烧烤的火爆，为淄博打开了一扇机遇的窗口。党委、政府正持续打造服务型政府，进一步优化诚实守信、待客如宾、童叟无欺的营商环境，持续激活内生动力和社会创造力。我们都希望淄博这座老工业城市，立足实际贯彻新发展理念，在产业结构、营商环境、城市形象、社会治理、城乡融合发展上实现新跃升，在构建新发展格局中实现优势重塑，全面展示新时代的神韵风采。

  长风破浪会有时，直挂云帆济沧海。淄博是座充满诚意的城市，"所向皆可往""所爱皆可得""所需皆可及"，正以其开放与包容、宽厚与大度，踏上"逐梦圆梦"的旅程。在大变革时代，发展时间紧迫，机遇稍纵即逝，仍需谨记"盛时常作衰时想"的古训，把握窗口期，乘势而上，顺势而为。在艰难残酷的转型期，在爬坡过坎、闯关夺隘的关键期，亟须补齐高质量发展的短板弱项，促进创新链与产业链、资金链、人才链深度融合，确保质的有效提升和量的合理增长，在转型跨越和中国式现代化伟大进程中实现高质量发展。作为一个老工业城市和资源枯竭型城市，淄博竟然以消费领域的烧烤出圈，看似轻而易举、无心插柳，实则是超前谋划，善作善成。从城市发展速度来说，淄博并不是山东近年来最吸引眼球的城市，是生存生长在夹缝之中的城市，但这座城市却是真正的静水流深，政府的相对低调节制，市场的规范完善，再加上雄厚的工业基础和对可持续发展的高度重视，在转型跨越中奋起直追、不甘落后。从 2023 年 2 月下旬起，淄博市陆续围绕产业发展聚势发力，淄博市县域高质量发展重大项目集中开工，市领导分别到上海、苏州、北京、合肥、武汉、黄石、柳州等地开展"双招双引"，开展"省市行长项目行""财金联动赋能发展淄博行""第三届'百所高校进淄博'暨科技·就业互促洽谈活动"等，基层更是摩拳擦掌创业行动，凸显出淄博打造"逐梦圆梦"开放之城的急迫与焦灼。

在深厚历史文化底蕴和优良道德传统滋养下，为人厚道、待人真诚，是刻在人们内心深处最基本、最深沉、最持久的力量，最是暖心暖肺。一些人也曾担忧，"估计淄博烧烤不会一直这么火"，有人甚至想"看热闹"。在竞争激烈的社会，在唯利是图的商业时代，宽容和忠厚前提是针对可以宽容的人或事，宽容的核心是爱。宽容，不是去应付，去虚与委蛇，而是以心换心去包容，去化解，去让这个越发世故、物化和势利的粗糙世界变得细腻温润、可敬可亲。而不是什么都要剑拔弩张，什么都要斤斤计较，什么都要你死我活。如果我们做到让闷热的夏夜充满嘹亮的蛙鸣，也不烦不躁，那么，我们面前的世界也会多一分美好，自己的心里不也很宽慰吗？很多游客来淄博不仅吃烧烤，还会逛景区、购伴手礼。陶瓷琉璃、钟书阁，这些富有文化品位的时尚潮流打卡地，参观人数最近也都创下历史新高。热闹的场面、弥漫的烟火气，实则是对启动内需、经济复苏的现实回应，也是群众心心念念的正常生活状态。

数风流人物，还看今朝。心中装着百姓，手中握有真理，才能脚踏人间正道。习近平总书记指出，"人民对美好生活的向往，就是我们的奋斗目标"，党团结带领人民进行革命、建设、改革，根本目的就是让人民过上好日子。江山就是人民，人民就是江山。增强公仆意识，坚持人民至上，必须突出问题导向，把解决群众急难愁盼的问题摆在首位，思想和行动从"我能为群众做什么"向"群众需要我做什么"转变。今年，淄博遴选提出 25 件重大民生实事候选项目，提交市人代会审议票决。经全体人大代表票决产生了 20 件重大民生实事项目。政府决策由"为民做主"变为"由民做主"，人大监督由"事后跟进"变为"全程参与",代表履职由"要我监督"变成了"我要监督"。为解决"生态优"问题,淄博努力优化政治、产业、市场、社会、自然等"一组生态"。站在群众立场和角度考虑问题,把群众的事当成自己的事用心琢磨和解决,不掩不藏、不打折扣、不打埋伏,一颗真心换来一城真情。

诚信,是维系人们交往活动须臾不可断裂的纽带,是社会系统运行的生命线。我国古人曾把诚信作为为人处世的基本准则,然而由于受市场经济原则的冲击和涤荡,拜金主义滋长,出现了诚信缺失。商场上常常尔虞我诈、波谲云诡。小商小贩也缺斤少两,以次充好,社会诚信体系遇到大问题,中华民族传统美德和社会主义道德面临挑战和危机。如何建立诚信体系,唤回丢失的诚信意识、诚信品德、诚信行为,激活"诚信度"这个最传统、最稀缺的资源?淄博烧烤"出圈"点燃了"导火索",政府出台系列政策,为淄博"出圈"提供了"有氧环境",政府、职能部门、市场主体和市民百姓共同营造和维护诚实守信、健康有序的诚信环境,持续推动"流量"变"留量","食客"变"游客"。政府自觉成为诚信风尚的引领者,禁止和惩戒企业和个人诚信缺失行为。淄博烧烤"出圈"不同于以往的网络热点,没有"转瞬即逝",根本原因是诚信作为靠山,游客在淄博吃得放心、吃得舒心、玩得开心、玩得安心,众星捧月一般。淄博热情好客、诚信友善的氛围,改变着家风民风社风,也感动激励着外地游客。5月3日,淄博大姐言而有信,"为12名外地游客免费提供住宿"的新闻再度上榜百度热搜,淄博虽然连一处5A级景点都没有,但依然令人神往,根源就在这。

春风得意马蹄疾,一日看尽长安花。消费是释放内需潜力的关键环节和重要引擎,激发社会消费意愿是关键。如何选择撬点,启动内需、振兴消费?各地全力以赴稳预期、扩内需、促消费,山东确定2023年是消费提振年,把恢复和扩大消费摆在优先位置。年初,淄博发布《惠享淄博餐饮消费惠民活动实施方案》,一季度发放1000万元餐饮惠民消费券,进一步改善消费环境、激发消费潜力。淄博是一串烧烤撬动一座城,但淄博很清醒,烧烤是一个低端的消费产业,不可能也没必要把很多东西都放在烧烤上,必须因势利导,持续放大烧烤效应。琉璃陶瓷产业作为当地的传统主导产业，及时推出"烧烤"琉璃产品，各种肉串烧烤、青菜烧烤的琉璃制品，成为广大游客争相购买的纪念品，他们在消费的同时，也记住了琉璃陶瓷产业是淄博的传统产业，记住了淄博博陶、华光陶瓷等陶瓷品牌，为产业发展扩大了影响力，积蓄了潜在市场。这段时间，淄博消费市场强劲复苏，消费热点频出，城市美誉度和影响力提升。为牢牢抓住这个重大契机，全面展示各类名优产品，进一步打造消费之城，推动形成"人好物美心齐、共促城市发展"的良好生态，让更多淄博好品走进千家万户，淄博相关部门联手各级新闻媒体，启动"淄博好品进万家"。据说，博山区的老物件、绝版品很快都卖光了。2023年1—4月份，淄博市线上社会消费品零售总额同比增长14.1%，高于全省7.1个百分点。淄博借"网红经济"热度，面向北大、清华在校生推出"免费游"。"免费游"并非自由出行，而是围绕就业体验提供可供选择的主题参观线路，共计23个就业体验参观点，实质上是"就业体验行"，目的是把网红热点与产业振兴发展结合起来，解决困扰淄博长远发展的人才问题。

纸上得来终觉浅，绝知此事要躬行。三年疫情过后，恢复经济成为各地第一要务，招商潮一浪高过一浪，一夜间仿佛进入新一轮招商引资的"战国时代"。"项目为王、环境是金"，良好的营商环境当然是招商引资的"磁场"。一座城市的吸引力，不完全在于它的繁华，也不完全在于它有多少资源，更重要的在于它对人的态度。如何保持"招商引资"热度，创造良好招商、营商环境？好的环境、好的名声、好的口碑和好的服务，包括诚信、厚道、守法、公正的人文环境，是营商环境的根本所在。

北宋名画《清明上河图》主要描绘了北宋都城东京市民的生活状况和汴河上店铺林立、市民熙来攘往的热闹场面，以及运载东南粮米财货的漕船通过汴河桥涵紧张繁忙的景象。这幅作品突破了唐以来的人物画主要以宗教活动和贵族生活为题材的局限，开始努力表现新兴市民阶层的生活场面，虽已穿越千年，那市井气息和灵动的人间烟火气息依然鲜活真实。当下的人们跑来淄博不是简单地撸串、吃烧烤，而是被双向奔赴的人与人之间的真情所感动。大家感受人间烟火的生活乐趣，感受做人的尊严，珍惜政通人和的环境，不必担心被当韭菜一茬又一茬收割，不必担心被宰客。淄博努力构建"亲不逾矩、清不远疏"的政商关系，着力破解企业办手续难、融资难、用地难、用工难等问题。淄博没有功利思想和"实用主义"，对"无钱无企""无利可图"的大学生尚且如此具有"人情味"，这般爱与呵护，对外来投资者、企业的服务必然更贴心、更到位。换句话说，淄博厚道、实诚、一视同仁的"人情味"，是营商环境的最好检验尺码和测量器，人间烟火气成为限量版的人间绝唱。

几处早莺争暖树，谁家新燕啄春泥。需求收缩、供给冲击、预期转弱，是近期我国经济发展面临的三重压力。风急浪高的大背景下，这压力摆在每位管理者面前，给有为有效的城市管理、社会治理提出新挑战。有人问，为什么年轻人愿意坐高铁专门到淄博这座小城吃烧烤？这么多摊贩经营场所会不会疏于监管？那些门外摆满桌子板凳的小摊是否违背城市文明？淄博烧烤"出圈"的一条重要经验或启示，就是有为政府、有效市场、有序社会、有情市民的高度统一，上下左右心往一处想、劲往一处使，多方协同、良性互动，形成"人好物美心齐、共塑城市形象"的生动局面。我印象最深的是引导市民坚守诚信的道德准则，增强集体荣誉感和城市共同体意识，在各种困难和不良现象面前，人人自觉去顶上、人人甘愿当战士。起初，大家脑子里都跳动着一串问号，是不是又是"秀"和"刷"，吸眼球、赚流量？商业外摆和城市治理之间的关系如何平衡？允许商业外摆，会不会影响市容市貌、文明创建？周边群众会不会有意见？商业市场主体如何遵从城市管理，与城市的整体布局、规划相协调？管理方如何引导，如何与商户、居民充分沟通和协商，寓服务于管理？各城市功能定位不同，市民需求、市容环境卫生、交通安全、公共安全、食品安全、"菜篮子"供应保障等因素千差万别，凭商业气息提振商业气质，靠便民利民涵养烟火民生。

淄博人的就餐方式，奠定了烧烤爆火的底蕴。周村古城，不仅工商业繁荣，自古美食也很有名。五香看鸡，皮嫩肉烂，唇齿留香；卤汁羊肉，清香不膻，味美清口美名扬……最闻名者，要数周村烧饼和煮锅。煮锅始于二百多年前的清代，在周村开埠时逐步兴起。煮锅，大骨鸡汤打底，放入各种食材！其配料有鸡、猪腿骨、炸豆腐、猪肥肠、丸子等。煮锅制作工艺复杂，所有料配好后要煨一天。所有配料放进大锅内，在特制的炉子上用"文火"慢煮。炉面上放一块大桌面，桌面上固定放有十几个菜碗，客人每人一碗，天南地北的客人，随到随吃，随吃随添。这种吃法，既方便、卫生，又节约时间，还广交朋友，被称为"中国最早的分餐制"，餐间能品咂出不一样的人生况味。也有人将此吃法解读为歇后语"吃着碗里的，看着锅里的"。目前，大街上仍在营业的这家"丁家煮锅"是周村的老字号，有近百年的历史。

  传说清初，因商贸发达，客商云集，遇天寒地冻，饮食难求，三星庙前徐方明，每日挑一铁火炉，带熟肉丸子炸豆腐下货若干，找一避风角落，售卖于市，任客挑选，称好切碎，于锅内烫煮，任客随意舀用，甚是受人欢迎。数年后，立煮锅门面，改造炉灶，内置一平底铁锅，上放一圆木桌，桌面中间挖一洞露出砂锅，桌周边另设十几圆孔，均放置搪瓷小碗，下方热水循环，借煮锅余热保温，可同时招待多个顾客。今之周村商城煮锅，丁家老店最为有名。《东方商人》及《大染坊》剧组，来此吃后，亦是啧啧称赞，频翘拇指。

  淄博烧烤的今天，经历了一个痛苦的改造过程、数次"拉锯战"。淄博露天烧烤2015年治理初期，全市约有4000余家烧烤经营业户，主城区就有1000多家，而近半成是没有经营门头的，夫妻两人，一个主烧烤炉，几张小桌子，一辆三轮车，就地安营扎寨，不用吆喝都能挣到钱。全市用3年时间进行了一场声势浩大的露天烧烤治理规范行动。治理规范的目标是：不再保留露天烧烤，不再产生油烟污染，不再扰民，实现"进店、进场、进院"经营和消费。对无经营许可手续和手续不齐全的依法取缔，对随意露天烧烤经营行为依法取缔，有经营证照但按烧烤新规经整改仍不达标的依法取缔。治理过程中经历过多少次"拉锯战"，也有"回头潮"，但没有退缩。城管部门不是被动消极地去关门，而是主动为业户想办法。扬汤止沸，不如釜底抽薪。他们进行了一次烧烤炉具的彻底革命，采用"大炉子+小炉子"模式，把以前直接用木炭烧烤、不经任何净化直排油烟的主炉具淘汰，一律改换成油烟排放达标的"无油烟净化炉",解决了大难题。如今在淄博"青岛啤酒节"、麦田音乐节等重要欢庆时刻,最为火爆的是人们在享受啤酒、享受音乐的同时,能够品尝到正宗可口的"淄博烧烤",这场治理多方共赢、多方获益。

《孙子兵法》曰:"激水之疾,至于漂石者,势也;鸷鸟之疾,至于毁折者,节也。"数字经济时代,产品是基础,流量是路径。为什么淄博能打破互联网传播的"7天遗忘"定律、短命的"网红现象",甚至让网友多维度"扒皮"后,最终直呼"感动""不愧是'好客山东'"?牧羊村烧烤是淄博烧烤的"扛鼎级别"的门店,同样主动运用社交媒体展示自家特色,吸引着无数网友的眼球。淄博这座三四线城市因烧烤这件事好评如潮,打动无数国人,主要是优质的烧烤品质,烧烤方式注入了独特体验和时尚的口味,顺应互联网时代的传播规律,既顺势而为又借势发力,综合发挥出了主流媒体、新媒体、自媒体"三位一体"的叠加效应与裂变效应。通过互联网、大数据、人工智能、区块链,融入元宇宙、云展演等新理念,促进历史内涵传承与时代潮流接轨,完善品牌的形成与促进体系和机制。淄博烧烤"一座难求"的现象,超出了许多游客的想象。淄博如果只做"淄博烧烤"这道单选题,这阵风很快就会过去。但淄博注意引流到文旅和其他经济业态的发展上,甚至由淄博引导到山东其他地方,推动文旅融合和消费提振同频共振、实现各地齐头并进。

2023年4月26日,淄博市发布《致广大游客朋友的一封信》。

亲爱的游客朋友们:

一场始于烟火、归于真诚的邂逅,让八方游人了解淄博、走进淄博,相逢八大局,牵手海岱楼,欢聚烧烤店……让这座古而弥今的城市更富活力、更为温暖。

"进淄赶烤",是一道联结缘分的桥,是一首彼此温暖的歌,是一幅双向奔赴的美景。您赞扬的话、走心的建议,都是对淄博的信任和包容;您带来的人潮、人气,唤起了全城一心的城市荣誉感和凝聚力;您为淄博"人好物美心齐"城市印象"鼓与呼",让更多人了解这座城市的人文历史、感知这座城市的厚道质朴、看到这座城市努力的样子。感谢您与淄博结下了深厚情,感谢您给淄博注入了正能量,感谢您为淄博传递了好声音。

"淄博烧烤"火出了圈。面对"难得的厚爱",虽然我们已经全力以赴,但服务供给可能还无法完全满足游客的体验需求,近期客流过载等问题已给大家造成了一些困扰和不便。目前,"五一"期间中心城区的酒店已基本售罄,客流量已超出接待能力,预计部分重点路段、网红打卡点将会出现交通阻塞、停车难、排队时间长等问题,将影响您的体验效果。旅行贵在品质,建议您可以关注相关信息,错峰出游、避免扎堆,打出时间差、换得舒适度。淄博是一座温馨美丽的城市,四季皆美景,天天有美食。请给我们一点时间,我们会把服务的品质品位做得更好,让您悦享旅程、游淄有味。

淄博是齐文化发祥地,演绎了"春秋五霸"之首、"战国七雄"之冠的盛况,诞生了太公封齐、管鲍之交、管晏辅国等故事,成就了稷下学宫"百家争鸣"的美谈,孕育了《孙子兵法》《齐民要术》《考工记》《聊斋志异》等巨著,留下了齐长城、齐国故城遗址、东周殉马坑、世界足球起源地等文化遗存,陶琉文化、黄河文化、聊斋文化、渔洋文化等地域文化交相辉映悠长的文咏让历史文化和现代生活融为一体,陶瓷、琉璃、蚕丝织巾是淄博更具韵味的文化灵魂"三件套"。泱泱齐风,美美齐地。境内齐山、鲁山、原山、潭溪山嵯峨奇异,马踏湖、文昌湖、五阳湖、天鹅湖一望无垠,开元溶洞、樵岭前溶洞、沂源溶洞绵延不绝,博山菜、周村烧饼、沂源苹果、高青黑牛和清水小龙虾唇齿留香。淄博的五区三县,都有各具特色的美景美食,也都有滋滋作响、念念不忘的烧烤,欢迎大家择时品尝体验。

美景美食不止淄博,好客山东应有尽有。山东是文化大省、旅游大省。这里可赏山水画卷,泰山雄伟磅礴,崂山神秘缥缈，尼山钟灵毓秀，梁山热血刚劲，红色沂蒙山情深义重；趵突泉腾空翻涌，微山湖烟波浩渺。这里可品齐鲁风情，大运河贯通南北，海岸线蜿蜒曲折，沿着黄河遇见海，在东营看蓝黄交汇，在青岛扬帆冲浪，在烟台、威海的海洋牧场尽情海钓。这里可读街巷烟火，在台儿庄古城、青州古城、东昌古城、魏氏庄园赏民风古韵。去济南老商埠、青岛广兴里、烟台朝阳街赶潮流时尚，在济南超然楼见证"燃灯"时刻，在泰安大宋不夜城流连烟花绚烂。这里可尝饕餮美食，孔府菜、济南菜、胶东菜精美考究。这里可打包必购好物，日照绿茶、胶东海参、菏泽鲁锦、德州扒鸡给人嗨购体验。欢迎您到处走一走、看一看，感受"好客山东好品山东"的独特魅力。

齐鲁青未了，齐地迎贵客。在淄博旅行中，您遇到什么困难和不便，有什么意见和建议，随时可以通过便民热线12345、网络留言等各种渠道向我们反映，也可拨打旅游专线0533-2176099联系我们。

天长海阔，与子成说。淄博一直在这里，一直在努力变得更好。

没有套路，才是最深的套路。没想到这封自觉分流量给兄弟市的信，却获得外地旅客一致好评，大家为淄博人的境界、格局所折服，又换回一波流量。

许多人到淄博蹭流量这实属正常。有些人为博人眼球，不惜恶意抹黑。一位网红因排队等待时间过长，想插队遭到老板抵制。这名网红重演旧戏，当即手拎一瓶矿泉水倒在自己的头上，随即就要下跪。这操作，当即看傻了众人，老板眼疾手快先一步跪下，求他体谅难处，到别处去吃，众人迅速声援，这才避免事情恶化。

一些国外媒体和港澳台媒体也关注和报道，当然也有没到新闻现场的。2023年5月15日，有台湾媒体定性淄博烧烤走红大陆的原因："淄博烧烤为什么火了？现在大陆人都很穷，只有依靠吃廉价的烧烤度日。"也许我们看到这个消息，觉得可笑。其实可笑的是睁眼说瞎话。

淄博烧烤很火，到底能火多久？淄博正在努力做"长红""长火"的文章，在"规范""提质"上下功夫。建立"一键统发"和"中央厨房"全媒体发布等机制，攥指成拳，聚流成河。吸纳本地优秀自媒体创作者、MCN机构、电商平台企业等组建"大V特战队"，整合和生产更多易于接受、乐于传播的好产品；借势发力、借船出海，依托中央媒体、省内外媒体、网红达人、流量大V以及抖音、快手等平台，带动形成消费新热点。

战国末期佚名创作的散文《晏子使楚》曰："橘生淮南则为橘，生于淮北则为枳。"淄博烧烤这个火爆的作业能抄吗？怎么抄？抄去能活吗？需要深入思考和研究。我坚信，外地游客来了还会走，淄博人依然热爱着自己的故乡和亲人！这融入生命的最爱，是心中永不熄灭的火，也是未来发展的动力所在！

淄博烧烤，是民间社交媒体迅速传播，给了接地气、平民化的淄博烧烤耀眼的曝光率，当地官员及时暖心的配套措施和民众的真诚参与，在延长这波热度的同时，也把网红效应直接扩大到了淄博这座城市乃至整个"好客山东、好品山东"。这一轮火爆，是在大众消费日趋谨慎、社会消费从单纯物质需求逐步转移到个性化服务和人性化精神享受上来的大背景下呈现出来的，如何做好"下半篇文章"，保持持续的火势和燃点？淄博正进一步巩固淄博烧烤的美誉度、政府的诚信度、营商环境的信任度和游客的满意度，努力解答好消费者"淄博还有什么？""我来淄博干什么？"等问题。

我想起《咏初日》的古诗："太阳初出光赫赫，千山万山如火发。"清晨，霞光万道的太阳徐徐升起，温暖的阳光照耀着鳞次栉比、错落有致的绵延楼群和充满烟火气的城市风景，透过葱茏叠翠的树木和一尘不染的门窗，在每个人心头潺潺流淌，清脆悦耳……

第八章

马踏湖畔碧浪滔天

　　齐桓公会诸侯马踏成湖,马踏湖前些年曾污染严重。经治理,有效解决了"生态赤字"和"环境透支"的突出问题,走出"资源诅咒"的困境,2023年,马踏湖国家湿地公园被评为全国首批美丽河湖优秀案例第一名。诗情画意的优美自然生态,弹奏出人与自然和谐共生的美妙乐章。

《马踏飞燕》,是东汉时期的青铜奔马塑像,中国雕塑史上的不朽之作。昂首飞奔的骏马三足腾空,右后蹄踏在疾飞而过的飞燕之上,燕子惊讶地回头张望,展现出我国古代高超的雕塑技艺。

马踏湖,是位于山东省桓台县的美丽湖泊,以其独特的人文内涵、自然生态魅力,让人流连忘返。

传说春秋时期齐桓公会诸侯,众马践踏,平地成湖,故取名马踏湖。《左传》记载:"齐景公有马千驷,与晏子游于少海,畋于青丘"。"少海"即马踏湖。现在马踏湖成为淄博的一颗"绿色心脏"、国家级湿地公园,像一颗蓝宝石镶嵌在齐鲁大地上。2022年1月,马踏湖国家湿地公园被评为全国首批美丽河湖优秀案例第一名,江北"美丽湖泊"成为桓台生态治理的亮丽名片。

马踏湖的广博无法与青海湖比拟,名气无法与杭州西湖比,深度也无法与长白山天池争辉,但它却以悠久的历史人文内涵、优美独特的自然风光和摇身蝶变的奇迹,描绘出绿色发展、生态治理与涵养的中国画卷。

深秋时节,马踏湖千姿百态,湖净如镜、芦花飞舞、船歌悠扬、踏湖淘"金"、人游画中的美景扑面而来,让人目不暇接……

锦湖水色胜湘湖

马踏湖,秋天的景色最美。荷叶田田、荷花连连、蒲苇片片、湖波粼粼……当地人喜欢叫它锦秋湖。

2023年5月18日,桓台马踏湖景区的一对国家二级保护野生动物红隼，孵出了6只全身毛绒绒、神态可爱小红隼。"马踏湖畔红隼飞"的消息迅速登上各种媒体，这不禁让人想起骆宾王的那首诗《咏鹅》。

> 鹅，鹅，鹅，
> 曲项向天歌。
> 白毛浮绿水，
> 红掌拨清波。

这首诗是初唐四杰之一的骆宾王7岁时写的，脍炙人口，是流传最久远、普及面最广的唐诗之一。

骆宾王出生于浙江义乌，但他的童年阶段，却是跟随当博昌县令的父亲骆履元在任所度过的。史料记载，博昌县始为春秋齐国辖邑，后历战国、秦汉时期，到唐朝初期时为县治所，其县衙故址就在今马踏湖东北之会城泊。《咏鹅》这首诗，就诞生于马踏湖这一方水土之中，全诗将听觉与视觉、静美与灵动、音律与色彩完美结合，生动展现了鹅的形神情态和马踏湖水乡的优美生态，勾勒出一幅生动有趣的"鹅戏清波"图。

红隼这种小型猛禽的回归，佐证了马踏湖生态的恢复和优良。"看！那草丛里五颜六色的雉鸡。"这些年，政府和湖区民众开始重视恢复生物多样性，尤其重视和保留天然栖息地，给野生动植物留下生存空间。目前，马踏湖植被覆盖率90%以上，植物资源有73科364种，动物资源有56科174种，其中省级重点保护动物、国家二级保护动物各15种，一级保护动物有大鸨、丹顶鹤、中华秋沙鸭。

《论语·宪问》曰："管仲相桓公，霸诸侯，一匡天下，民到于今受其赐。微管仲，吾其被发左衽矣。"春秋时期，战马、战车的多少成为国家强弱的标志，桓台境域地势平坦，土地肥沃，加之水草丰茂，自古以来就是鱼米之乡，又处齐国腹地，进可攻，退可守，桓台成为齐桓公、齐景公乃至齐国历史上养马练兵的战略要地。桓台有"齐桓公戏马台"，世传为齐桓公时所筑，是齐国驯养战马和齐桓、景公观看战马表演的地方。戏马台北有古饮马池，再北有牧马场。桓台县因境内有"齐桓公戏马台"而得名。

深秋时节，我来到了位于桓台县新城镇城西村的"齐桓公戏马台遗址"。村办公大院干干净净，有几位老人和孩子在公共体育器材上悠闲地玩耍，东侧就是南低北高、向阳倾斜的遗址，当年拓展这个院子时把东坡的土墙削直，形成了四五米高的天然东墙，墙中间可见成排的古砖，残墙断垣之上的树木和杂草开始枯黄和落叶。我们绕道从南侧进入遗址旧院，没遇到任何人，只有从不计较得失、一直乐观大度的阳光照耀着人迹罕至的老房子，让我心生悲怆。这里虽然海拔只有30多米，却是桓台县的制高点。元、明、清，这里一直为新城县县衙所在地。因全国有5个"新城县"，鉴于新城县有齐桓公戏马遗址，1914年通过全县士绅公议，新城县更名为桓台县。

桓台境内有很多村庄及村名与古齐国有关，那是历史留下的记忆符号。譬如：傅村，原名麸村，是齐国草料屯聚处；面窝村，原名麦面窝，是齐国屯粮处；马王，原名马庄，是齐国养马场；东营村，原名营子，是齐国兵营；演马村，是齐国训练战马的官员居住的地方。

各种史料佐证，桓台西、北境区域是春秋时期齐国苑囿，马踏湖区是齐国屯粮草、养战马和练兵习武的地方。由此可以想象当年的辉煌与繁忙。

在唐代，马踏湖曾一度被称为李白泊、谪仙居。李白由徂徕山至此观光，凭吊鲁仲连，写下诗句："齐有倜傥生，鲁连特高妙。明月出海底，一朝开光曜。"

苏东坡游此湖，兴赋"贪看翠盖拥红妆，不觉湖边一夜霜。卷却天机云锦段，纵教匹练写秋光"。因而当地人取诗人后两句的倒数第二个字，将马踏湖更名为"锦秋湖"。由于湖水青碧，风光迷人，许多文人墨客，如鲁仲连、辕固、诸葛亮、苏轼、王渔洋等，都曾慕名前来，一赏为快，并留下了不朽诗作。清朝刑部尚书王渔洋，小时候曾在马踏湖避难读书，特别喜爱马踏湖风光，他写了"锦湖水色胜湘湖，雉尾莼羹玉不如。持谢江南陆内史，酪浆还得似渠无"等许多赞美马踏湖的优美诗篇。

诗人的浪漫诗性与自然美景天然相连，先后留下了灿若星河、数不胜数的文化遗产。没有人文内涵，自然风景往往平淡干涩，一旦注入文化灵性、诗意灵感，景区会立刻被赋予或激活生命，彰显出独特的文脉光泽，引来八方目光和追寻的脚步声。

美丽湖泊

2023年10月25日，全国"美丽河湖美丽海湾优秀案例研讨会"在淄博举行。这个会是由中国生态文明研究与促进会等单位召开的。

2023年深秋，我再一次来到马踏湖，我被深秋的景色震撼了。只见白蜡等树木正在落叶，金黄的叶子被秋风唤起，如千万只金色蝴蝶在空中飞舞，然后又撒落大地，令人陶醉。

党的二十大召开前，马踏湖成功入选"奋进新时代"主题成就展，在中央综合展区，列于第7单元"坚持人与自然和谐共生美丽中国建设迈出重大步伐"板块。图片介绍说："推进美丽河湖、幸福河湖保护与建设。马踏湖曾遭受严重污染，治理后湖体水质达到Ⅲ类，湖区野生动植物数量明显增加。"马踏湖这个曾被严重污染且位于我国北方缺水的老化工城市的湖泊能入选，实属不易，这标志着污染治理、生态修复取得巨大成效。

马踏湖这个自然湖泊，沟汊纵横，河道交织，荷花塘接天映日，芦苇荡曲径通幽。独有的水文、土壤、气候条件，适宜植物生长，为各类动物提供了良好栖息地，成为水鸟、候鸟迁徙、越冬和繁衍的"家园"。

马踏湖的四季，宛如一幅色彩斑斓的画卷，被季节轻轻展开、缓缓关闭。

春到马踏湖，湖水碧绿如玉，阳光洒在湖面上，波光粼粼，宛如无数颗璀璨的明珠。湖边的垂柳嫩芽初萌，柳条宛如少女柔美的长发柔顺光滑，轻轻拂过水面，溅起鸟语花香。湖边草地开始换上嫩绿的新装，春的气息在湖边弥漫开来。泛舟湖上，感受春风拂面的惬意，沉醉于波光跳跃的湖面风光,收获春日里诸多意料之外的惊喜。夜晚的马踏湖更加迷人,明月宛如银盘高挂蓝天之上,月光洒上湖面,仿佛嫦娥把天上的宝石撒下湖中,泛起一片片银光。马踏湖宛如一位蒙着面纱的神秘女子,娴静温婉,美妙绝伦。

夏季,湖边的树木、花草都焕发出旺盛的生命力。湖水宛如一面明镜,倒映着湖边的美景。湖面上时常飘起蒙蒙细雨,让人仿佛置身仙境。湖边的树木被雨水洗礼,绿得更加郁郁葱葱,从远处凝望,宛如一排排巨大绿色遮阳伞。冒雨乘船游马踏湖,是一种独特而浪漫的体验。船箭一般冲向前方,船后留下由窄变宽、由大变小的波浪,层层涟漪扩散到岸边,如诗如画,让人心旷神怡。雨中的马踏湖,既有江南水乡的柔美,又有高原湖泊的壮丽,让人流连忘返。

秋到马踏湖,湖水变得清澈见底,倒映着湖边美景。湖边的树木,开始换上五彩斑斓的新装。树叶由绿转黄,再由黄转红,层层叠叠,宛如一幅色彩斑斓的油画。那些经不起秋风吹拂的树叶,纷纷落下,为湖边小路铺上一层金黄的地毯。芦苇由黄变白,轻盈的洁白的蒲绒满天飞舞。明月高悬,月光洒在湖面上泛起一片片银光。一阵风吹过,带着湖水的湿润和花草的清香,让人陶醉其中。秋天的温馨,让人内心格外宁静与安谧。

寒冬来到马踏湖,湖上和湖边的树木、花草都开始发生变化,整个马踏湖变得如同童话世界般美丽。湖边的花草,也在飞雪中变得与众不同。枯黄的草地上,覆盖着一层厚厚的白雪,宛如一幅美丽的山水画。那些耐寒的花草,在这场雪中依然绽放着最后的美丽,为冬日的马踏湖增添了一抹生机。整个马踏湖仿佛被一层薄纱笼罩,如梦如幻。湖边的树木、花草在雪花的装点下,宛如一幅美丽的水墨画。沿着湖边漫步,你可以听到雪花飘落的声音。

马踏湖如此美丽,书写下人与自然和谐共生的壮丽篇章,成为中国北方工业城市被污染河湖快速生态蝶变的鲜活样本。景色如此多姿多彩,我情不自禁吟诵一首短诗:

  舀杯美景酿美酒,

星光碰杯成挚友。
马踏湖畔享清风，
笑皱波澜心无忧。

　　从人类漫长的进化史看，人来自自然，通过认识、利用和改造自然，逐步进化成为自然界中唯一能够创造文明的智慧生命。人在自然面前是渺小的，生存必须遵循和顺应自然规律，但人有主观能动性，顺应自然就能更好地促进人类发展，违背自然就会遭到反噬和报复。进入现代社会以后，人类凭借科技的力量大大提高了利用和改造自然的能力，创造了空前的文明成果，曾一度无节制的开发和掠夺又造成严重的生态环境创伤，让人类吞下了破坏自然的恶果。21世纪以来，生态环境问题已成为全球的一个中心议题，绿色发展相对于曾经征服掠夺自然、转移转嫁危机的世界现代化进程的"黑色发展"，是对现代化发展道路和发展模式的重新选择。人与其他生命乃至整个大地共同体有着密切关系，这个共同体涵盖了包括人类在内的所有地球生物链中的生命万物乃至整个大自然。共生原则融合了丛林法则和市场法则的优点，既崇尚自由竞争，物竞天择，又呵护弱者，和合共生，真正让"适者生存"，共享千姿百态的美丽与繁荣。有的西方学者把《老子》称为"救世之书"，认为老子哲学所蕴含的道法自然的生态观，是东方绿色《圣经》，绿色，种子，希望，轮回……

　　痛定思痛，我们在坚持节约优先、保护优先、自然恢复为主的前提下，通过绿色科技创新和绿色生产力发展，"既要创造更多物质财富和精神财富以满足人民日益增长的美好生活需要，也要提供更多优质生态产品以满足人民日益增长的优美生态环境需要"。

　　马踏湖和许多河流的命运相同，经历了污染的阵痛，碰触过生态的底线。20世纪80年代以来，随着流域内工业化、城镇化的高强度推进，流域内孝妇河、猪龙河、乌河等主要入湖河流遭到严重污染，有的河流段被截流或改道，马踏湖失去稳定水源补给。因缺少水源补给和大面积围湖造田，湖区面积严重萎缩，从原来的96平方公里萎缩到22.4平方公里，面临"不可承受之重"，湖泊生态功能严重退化，甚至面临丧失殆尽的危险。湖区百姓深受其害，远近闻名的"鱼米之乡"失去了原有的风韵和魅力，举步维艰，进退两难。淄博是个老工业城市，又是个缺水的城市，加上化工是主导产业，污染比较严重。老百姓对恢复马踏湖生态提出迫切要求，但治理污染的难度可想而知，一边是发展的压力，一边是控制和治理污染的压力。

2008年，党中央在全党分批开展深入学习实践科学发展观活动，着力转变不适应、不符合科学发展观要求的思想观念，着力解决影响和制约科学发展的突出问题以及人民群众反映强烈的突出问题。面临打好水污染防治攻坚战的艰巨任务，桓台县委以被中央领导确定为活动联系点为契机，立足本来缺水却又污染严重的实际，在国家和省、市支持下，以壮士断腕的勇气，坚定不移采取以"治"控源、以"用"减排、以"保"促净、以"管"抓长"四管齐下"的流域治污的政策和策略。

工业领域，加大重点企业污水处理设施建设和工艺改造力度，新上项目一律进入工业园区。

农业领域，严控农业化学品使用和水体污染，全县耕地积极推广使用测土配方施肥，积极推广水肥一体化和滴灌、喷灌等灌溉方式。

生活领域，加快县城、中心村、农村新型社区污水管网建设，完成城区雨污分流改造，解决污水处理能力不足、污水管网覆盖率低等问题。

淄博市围绕构建"八河联通、六水共用、清水润城"主城区生态水系，实施孝妇河全流域综合治理。打造治污综合体，在重要河流入湖口、支流入干流处、重要点源排放口处，因地制宜建设人工湿地。打造生态河道，把水系景观融入城市景观，高起点规划、高标准建设景观公园和骑行绿道，沿河两侧形成水清岸绿的生态廊道。实施马踏湖湿地生态环境保护、植被修复工程，及时对主要河道进行清淤疏浚，持续开展底泥疏浚、生态修复、环境监测、退养复植，生产生活污水处理达标后经人工湿地生态净化，用于湖泊补源。不久，湖区就再现了大天鹅、白腹鸥、苍鹭等珍稀物种。

距今四万到两万年前，黄河泥沙造就了今河北献县和山东桓台县之间的古渤海湾西南海岸线。这些年，通过引黄，有效涵养了淄博市高青、桓台、周村、临淄等受水区的地下水，为抗旱储备了充足的战略性水源。尤其是马踏湖摇身变成国家级湿地公园，红莲湖以及城乡水系让桓台县处处草木葱茏，水映蓝天。齐盛湖恰似一块碧玉，镶嵌在海岱之间，光照淄博，熠熠生辉。

马踏湖湿地分为河流湿地、沼泽湿地和人工湿地，尤其是人工湿地的生态净化作用可圈可点。生产生活污水经净化处理后，尾排水污染物排放相当于地表水Ⅴ标准，也叫中水、再生水，而马踏湖执行的地表水Ⅲ类标准。其工艺原理，是模仿自然湿地的生态功能，利用土壤、人工介质（沙石等）、水生植物根系和微生物的协同作用，使中水经过深度过滤和生化反应后去除污染物，达到地表水Ⅲ类标准，然后用于补源，这也是马踏湖湿地水质在短期内得到巨大改善的一个重要原因。

淄博市"像保护眼睛一样保护生态环境，像对待生命一样对待生态"，花气力整治的不仅是水，还有山。位于淄博高新区东南部的九顶山，受长年采石影响，山体支离破碎、矿坑遍地、生态尽毁。从2016年8月开始整合多方力量，着力生态恢复，短短两年时间，目前以亲子度假、自然教育、户外运动、康养疗愈、生态修复、艺术展示、众创产业为主要功能，嬗变成全域公园城市建设生态经济建设典范区、矿山绿色旅游示范区、国家级矿山绿色经济转型示范区。

几十年来，我们国家围绕寻找社会主义道路什么样、在中国该书写什么样的答案，在城市与乡村之间晃动着历史的"钟摆"，当"钟摆"荡到农村时，总要引发一场巨变，当巨变的结果在农村成为常态以后，"钟摆"又会荡回城市，让巨变的种子在城市开花结果。新中国成立后，党把工作重心由农村转向城市，由于"左"的干扰，走过弯路，出现过波折。我们曾用浪漫主义理想吃集体食堂，实践证明，"大锅饭"不好吃、不能吃。20世纪70年代末，历史的"钟摆"又荡向农村，"家庭承包经营"标志着中国改革又再走"农村包围城市"之路；党的十八大以来，开始探索城市和乡村互促共融共荣的发展模式，在绿色、低碳、生态发展的道路上展现出新的发展形态。

1962年，蕾切尔·卡逊在《寂静的春天》一书中描述了人类可能将面临一个没有鸟、蜜蜂和蝴蝶的世界。虽然有过争议，但它敲响了人类破坏环境而受到大自然惩罚的警世之钟，振聋发聩。实践证明，人类必须像保护自己的眼睛一样保护生态环境，像对待自己的生命一样对待生态环境。

人与自然是生命共同体。保护自然，就是保护人类的生命源头。大自然孕育了所有的生命和物种，为人类文明的产生和发展提供了基本条件，是生命之母、文明之基。自然与非自然、城市与乡村、文明与野蛮、高贵与卑下、崇高与龌龊、失去与获得的分割和对立，会在年复一年的变迁和改变中，找到一种微妙的平衡。人类善待自然，就会获得自然的馈赠，促进文明的发展，反之就会受到自然的惩罚，甚至使文明成果毁于一旦。人类历史上曾经有过血淋淋的教训。

马踏湖、红莲湖、五阳湖、有"北方九寨沟"之誉的淄川峨庄瀑布群，还有那滋润了蒲松龄先生的柳泉之水……水水连绵不绝，灵气十足，流淌至今，滋养哺育着这一方热土。马踏湖摇身显示出"文艺范儿"的气质，为淄博文旅融合发展开拓新空间、注入新动能。

马踏湖已由昔日的一块伤痕，成为今天的一块闪闪发光的奖章。大自然已恢复最原生态的面貌，动植物成了大自然的主人。

老百姓看到蓝天白云、绿水青山，会心情敞亮、心旷神怡。环境变好了，呼吸的空气更清爽，喝的水更干净，吃的瓜果蔬菜更有营养，身体健康了，不用愁，不用求，幸福感、满意度会从心里往外淌。

踏湖淘"金"

迈入新世纪，人类面临的共同任务就是处理好与大自然的关系，实现人与自然的和谐共生。

古往今来，人们亲近和热爱大自然，赋予其无限美好的寓意，更寄托着对幸福生活的热切向往与期盼。

"西塞山前白鹭飞，桃花流水鳜鱼肥。青箬笠，绿蓑衣，斜风细雨不须归。"历史车轮滚动到今天，在马踏湖，这种人与自然和谐相处的景色随处可见。

马踏湖有河道2100多条，芦苇田2万亩，莲藕田4000多亩。物产丰富，这是大自然的恩泽与馈赠。夏采莲子冬挖藕，莲藕好吃却难收。马踏湖的特产很多，白莲藕算是一绝，还是全国农产品地理标志产品。因开白色的莲花，故称"白莲藕"。白莲藕是春暖后植秧的，初夏能长出新藕。这藕颜色若白玉般，特别脆，而且微甜。

马踏湖藕洁白如玉，鲜嫩甜脆。15年前的一个夏天，荷花已进入盛花期，我因公干来到马踏湖。记得中午时分，我们站在湖畔的树荫下，脑门上的汗珠缓缓流下，衬衣基本浸湿，加上四起的蝉声，让人心烦气躁。是谁采来了几节藕瓜，反复冲洗干净，包裹进翠绿的荷叶里，用拳头猛拍了两下，藕就在荷叶中脆裂开来。直接用手取一块，在盘子里蘸上少许蜂蜜，甘甜入口，藕脆至极，暑气顿消。当地的朋友介绍说，如果将鲜藕切成片或块儿，浸入果汁密封好，在冰箱里冷藏上半日，吃时会更清脆爽口。

白莲藕颜色好、口感好，是餐桌上的上等蔬菜，更是藕农重要的收入来源。那这藕是怎么采的呢？冬季踩藕是在冬至节气后，每年年关前进入莲藕需求旺季，价格有所上涨，莲藕被踩挖出来，能有个好价钱。等马踏湖湖面结上薄薄的冰层时，也就迎来了莲藕丰收季，这是种藕人最忙碌的时节。藕农们身穿连体水裤，将手脚和身体全部包裹好，在一望无垠的藕塘中细心劳作，弯腰在藕田里探寻藏在淤泥里的鲜嫩莲藕。随着雪白的藕节接二连三浮出水面，藕农们脸上洋溢着丰收的喜悦。

2023年冬至前，正是"万类霜天竞自由"的美好季节，我和妻子在湖区拐来拐去，来到桓台县起凤镇夏庄五村被称为"藕叔"的田秀泽家，他的踩藕技术2021年春被淄博市确定为非物质文化遗产。他的屋前活动空间有限，不到2米就是方形的藕塘，荷塘里只剩下稀疏、东倒西歪的荷秆。我说："如果夏夜，坐在屋前，泡一壶茶，望着明月下一望无际的荷叶和摇曳的荷花，听蛙鸣与虫叫，是多么富有诗意。"

他妻子说："就那蚊子扑头盖面，让人受不了。"谈话间，田秀泽高兴地拿出他踩藕的工具让我看，一把细长的直铲子，一根锄把状的铁钩，顶端很细。

白莲藕生长在淤泥中，踩藕是个技术活。"水面上这么多的荷叶秆，不是每根秆下面都有藕，哪根秆下面有藕，全靠脚试。"先用脚试探着把莲藕周围的泥踢了，再用藕钩子钩着藕节，手脚配合把藕取出来。用传统手艺挖出来的白莲藕，才会保持白嫩的特色。挖藕是力气活，午饭都在藕塘边简单吃几口，然后继续下塘劳作。"我们家生活在湖区，祖辈以踩藕为生。我从十六七岁就跟着爷爷、父亲踩藕。我能根据荷塘的面积、淤泥深浅、荷秆的多少和形状等估计出藕的产量。原来到齐河、济阳、寿光、临沂、枣庄等地帮助踩藕，每斤挣5分钱。现如今也改革了，有时我负责包销，踩出的藕卖的钱，我跟业主六四分成，收入高了，踩得也更用心了。"他自家目前有藕田20亩，一亩藕田年收入约5000元，还承包了粮田。为了保证自家藕的优良品质，他家从不购买发酵的豆粕作为肥料，而是自己买黄豆煮熟撒到藕田里，虽然费时费力，但心里踏实。

村支部书记田兴明的家在田秀泽家的屋后。不过，两家之间隔着一条约2米宽的河沟，我们打完招呼，他便从远处绕道过来了。他介绍说："踩藕这个活又脏又累，却又离不了。藕在哪儿，怎么踩，要踩出好藕，得凭经验，讲究门道，我们村50岁以下的人没有会踩的了，年轻人不愿意干。这个致富项目同样面临后继乏人的问题。"

那天，我们越聊越高兴，淳朴、直爽、实在的田秀泽竟然穿上了防水的皮衣，跳进自家门口水齐腰深的荷塘里，给我们示范踩藕的过程。藕长得有深有浅，一般在泥下尺把深。只见他拨开水面干枯的荷秆，用脚小心翼翼地去探藕，"顺藤摸瓜"，先用脚把整支藕周围的泥土踩活，然后侧着脚切断藕的后根，伏下身去，嘴快贴着水面了，用双手小心摸到握住藕的尾部，手脚并用把整支藕慢慢地抽出来，还不能让它断了，断了泥水容易钻进藕孔。整支藕即将浮出水面时，因这藕太大太长太脆，不小心断成了两截。

我妻子说："真不知道踩藕这么不容易。我都不忍心吃藕了。"

"多吃藕，才是对种藕人、踩藕人的支持。"我回应道。

返程前，田秀泽硬是让我们带上他自家煮着吃的几节马踏湖白莲藕品尝。

"那就品尝一下吧。"我们既客气又没客气地带走了，带走的还有这家人的朴实与善良。

马踏湖流域经过十多年的"治理+修复"，马踏湖国家湿地公园于2022年6月6日试运营，重现曾经的"北国江南"景观。高品质生态环境既是自然财富、生态财富，又是社会财富、经济财富，是最公平的公共产品。生态环境向高品质转变，最终目的是坚持生态惠民、生态利民、生态为民，以解决损害群众健康的突出环境问题为重点，坚持精准、科学、依法治污，持续深入打好蓝天、碧水、净土保卫战，让良好的生态环境成为人民幸福生活的增长点。现代乡村产业体系就是一个生态型的产业体系，它要求乡村的产业发展走上生态化的绿色发展之路。马踏湖是怎样走上生态化的绿色发展之路的？他们治理经验从两个路径展开：一方面对新上的产业要按生态化的要求建设，防止城市污染产业向农村转移扩散；二是花大代价、下狠功夫，对现有的产业进行生态化改造。

考古学家称：鲁中北地区为黄海岛屿，因泰沂山脉北缘山洪冲积和黄河下游淤积，渐与内地相连，其衔接地带低洼，形成湖泊。新中国成立后，搞台田时，华沟等村多次挖出大海蛤和贝壳。在改革开放初期，为了改变贫穷落后面貌，华沟村人在搞好农田的同时，组织起建筑队，拿着一把瓦刀闯天下。自马踏湖开园以来，游客络绎不绝，苇编产品成了稀罕物，是游客最喜欢的纪念品，有的苇编产品还远销海外。当地老百姓的生活质量明显改善。

那天我拜访了鱼龙一村、四村的3位77岁的老大爷，他们满面红光，身体硬朗，争先恐后地讲起村庄的变化。村庄北侧是沼泽地，如今长满了藕和苇，南侧能种高粱等农作物，1983年粮食亩产量就过了吨。乡亲们生活一直过得比较清苦，自20世纪80年代有污水过来，鱼少了，鸟飞了，藕也不值钱了。2009年起发生了很大变化，特别是2013年启动疏浚工程以来，村庄变成了公园，乡亲们吃上了生态饭、旅游饭。

风光秀丽的马踏湖物产丰富，遍地是宝，盛产藕、莲、蒲、苇、鹅、鸭、鱼、虾、蟹等，特产金丝鸭蛋、鱼龙香稻、白莲藕因其风味独特，曾作为皇家贡品。当地匠人编织的各种苇制品，苇宫灯、苇席、苇箔等产品色泽明亮、拉力性强，持久耐用，是市场抢手货。湖区的人们用当地物产能做出百多种菜肴，且四季各不相同。春天的醋沥小鱼，香酥可口，风味独特，让人口留余香，念念不忘。

那天中午，多年一直从事马踏湖整治工作的朋友，在马踏湖景区附近的佰香苑请我们午餐。他点的鳞炸鲫鱼、小鱼面子椒、荷香鲤鱼、鸭蛋小饼、炒河虾、马踏湖脆藕、辣炒黑鱼片等几种特色菜肴，味美价廉。

只见窗外阳光明媚、蓝天白云，心生惬意。湖面上波光粼粼，这就是马踏湖入湖口湿地，有700多亩，其主要功能是用生物手段，把潴龙河的水在这里自然净化，然后再让其流入马踏湖。

湖面上有许多觅食的野鸭，有的不时把头伸向水中去，有的在"涮嘴"梳理鸭毛，有的一猛子扎下去从远处凫出水面换气，我询问："这里怎么这么多野鸭在寻食呀？"

"生态改善了，自然条件好了，成了野鸭栖息地。马踏湖域内野鸭大约有3万多只呢。"

桨声渔火点浪漫

《诗经·国风·溱洧》曰：

溱与洧，方涣涣兮。
士与女，方秉蕳兮。
女曰观乎？士曰既且、且往观乎！
洧之外，洵吁且乐。

维士与女，伊其相谑，赠之以勺药。
溱与洧，浏其清矣。
士与女，殷其盈矣。
女曰观乎？士曰既且，且往观乎！
洧之外，洵吁且乐。
维士与女，伊其将谑，赠之以勺药。

这首描写青年男女在溱水和洧水岸边游春的诗，讴歌了青年男女身佩兰草，手捧芍药在河畔游春相戏，追求爱情和美好生活憧憬的浪漫景象。一束河畔的花草成为青年男女的定情之物，散发着阳光的味道和大地的芬芳与甘甜，价值连城。

"马踏湖，鱼米乡，水波荡漾似画廊"

"马踏湖，好风光，歌声荡漾会情郎……"

婚姻是人类文明的重要标志，结婚登记更是人生大事。七夕节，又称乞巧节，因"牛郎织女"的美丽爱情传说，成了中国最具浪漫色彩的传统节日。好像淄博这块大地，必定是产生爱情的圣地一样。黄梅戏《天仙配》的故事人们耳熟能详，传说玉帝第七个女儿被"卖身葬父"的孝子董永打动，向往人间幸福生活，私自下凡与之结合。董永不是艺术杜撰的人物，确有其人。历史上对董永故里的记载有很多。清代《淄川县志》记载："城北阿里庄东，有古冢，相传为孝子董永墓。"东汉时期的武氏墓群石刻以及《孝子图》《搜神记》《中国人名大辞典》《中文大辞典》中都指出董永是汉代千乘人，也就是现今的山东省高青县人。高青县属齐始于战国，为千乘城。董永"卖身葬父"之后便到周村讨生活。目前周村区的南郊镇有董永山，南不远处还留有董永祠。还有一种传说，博兴县湖滨镇是董永的故乡，那里有做媒的老槐树，还有媒仙碑。可见董永故事传播很广，备受人们推崇。

《古诗十九首》曰："迢迢牵牛星，皎皎河汉女。""牛郎织女鹊桥相会"这动人的爱情故事在民间同样广为流传。沂源县东南部燕崖镇的织女洞和牛郎庙，是我国为数不多的民间爱情传说古建筑遗址，两地隔沂河东西相对，与天上"牵牛星－银河－织女星"遥相呼应，形成"在天成像、在地成形"的奇观。当地打造出"千年之约""碧落星宫""爱的指引""仙凡之境""鹊桥相会"五大场景，不断丰富牛郎织女爱情文化内涵，为游客提供真切丰富的沉浸式美好体验。水晶般冰清玉洁的爱情不应被左右，这是历代青年人对美好的渴望和对真爱的不懈追求。

"七夕今宵看碧霄，牛郎织女渡鹊桥。"随着经济社会的发展，婚礼从观念到形式都打上时代的烙印。"50年代一张床，60年代一包糖，70年代红宝书，80年代'三转一响'，90年代大宾馆里讲排场，21世纪重视个性张扬。"伴随物质的富足，婚礼逐步由简单变得规范、由粗放走向精细、由模式化转为个性和多元化，当然也有许多人神圣的婚礼被物欲绑架。为祝愿恋人共赴美好婚姻，2023年七夕节，马踏湖公园想出"奇招"，设婚姻登记巡回点为新人完成结婚登记，身着情侣装、手捧鲜花的夫妻双方庄严宣誓、在婚船集体颁发婚姻登记证、手机拍照记录幸福瞬间等，婚姻登记仪式不仅简约时尚，而且轻松愉快。马踏湖的绝美景色见证着喜结良缘的绝美时刻，每一对新人都感悟到婚姻家庭所蕴含的温馨与责任。马踏湖摇身蝶变成"浪漫之湖"。这一天，迎来了40多对新人。

实践证明，越来越多的人对旅游的需求不仅仅是游山玩水，更追求深层次的审美体验。在提升改造马踏湖时，大家就琢磨如何提升品质和吸引力。马踏湖负责同志来到摇橹可逛遍全城的中华古水城——台儿庄学习考察。夜晚，碧波荡漾，灯光五彩斑斓，看到船娘手握船橹，唱着优美动听的曲子，为游客带来了视觉和听觉上的享受，这景这情令人惊艳。马踏湖的水路都是相通的，当地人把箭一样在水面上行驶的小船叫船溜子。船溜子无帆、无舵、无遮篷，只有一个光溜溜的船身，最大的特点是轻便灵轻实用，串门走亲戚，赶集上店，送孩子上学，下湖捕鱼捉蟹，放鹅放鸭，侍弄荷藕蒲苇以及庄稼都是用溜子。一行的同志兴奋不已，连夜展开讨论，大家觉得马踏湖应当丰富水上旅游项目，"摇橹船，赏美景"，既符合马踏湖的民俗实际，又是一个别开生面的特色旅游项目。怎么办呢？于是他们盛情邀请当地一位年轻摇橹妹子到马踏湖参观游览，这妹子如约来到马踏湖后，当地挑选了一位出色的小伙子全程陪同。在这期间他们建立联系，深入交往，互生爱意，最终喜结良缘。摇橹妹子顺理成章来到马踏湖工作，先后培训了10个摇橹妹子。通过巧妙引进摇橹妹子，摇橹船这个项目顺利落地了。美的夜景，美的橹船，美的船妹子，美妙的歌声，一艘艘小船穿行在蜿蜒的水道里、划动在风姿绰约的芦苇荡里，为人们的旅途增添了无限美好与浪漫。"妹妹你坐船头，哥哥在岸上走……"打卡摇橹船，欣赏湖上美景，已成为广大游客特别是年轻人热爱的项目。

马踏湖湿地公园婚姻登记巡回点打造出"画卷里的婚姻登记处"，满足了新时代、新青年对美好爱情的独特追求。通过景区婚姻登记巡回点，将"爱情种子"植入自然美景，让马踏湖的"绝美景色"与喜结良缘的"绝美时刻"美美与共，同时为新人提供水上婚船宣誓、草坪婚礼打卡等浪漫服务，增强婚姻登记的庄严感、仪式感和幸福感，在马踏湖许下专属两人的终生誓言，给新人们留下终生难忘的美好回忆。2023年5月20日这一天，全国有170对新人奔赴马踏湖进行婚姻登记，其中还有山西、陕西、吉林、河南、河北、黑龙江、甘肃等省的16对新人。有的还带着父母等亲人前来见证这一庄严的时刻，组成亲人团，同心游览马踏湖。

结婚，俗称"办喜事"，婚嫁有一套最隆重、最有讲究的礼仪程序，当然各地都大同小异。桓台马踏湖区的鱼龙、夏庄、华沟等村的水上婚俗传承300多年，有自己的特色。因为湖区河道纵横交叉，村民居所被隔开，还有部分村民生活在湖区的台田上，没有道路、桥梁与陆路相连，日常交通工具是船，船同样是娶亲的唯一工具。新郎娶亲一般用五六只船，均用彩绸、红布等装饰成花轿的式样，新郎、新娘各一只船，锣鼓队、旗手乘一只引路，夹红地毡的、提水茶面、打灯笼及陪娶的人分坐剩余的船只。锣鼓队、旗手船先行，娶亲船到女方驻地，在水上放荷灯，登岸放鞭炮，新郎到女方门前要付开门赏，宴罢付赏，披红戴花，由管家指挥新郎向新娘行跪拜礼。随后，新娘头罩红纱，由新郎背着新娘上船，或男前女后踏红毡上船。随着经济社会发展和文明进步，过去的传统婚嫁习俗已基本消失，取而代之的是新事新办，追求温馨浪漫、亲近自然风光、体验返璞归真的时尚与简约，由过去花轿抬、花船运变成汽车载，由大摆宴席，今时兴起旅行结婚、集体婚礼等。当下有的青年由祈祷掌管爱情婚姻的丘比特、月下老人、观世音菩萨换成双膝跪拜财神爷，神圣与美好的爱情与婚姻面临各种挑战和困难。婚姻，有的经营得风生水起、长久美满，有的草率行事，有的一塌糊涂，还有的吵吵闹闹将就一辈子。我们相信爱情与婚姻神圣庄严的力量，会让我们清醒、理性与笃定。

真正的爱情，是发自内心的疼爱、尊重与信任和真诚的沟通、接纳与宽容。

"两个全世界独一无二的生命，在这么浩渺的世界里相遇，彼此默契相爱，这本来就是一件很神奇、很幸运的事，我们必须学会珍惜。"那对来自陕西的青年男女共捧一束鲜花，边拍照、边高兴地说。

马踏湖游览区内有桥梁30座、码头15个、栈道10条、亭子7座、湖中岛5个，湖中有五贤祠、徐夜书屋、冰山遗址等名胜古迹，处处是美景，点点有故事。桓台县自2017年起连续举办的中国·桓台环马踏湖轮滑马拉松大赛，在2019年荣升为国家级赛事，进一步加快了区域体育与旅游的融合发展。2023年举办大赛时，现场参赛选手和观众达到了1万多人。哨声响起，选手们如离弦之箭，争先恐后地转弯、加速、超越，在风光秀丽的马踏湖赛道中，你追我赶，把力量与技巧高度融合的轮滑运动演绎得无比精彩，成为马踏湖深秋的最美风景。

每座桥、每个名字、每个典故、每处景点都有丰富的内涵，都能引起游客的兴趣；可在湖边欣赏"春风得意""一苇渡江""湖光月色""入莲间""西域风情"等演艺节目，看演员们轻柔曼妙的舞姿与马踏湖夜色的完美融合；可以坐上摇橹船，漂荡在水面上，欣赏湖边旖旎风光，真切感受人在画中游；还可以坐上一艘画舫船，泛游湖上，听着潺潺水声，迎着清凉湖风，欣赏两岸的夜色与头顶的星空……

湖水在阳光照耀下波光粼粼，一望无垠的芦苇在河道两侧摇曳，五彩斑斓的花朵在道路两旁竞相开放，不时有飞鸟从你的头顶掠过……处处如画，风景令人陶醉。这里更是孩童们的天堂乐园。可以漫无边际地观察这浩瀚缥缈的万千气象，或在湖畔柳荫下听蛙唱、甩钩垂钓，或在翠绿的藕塘中采莲、放荷灯，或在长长的船道里驾着船溜子放鹅鸭、看鱼鹰捕鱼，甚至可以在泥湾里拾蛤蜊、捉泥鳅……

如果玩了一天还不过瘾，那就到房车露营，或者到火车宾馆住下。夜幕星空下，与家人围坐在一起品茶长叙，甚至小酌一杯，伴随虫声鸟鸣缓缓入睡，享受天地的广阔和生活的安逸与宁静。

我国是农业大国，中国人是整个生态系统里的一环。这个循环就是人与"土"的循环。人从出生，食物取之于土，泄物还之于土，一生结束，又回到土地。一代又一代，周而复始。农业不是和土地对立的农业，而是靠着这个自然循环，实现和谐共生。这些年，人类社会以及人类与自然的关系都已经发生了太多、太大、太深刻的变化，我们需要反思生产、生活方式变化给大自然造成的影响。当然，我们也不可能回到仅仅依靠人力、畜力和自然力的自给自足的小农经济社会，但在新的生产力、新质生产力发展基础上构造一种新的人与农业、人与自然的和谐关系是应该的，也是完全可能的。

随着人类现代化的推进，人与自然的深层次矛盾越来越突出，甚至越来越激烈。恩格斯指出，人类可以通过改变自然来使自然界为自己的目的服务，来支配自然界，但我们每走一步都要记住，人类统治自然界绝不是站在自然界之外的。中国式现代化着眼解决中国现代化建设过程中的生态环境问题，同时也为人类解决工业文明带来的人与自然紧张关系问题贡献力量。中国在推进中国式现代化的过程中，把生态文明建设融入经济、政治、文化、社会建设的全过程，大力推动绿色、低碳、循环发展，最大限度减少资源消耗和环境破坏，把生态环境问题控制在本国范围之内，不转移到其他国家，这是了不起的功德。

人类生存正面临威胁：全球变暖、臭氧层破坏、酸雨、淡水资源危机、能源短缺、森林资源锐减、土地荒漠化、物种加速灭绝、垃圾成灾、有毒化学品污染等诸多环境问题，除了地震、火山、泥石流等自然灾害，更多是人类造成的环境危害。有人哀叹："在巨大挑战面前，我们人类如此渺小；面对死亡和厄运，人类需要彼此拥抱和依靠。"陆地和海洋，天空和星辰，山岳和河流，动物与植物，这些都不是小问题，必须爱地球、太阳和动物，鄙视物欲横流、自我摧残……

大自然是慷慨无私的，总是倾其所有来滋养万物，从不计较得失。我们保护好了绿水青山，大自然一定会把最珍贵的财富馈赠给我们，"常青树"就会变成"摇钱树"，让我们收获金山银山。发展的生态化、绿色化、循环化、清洁化，代表着科技发展和产业变革方向，是最具市场前景和发展潜力的领域，可以创造出具有强大吸引力的优势和品牌。从现代经济社会发展的趋势看，生态环境的质量日益成为衡量一个区域、一个城市综合竞争力的重要维度和底色、底气。

俗话说："鱼逐水草而居，鸟择良木而栖。"如果其他方面条件都具备，人们更愿意到有绿水青山的地方投资、发展、工作和旅游。我国的一些地方，由于客观条件的限制，过去没有发展起来，但天然状态和生态环境保护下来了，现在反而变成了"香饽饽"，成为绿色经济的投资热土，成为人们休闲旅游的"打卡地"。我们的环境变好了，天更蓝了、水更清了、山更绿了，人们从环境中获得的幸福感越来越强了，生活品质、生活质量提高了，人民群众对生态环境改善的新期待越来越高。

人不负青山，青山定不负人。马踏湖经历了压力叠加、负重前行的艰难时期，有效解决了"生态赤字"和"环境透支"的突出问题，走出"资源诅咒"的困境，已经迈上良性健康的发展轨道。高品质的自然生态环境，擘画出高质量发展的蓝图，弹奏出人与自然和谐共生的美妙乐章。我们从"淡妆浓抹总相宜"的马踏湖，看到了"满目青山春水绿"的美丽中国。当绿色、低碳、生态成为一种自觉追求、一种时尚生活、一种普遍风景，人们将沉醉于绿水青山的诗情画意，乐享舒适环保、浪漫多彩的美好生活。

马踏湖是一幅人与自然和谐共生的秀美画卷，绝处"新生"的故事刚刚开篇。"赤橙黄绿青蓝紫，谁持彩练当空舞？"是马踏湖的湖区人民！

第九章

谁拨动青春的心弦？

人类社会一直在探索古老又年轻的关系。"海岱楼钟书阁"虽然不在闹市区，青年人却最是心仪，它不仅是装饰精美的书店，满足你对知识的渴求，还可以让你享受更多的富有青春气息的时尚服务。淄博求贤若渴，以书为媒，努力成为青年求学、就业、定居等多向选择的第一站。近4年，引来的青年人才数是淄博同期高考走出来的青年学子数的2.5倍，青年人愿意来、留得住、过得好、能出彩。

青年因城市而聚，城市因青年而兴。

淄博，位于海（东海）岱（泰山）之间，兴于春秋战国。穿越三千年岁月，齐风泱泱，因时而生；名士荟萃，炫古耀今。

人类从蛮荒时代跨入现代社会，一直追寻到互联网时代，勠力从物质与精神层面，探索世界古老又年轻的关系。淄博这历史悠久、魅力四射的历史文化名城，叩访历史大门，涌动年轻浪潮，耸立起时尚、高雅、读者喜欢特别是青年人钟爱的网红文化地标——海岱楼钟书阁。

对于喜欢读书的人而言，书店便是灵魂的天堂。地处淄博市中心的"海岱楼钟书阁"虽然不在闹市区，青年人却最是心仪，它不仅是装饰精美的书店，满足你对知识的渴求，还可以让你在设计师的匠心设计里，享受更多的富有青春气息的时尚服务。人们驻足于此，往往乐不思蜀、流连忘返。

青葱岁月如歌，青年令人动容，青春让人敬畏。淄博着眼未来鸣笛，立足青年发力，奋力拨动年轻人青春的心弦。

穿越时空的答案

伴随时间潮流和历史脚步，人类从衣不蔽体、食不果腹，到形成文字、文学和文化，步入文明，古往今来，一直没有停止过追寻梦想实现理想的脚步。新中国成立以来特别是改革开放以来，我国经济社会发展取得举世瞩目的伟大成就，人人热情投入，拼搏奋斗，做出了巨大贡献，许多人为之付出了沉重代价包括健康乃至生命。同时一些人过度崇拜金钱，物欲横流，心灵空虚，精神层面的追求已越发稀少。一个建立在金钱之上的社会是可怕的，也是没有希望和前途的。理想很丰满，现实很残酷。看清生活本质依然热爱生活、追求理想，这是社会进步的主导力量。追求美好，必定收获美好！

历史之问。城市是一个生命体，既是人类文化、历史记忆的重要物质载体，也是城市文脉、人文情怀的重要文化容器。我国工业从无到有、从小到大、从弱到强波澜壮阔的历史画卷如何留刻在大地上，这璀璨的工业文化、工业文明如何传承？特别是近代工业革命带来了城市的快速扩张和经济巨大繁荣。城市的社会功能和文化功能被淡化、弱化、边缘化，经济功能被焦急地放大，似乎城市成了可以过度经营的"经济摇篮"，一些传统建筑、历史街区和文化遗产被只顾眼前的功利主义侵占、挪用、废弃、拆除。文化之殇带来了人文精神根脉的严重缺失，城市渴望钢铁、水泥缝隙里的温情与温暖，可持续发展的潜能在哪里？如何保留城市历史文化记忆，让人们记得住历史、记得住乡愁？淄博作为一座老工业城市，筚路蓝缕，栉风沐雨，艰难转型，同样面临这个迫切而重大的问题。

时代之问。"丰富人民精神世界"是"中国式现代化的本质要求"之一，这是一个十分重大的时代命题，任务长期而艰巨。人无精神则不立，国无精神则不强。淄博作为一座有几千年历史的老工业城市，底蕴深厚，化纤、煤炭、瓷盆、铁扳手、螺丝帽等物品随处可见，虽然化工、建筑陶瓷、医药、纺织等高耗能和高污染产业开始脱胎换骨，但面对环境污染、资源枯竭、承载力和城市化加剧带来的挑战和风险，提高城市发展的质量和可持续性，已成为不可逆转的潮流与趋势。后现代文化思潮质疑的特征与青年人特定年龄阶段的叛逆倾向不谋而合，竟然轻易影响了一些青年人的思想，开始出现价值观功利化、庸俗化和精致个人主义、人生虚无危机。在解决"富口袋"问题的同时，如何推进书香社会主义建设，提升市民文明素质和城市文明程度，切实解决好"富脑袋"的问题？如何打造时尚、开放、活力、绿色的城市环境，吸引年轻人留在这里，好学、好看、好吃、好玩、好创业？老工业城市脱胎换骨、可持续发展的现代化城市该是什么模样？

人民之问。"仓廪实而知礼节，衣食足而知荣辱。"人的精神生活的富足，必须以物质生活富裕为基础。没有精神的富足，也就不会有真正意义的共同富裕。淄博作为工业占比大、经济比较发达的城市，企事业单位从业人员比重高，退休人员占人口比近8%。应当说绝大多数老百姓已经丰衣足食、生活无忧，这也决定了淄博人对生活质量的要求是比较高的。人们对美好生活的向往，不再仅仅停留在物质富足方面，开始关注丰富的精神文化生活。正如巴金在《灯》中说"人不是靠吃粮食活着的"，由此可见精神的重要。简单地说，大家向往更加舒适的生活环境、更加美丽的生态环境、更加公平的营商环境和健康向上的人文环境、风清气正的政治生态环境。人们的生活世界变得更加广阔，既包括政治生活、经济生活、文化生活，也包括社会生活、生态生活。生活内容也越来越丰富，政治生活也成为重要内容。譬如公平正义，不只是茶余饭后的谈资，也不再是烹饪美味佳肴的作料，而是美好生活的一道主菜，不可或缺。呵护人的生命、尊严和社会价值，是人人享有的权利。

人民城市造福人民，越来越多的人，将丰富精神文化生活、提升生活品质作为衡量美好生活、城市文明的一个重要标志。既追求生活配置高档化，又注重精神配置高贵化。物质富足之后的居民或在小广场上聊天，或在健身器材上锻炼，欢声笑语传递着幸福的声音。吸引青年人目光，能提供精美精神食粮的高地、气场在哪儿？

书香之问。文化最重要的社会功能就是精神功能。一个民族如果不重视书香和阅读，那么他们的理想、信仰和价值观靠什么寄托和成熟？靠什么慰藉？跨入新世纪，互联网异军突起，社会跌宕起伏、急剧变革，手机成了人们须臾不离的贴身必备品，碎片化阅读、浅阅读成为主潮，加上网络血拼购买图书有折扣和跟踪服务，人们的购买图书的习惯逐步从线下改为线上，传统书店的市场份额被蚕食，实体书店被冷落、经营不景气，实体书店正经历"寒冬"，出版界的竞争更加激烈，现代读者的阅读结构和个性化服务需求也在快速演变和分化，同时又造就出更广阔的市场和更庞大的阅读群体。上天不会亏待乐于读书和勤于动脑筋的人。真正的富足，不仅有财物揽入囊中，更应当有独立的人格和精神的结果与丰收。青年人压力大、收入低、缺钱、没房子，又不能"超凡脱俗"，家往哪里安，日子怎么过，精神世界往哪里走？为什么书店少了，而药店却多了起来？

　　说起书籍，大家并不陌生，我国早已完成了扫盲任务，国民整体文化水平明显提高，大都有了阅读能力。书籍是什么呢？简单地说，就是把文字、图画和其他符号印刷在纸张上并制装成册，用于传播各种知识和思想，积累人类文化和文明成果的载体工具。书籍的历史和文字、语言、文学、艺术、技术和科学的发展有着紧切联系。东汉蔡伦发明纸之前，古代各国人民想尽办法，利用石头、砖头、树叶、树皮、蜡板、铜、铅、麻布和兽皮、羊皮等，把文字记录下来。在我国商朝时，人们把文字一笔一画地刻到龟甲和牛、羊、猪等动物的肩胛骨上，随后用木片（又称牍）和竹片（又称简）书写文章，以后还用丝织品缣帛来书写。蔡伦改进造纸术对我国乃至人类社会发展所产生的影响都是巨大的。"历代盛衰，文章与时高下"，每逢朝代更替、尘埃落定之时，一些稽古右文、欲图国家长治久安的统治者往往都要组织人力进行较大规模的图书编纂和修缮工作。

　　高尔基说："书是人类进步的阶梯。"书籍浩如烟海，包罗万象，既是人类宝贵文化遗产和进步与文明的重要标志，又是助力后代发育成长的丰盛精神食粮。周恩来总理呼吁中华儿女："为中华之崛起而读书。"腹有诗书气自华，壮阔天地道致远。

　　夜幕已经降临，街口的路灯和车灯都亮了。"等你一万年，蜜蜜又甜甜……青春不会变，等你一万年。"开出租车的刘师傅正在播放《等你一万年》的歌曲。他目视前方，头轻轻摇动，分明自我陶醉着。是呵，无论什么年纪、什么职业，走遍万水千山，看日出日落，听风吹雨落，阅尽世间繁华，看清人世冷暖，最终归于心安，坦然地面对和享受生活。淄博面对各种"时时放心不下"的问题和百姓"急难愁盼"的难题，寻根溯源，最终聚集到博大精深的齐文化及其现代化图景的呈现与传承上来，且紧抓不放。

　　2022年10月1日，天一直下雨，淄博市海岱楼钟书阁正式惊艳亮相。蒙蒙细雨，没能阻挡人们蜂拥而至地在雨中排队"入阁"的心情，那队伍绵延过了尚贤桥，一直延伸到了齐盛湖公园的南门，大家对海岱楼钟书阁的热情拥抱超乎想象，这"壮观"场景，各方始料未及。

队伍里有老有少，多是青年人和带着孩子的年轻家长。国庆节期间，钟书阁以图书为媒介，举办首届书香文化节，开展集章有礼、快闪表演、国风汉服巡游、国乐演奏、朗诵音乐会、亲子故事会、非遗绘伞、文创集市等系列文化活动。张店区一位带着俩孩子过来体验的年轻的母亲高兴地说："我是通过朋友圈看到钟书阁开业的消息，就赶紧带着孩子过来看看。钟书阁给我的第一感觉就是很震撼，这里边的空间很大，装修也很奇特，有耳目一新的感觉。而且藏书量很大，有很多适合小朋友阅读的书籍，我的俩孩子就特别喜欢这个地方。"

"这是让孩子爱上读书的好地方。"

我首次来到钟书阁，首先对"钟书阁"的名字产生了好奇。我就刨根问底地询问。上海钟书实业有限公司董事长金浩先生钟爱图书，当了十年农村语文老师，养成每天必读纸质书的习惯，大家称他是"书痴"。他对钱钟书先生非常敬仰，他给女儿取名为"金钟书"。1995年创办的第一家书店就取名为"钟书书店"；因为当时女儿未出嫁，在古代，未出嫁的女子的住所称为"阁"，后将钟书书店更改名为"钟书阁"，当然这也向世人宣告他像爱护自己的女儿一样爱这个书店，也预示和希望书店成为高雅、可爱、青涩怡人的纯净世界，让广大读者步入书店就有一种梦幻童话般的感觉。在这里，可以流连忘返一整天。这人人可享、人人乐享的文化场所，赋予了市民文化生活的温度和生命的热度，提升了城市文化品位，自然成为吸引年轻人的文化软环境、城市的文化新地标和文化新名片。

钟书阁是位于上海的中国十大民营图书企业之一，不仅获誉"上海最美书店"，还被视作中国实体书店转型的一个标杆。钟书阁倾情于齐国古都、陶瓷琉璃、天然溶洞等诸多淄博文化元素和淄博人的热情、宽厚，欣然落户淄博。海岱楼钟书阁位于淄博市齐盛湖公园的制高点，是"中国最美书店"。是钟书阁在国内的第 42 家店、全国连锁店中单体面积最大的店，也是钟书阁唯一建于独栋建筑的文化综合体。

海岱楼钟书阁占地面积 6000 多平方米，藏书量达 15 万册，涉猎种类 3 万余类，钟书阁从服务消费者需求出发，以打造"图书 +"为核心的图书销售、创意活动、儿童乐园、文创、咖啡、威士忌 bar、茶室等全方位、多业态的文化服务综合体，迅速成为淄博市民和外地游客的"新宠"，成为青年人聚集和热捧的打卡地。淄博这座城市的新地标建筑，让时尚元素与古典美学悄然融合共生。如果能坐在七楼的户外茶台旁，品一杯茶，喝一杯咖啡，望望满天的星空，吸一口凉爽的晚风，翻一会儿自己喜欢的图书，如捧热茶，回甘生津，是那么心旷神怡，超美，超凡，惬意。

"千呼万唤始出来"，海岱楼钟书阁这里有美好的图书、最时尚的经营理念和非常美好的阅读环境。碰撞，让海洋文化、泰山文化与淄博文化交融，像一颗璀璨明珠，俯瞰着淄博大地上的日新月异。

2023年5月，夏日炎炎。那天皓月临空，我在朋友陪同下，慕名来到了海岱楼钟书阁。夜晚在彩灯的映照下，汉代建筑风格的九层高楼灯火辉煌，显得高贵、庄重而平静。门前是"最美新华书店"的宣传版面，迈上仿古宫廷台阶，进入海岱楼钟书阁一楼大厅，立体线条感的书架，均匀分割了整体空间，U形书架两侧放置的是淄博齐文化的名片——瓦当。前厅两侧是"阅读时空"，左侧单独一个空间，陈列着《齐文化要义》《齐都临淄城》《陶镇》等书。不少青年男女正忙着拍照留念。二楼是"时光童年"阅读分享空间，整体空间被制作成了博山溶洞的造型，陈列着低幼类读物的书架，还被做成编钟、马车等造型。"海岱讲堂"和"稷下学堂"，这名字更直接地展现齐国风韵。安静宽敞的空间，充满设计感的书架、座椅和吊灯，让人目之所及皆为风景。

"君子坦荡荡，小人长戚戚。"人一生，苦也罢，乐也罢，得也罢，失也罢，要紧的是心间的一泓清泉月光。无论读书人、爱书者，还是开着书店的企业和人，活的都是一个"问心无愧"！

钟书阁被爱书人称为"中国最美书店"，它就像万里红尘中一片宁静的桃花源，打造出符合当代人口味的复合型书店。不仅唤醒新华书店的读书记忆，更是将书店和书房联系起来，创建那种闲适、愉悦同时被书海所包裹的阅读体验，让公共书店有了私人书房的个性、自在与自由。不仅给成年读者创造了更多的休闲阅读体验感，还给小读者添置了专属的书籍空间。为周边居民提供了学习、阅读、休闲的活动场所，市民感到"舒心阅读就在家门口"。尤其助力了年轻人读书的梦想。有青年人说，这些年，考研、考公、考证等需求持续增加。若在家自习，没有学习氛围；去省、市级图书馆，路途远不说，也是一座难求。家门口的钟书阁让我们这些年轻人有了免费的学习场所，太幸运了。

有位年轻的母亲说："我家住在附近。孩子的教育把我愁坏了。自从钟书阁开门，孩子放学后就跑来了，我觉着比花钱请个家教都管用。"

人生是道选择题，人们用青春和生命寻找着最佳答案。知识就是力量，读书是逆天改命唯一的正道。

为了满足城市人特别是青年人的精神文化需要，淄博采取了诸多措施办法。淄博由抖音短视频和太合音乐联合主办，连续举办以"身在都市，心有麦田"为理念的麦田音乐节。这是一个以音乐为底色，向青春、情怀致敬的盛大派对，以最浪漫的方式为青年人的生活充电！演出阵容汇聚海内外众多知名音乐人及乐队。许多青年人为之痴迷、癫狂，既享受风花雪月、诗情画意，又瞩望诗与远方。享受热血的心动瞬间之后，冷静地在平凡中追寻非凡。

天空之橙是淄博为青年人打造的另一"双创"艺术空间。走进天空之橙，纯白的墙体搭配青石子路，天蓝水池与白色独栋茶室相映，内部庭院上空金鱼畅游，玻璃房露台铺满丝丝阳光，阁楼的书室闲适又安逸。这里整体空间很大，每一处都藏有好看的景，拍摄多长时间也不感觉腻。暖阳倾洒于屋内，从通透的落地窗向外望去，满园春色尽收眼底。在这里，仿佛一切都慢了下来，看个景，拍个照，喝个茶，看个书，发个呆，随便干些什么都会觉得岁月静好，生活如此惬意……

诗意栖居

"诗意的栖居"，这是很多房地产项目的楼盘广告语。人生需要诗的意境。诗意可以是高山流水的渔舟唱晚、杏花春雨的娇媚，可以是唐诗的韵致，可以是宋词的曼妙、一个身心安静的栖居地。在这个迷茫不安、快节奏的时代，人们常常感到身心疲惫。而读书，作为一种心灵的栖息方式，总能让我在忙碌的生活中找到片刻的宁静。

诗意的人生应拥有一颗博大的心。

心灵的栖居是人生最奢侈的房舍。

《史记》曾载曰："故齐冠带衣履天下，海岱之间敛袂而往朝焉。"今海岱楼建在淄博，既表明在齐鲁大地的位置，更意在展现青年学子为书籍、为知识奔赴淄博的景象。海岱楼矗立于淄博市张店区著名的齐盛湖公园，楼四周碧波荡漾，楼南一座白色拱桥连接，桥名"尚贤"。站在海岱楼上往南眺望，淄博会展中心、文化中心、体育中心沿中轴线次第排列，而高台之上的海岱楼，则是这条中轴线上这一串文化设施昂起的"龙头"。夜晚，随着霓虹灯色彩的变换，各个景观更是摇曳生姿、变化万千，与水中倒影相映生辉，编织成一幅迷人的仙境图案。

许多朋友在朋友圈里提醒："到淄博别光吃烧烤！位于齐盛湖公园的海岱楼钟书阁也是一个网红打卡地，这里被誉为'中国最美书店'，吃完烧烤别忘了来打个卡哟。"

文化是一座城市的气质和灵魂。钟书阁秉承"连锁而不复制"，每家书店都独具当地文化特色。淄博海岱楼钟书阁的装修设计既体现海派文化，也融合了淄博当地齐文化特色，譬如齐瓦当、古车马、齐国成语、编钟、溶洞等诸元素，可谓一层一特色、一角一文化。大厅书架两侧放置的是淄博齐文化的名片瓦当，充分展现地域特色。左右两块镜面上，环绕着"一鸣惊人""田忌赛马""老马识途""先辨淄渑"等齐文化成语，在丰富文化内涵的同时，也让传统典故生动形象地呈现到了广大游客面前，成为"网红打卡点"。

曹操《短歌行》的情怀一直被人称颂。"月明星稀，乌鹊南飞。绕树三匝，何枝可依？山不厌高，海不厌深。周公吐哺，天下归心。"淄博注重练内功，不断提升这座古老城市的文化品质，实现与年轻人的互动和深度对话，架起历史与现实、当下与未来的桥梁。尤其尚处于人才洼地的二三线城市，如何栽下"梧桐树"，形成吸引青年人才的"强磁场"？让青年人才心甘情愿、"水到渠成"地落户创业？

以凝聚和吸引青年人才为着眼点和着力点的淄博市人才工作"一号工程"启动了。没想到，正巧赶上了新冠疫情三年，带有了诸多不便，真是"成也萧何，败也萧何"，多数青年学生是在封闭状态、戴着N95口罩，通过网课获得毕业证；有的青年人利用自己所学的知识和技能，开发出了许多有用的工具和产品，助力疫情防控；有的青年人在封控期间深切体会到家人的关爱，更懂得了感恩。人们的心态也在发生微妙变化，青年人也更喜欢知疼知热、有爱心、有温度的城市。从另一个角度看，可能是机遇，是上苍的眷顾与青睐。菩萨心肠的淄博政府，以新的政策、新的姿态和新的劲头，率先伸出橄榄枝，召唤青年人携手奋起奔跑、逆势成长。

淄博市从2020制定了"三年十万大学生集聚计划"，连续三年把青年人才引育作为"市委书记人才工作项目"，提前近一年时间完成"三年十万大学生集聚计划"，又接续出台实施"五年二十万大学生来淄创新创业计划"。为了搞清楚这个数据，我请淄博的许多同志帮助测算，最后我又请淄博市委组织部人才科的同志帮助，他们与教育部门对接，梳理出数据："2020年以来，淄博市升学至市外本专科院校人数约70659人。2020年以来，淄博市新引进大专以上青年人才177131人，其中张店占比26.69%，高新区占比16.78%，临淄区占比12.55%。"按照这个数据和速度推断，也能超额完成"五年二十万大学生来淄创新创业计划"。人才都是追寻精神之光，朝被尊重的地方走，要求那里不仅要宜居、宜业，而且还得温暖、可亲。

令人惊喜和羡慕的是：淄博市从2020年实施聚才计划3年来，招引来的青年人才数是淄博同期高考走出来的青年学子数的2.5倍。

众所周知，人才是第一资源，是推动高质量发展的关键因素。这几年，大家议论最多的是人才"虹吸"现象，其根源在于各地发展现状、潜力与未来趋势的距离差。人才"虹吸"现象，虽然促进了少数大城市和人才自身的发展，而更多二三线城市的人才储备和竞争力减弱，由于自身资源不足，在这样激烈的人口、人才争夺战当中，渐渐处于劣势和下风。随着城市间的财富分化和发展差距变得越来越大，一线城市成为财富和人才汇聚地，而二三线城市面临的形势则更严峻，挑战和压力也更大。二三线城市如何绝地反击，提升自己的竞争力，吸引人才，留住人才，实现逆袭生存？如何让更多青年人寻找到适合自己的生存土壤，更好地生长和生活，既享受充实繁华的小城市生活，又能及时把握圆梦时刻和人生的出彩？这确实是一道进退维谷的难题。

青年处于人生起步阶段，学习、工作、生活方面会遇到各种困难和苦恼。把青年的事当成自己的事，在关键处、要紧时拉一把、帮一下，想方设法帮助及时解决青年人的困惑和诉求才是最根本、最贴心的。淄博市的"密钥"，不是靠难以攀比的物质激励等高"彩礼"，而是靠识才的慧眼、爱才的诚意、用才的胆识、容才的雅量、聚才的良方，努力营造人人渴望成才、人人努力成才、人人皆可成才、人人尽展其才"拴心留人"的好环境，让各类人才的创造激情和活力竞相迸发，聪明才智充分喷涌。人才只靠"抢"其实是"抢"不到的，终究要靠宜居、宜业、宜商、宜学、宜养、宜游的城市竞争力和吸引力，形成具有自身优势和特色的虹吸和凝聚效应。然淄博冷静沉着，一方面筑巢引凤吸引人才，出台优惠政策，解决青年人才的工作机会，成长空间和家庭、生活等实际困难；一方面避免"招进女婿气走儿"，坚持本土人才和外来人才一视同仁，做到才尽其用，努力建设推动高质量发展的人才汇集高地。

齐国高度重视引资和引才，以优厚的政策和待遇招徕天下人才。一方面给予外商优厚的待遇，对于带一车货的外商供给本人饭食，对于带三车货的外商供给马饲料，对于带五车货的外商更要供给仆人的饭食，提供专人服务。一方面高薪引进国外人才，当时各国的能工巧匠纷纷来齐国创业。由此可见，齐国开"双招双引"（招商引资、招才引智）的先河，管仲是中国历史上名副其实的"双招双引"的鼻祖。淄博为了让青年人才愿意来、留得住，除了搭建好干事创业的平台，还得让大家实实在在感受到城市引才政策的诚心与暖意。淄博市创新"政策找人、无形认证、免申即享"机制，搭建线上政策分析比对系统，系统匹配后，每月财政直接将补贴打到青年人才社保卡上，青年人才享受补贴无须申请、不用跑腿、不必重复提供繁琐的证明材料。先看生活补贴：博士、硕士、本科生、大专毕业生分别每月发放4000元、2000元、1000元、500元生活补贴，连续发放五年。其中，淄博市"四强"产业新引进的博士、硕士、本科生，每月再增加1000元。预备技师、高级工、中级工（中专）毕业生分别每月发放1000元、500元、300元生活补贴，连续发放5年。再看购房补助：新购商品房的博士、硕士、本科生、大专生，分别发放30万元、12万元、8万元、3万元购房补助，适当减轻年轻人住房的压力。如不领取购房补助，选择住淄博市人才公寓，可按市场价75%的优惠价格购买。

我们常说安居乐业，许多青年人最关心的话题是如何先安居，后乐业。房价居高不下，年轻人往往负担不起购房的高成本，或者直接沦为"房奴"。因而不少年轻人只好选择居住到偏远郊区，职、住分离，出现"蚁族"现象。淄博政府的贴心服务，让青年的"诗和远方"成为职住一体的现实期待。有的家长也劝孩子："淄博政府知疼着热，人性化，值得信赖和依靠。家人支持你留在淄博工作。"

心灵的抵达融合需要耐心和韧性。青年人需要安静、自由、独立的成长空间，每座城市更需要给青年留下浪漫、新奇、活跃的空间。淄博积极打造富有特色和功能齐全的公共空间，为年轻人交友、学习、娱乐提供便利，营造年轻人喜闻乐见的生活场景和文化氛围。

海岱楼钟书阁，让更多的人能静下来、坐下来、爱上阅读、爱上图书，由外而内地满足年轻群体丰富文化生活、慰藉心灵和情感需求。淄博市还注意满足青年人才品质化、多样化、个性化的需求，建成105家城市书房、阅读吧，布局一批咖啡馆、时尚餐厅、打造水晶街等特色商业街区和网红打卡地。策划"齐彩夜生活""创意市集""烟火潮物集"、音乐派对、潮玩DIY等主题活动项目，开展淄博文化艺术季、"淄博之声"音乐节等时尚活动，不断丰富青年人才精神文化生活。

海岱楼钟书阁项目负责人郝丽丽女士说：淄博是一个文化底蕴深厚的城市，古老且年轻，传统又时尚，是青年人喜欢的风格。钟书阁就是要发挥自身独特的优势，文化赋能"书香淄博""青春淄博"，助力文化繁荣和经济社会发展。

淄博市的城市书房建设，选址布局上遵循普遍均等、就近服务原则，选择人口集中、交通便利、环境相对安静，符合安全、卫生及环保标准的区域；在外观造型和室内设计上，注重体现"诗意栖居"的美学特征，注重营造温馨、舒适、明快、简捷的阅读氛围，注重彰显时尚性、个性化、特色化，注重为市民打造"小而美"的城市"第三空间"，拓展一方城市"精神自留地"。

唐库文创园曾经是老淄博人口中的"糖酒站仓库"，兴盛于20世纪八九十年代，"修旧如旧"后摇身变成了占地2万多平方米的综合性娱乐园区。在春日阳光的映衬下，厂房的老铁皮门、已经掉了漆的木窗，还有缺了角的砖石柱子都带上一种沧桑陈旧的美感，承载着一个城市的文化记忆和精神气质。工业遗产不仅能"涅槃重生"，更因创意和文化融汇，深受文艺青年"恩宠"，增加了淄博这座老工业城市的厚重底蕴、时尚指数和网红打卡地。

不知大家是否留意？海岱楼钟书阁地面一楼铺呈的书籍，知识的力量在拉拖着人的成长；楼梯也设计成书架形，走上去好像我们通过一本本的书籍，走进灵魂的深处，与先哲、圣人对话。既彰显淄博这座城市的青春与活力，又在宣示淄博这座城市需要年轻人"回来"，更需要年轻人"进来"。

《论语》曰："君子不忧不惧。内省不疚，夫何忧何惧？"党有党纪，国有国法，家有家规，这些都是外约束，真正做到自律，精神世界强大，任何诱惑都不为所动，坦诚面对整个社会，又有什么忧愁和惧怕的呢？这就是知识给的自信、图书给的定力。

人生，不是一场物质的盛宴，而是一场精神的修炼。

淄博市为强化阅读引领，涵育阅读风尚，着力构建覆盖城乡的阅读推广服务体系，依托全市各级公共图书馆、城市书房、新华书店、农家书屋、"书香淄博"阅读吧等公共阅读场所，初步构建起一张覆盖城乡的"1分钟阅读文化圈"的城市版图，不仅缓解了公共图书馆数量不足、公共文化空间老旧乏味、公共服务资金投入缺乏的难题，更推进了全民阅读，打造了"书香淄博"的城市品牌，提高了市民文化自信。每年举办丰富多彩、贯穿全年的阅读推广活动2000场以上，惠及10万余人次。"齐阅共读·书香润城""淄博晚八点读书""淄博市读书节""淄博市读书月""全民阅读正当时，书润乡村向未来"等主题阅读活动，形成了"彩虹少儿阅读推广活动""稷下书院传统文化系列活动""齐风讲堂""传齐读书会""书香淄川·阅读有我""书海畅游，墨香为伴"等深受群众喜爱的阅读品牌。新型阅读空间已逐渐成为淄博的文化地标和深受群众喜爱的"打卡地"。

淄博市目前建有公共图书馆9处，城市书房53处，"书香淄博"阅读吧165处，农家书屋提质增效示范点184处，图书流动服务点22处，24小时自助图书借阅柜11处。城市书房、阅读吧、农家书屋等新型阅读空间以点带面，与公共图书馆一起，实现了阅读设施互联互通，延伸了城乡阅读服务"最后一公里"，营造"爱读书、读好书、善读书"的浓厚社会氛围。正在聚焦弘扬包括齐文化在内的中华优秀传统文化，以"齐阅"城市书房、"齐享"文化驿站、"齐美"艺术展厅、"齐赏"文博空间四大板块为基础，进一步创新公共文化服务内容，拓展公共文化服务半径，构筑"齐文"新型公共文化空间品牌体系，打造独具淄博特色的齐文化公共文化服务品牌、爱和情感可以翻阅与重温的场所，引领书香社会、书香人生。

唯有优秀传统文化真正滋养、惠及每个人，才能使中华优秀传统文化成为现代中国人的思维方式、价值观念和生活方式的参照，打开更为广阔的创新发展空间。在网络社区，低沟通成本的网络虚拟世界，也能得到一些精神抚慰，收获一些内心的安宁和成熟感、成就感。随着网购的日渐成熟，城市青年可以轻松解决"口馋"的问题。"梦想很丰满，现实很骨感。"网络"鸿门宴"必定解散，生活不是天天高谈阔论，甜言蜜语不能当饭，眼睛瞪红也不是尊严，最终需要回归吃喝住行和柴米油盐的平淡，内心的焦虑、不安和恐惧必须自我慰疗和承担。当人们司空见惯了物欲与过度消费，逐渐收获直抵生活本质的真实感，这或许是一种浮华退散后的安稳，或许是一种独立个性的成熟，或许就是丰富精神世界、挺直精神脊梁的冷静与呼唤。

"众里寻他千百度，蓦然回首，那人却在灯火阑珊处。"淄博市统筹全市力量，以"政府主导、社会参与"的方式，积极推进"城市书房+"新型阅读空间建设，打造百姓家门口的图书馆。海岱楼钟书阁这座"最美城市书房"正发挥着样板示范作用。夏天进门,你可摇起蒲扇,尝一支海岱楼钟书阁雪糕的甘甜清爽;冬天来访,你可喝一杯热茶或浓咖啡,立刻消除心头的烦恼与焦灼。望向窗外,水波粼粼,原以为是雪花栖落,谁知却是月光调皮的影子在跳跃。古色古香与现代生活交相辉映的新场景,拓展了追寻浪漫、共享文化的新空间。

从古至今的虔心悦读,是美妙的事情。书上的文字如同未曾绽放的花,一旦与你的那双慧眼相遇,必定瞬间为你绽放,且绽放出一种独特的形态与味道。如果大脑旋转思考,脑神经就会被打上笃定的思想钢印,开启快乐的源泉。哪怕处在一个嘈杂的世界,只要手捧一本书,就能留住并陶醉在自己喜欢的精神世界,从而达到人和自然、美和心灵融为一体的境界,到达精神净土。

当代青年自由远行能力强,喜欢用背包和脚投票。

然而,沉醉于钟书阁,你能找到对文化的膜拜、对书籍的尊重、对情感的倾诉、对灵魂的叩问和对心灵的慰藉,找到心灵的栖居地。

青春之城

2023年11月7至8日,中国文旅企业合作发展大会在淄博召开,山东在努力擦亮"好客山东·好品山东"的金字招牌。11月7日晚,一场精彩的文旅演艺在海岱楼钟书阁上演,古筝伴舞,五音戏,几百架无人机闪耀夜空。"齐国故都""世界足球起源地""陶琉名城""聊斋故里"等一幅幅由无人机拼成的图像栩栩如生、如梦如幻,扮靓淄博夜空,彰显淄博的城市活力。

踏着2023年春天的脚步,位于张店区齐盛湖公园的海岱楼钟书阁伴随火爆的"淄博烧烤",人气一直爆棚,许多游客在此选购图书、文创产品,或在稷下学堂听课、研学,或到咖啡厅、茶室休闲茶叙,或漫步书海、打卡留影。海岱楼钟书阁以"图书+"为核心构建起多业态文旅服务综合体,爆发出蓬勃的生命力,特别是对青年人的吸引力和诱惑力。2023 年，达到日均万人（次），最高峰一天 3 万人次。

一代人有一代的图书陪伴。1953 年，19 岁的王蒙发表处女作《青春万岁》，至今一版再版，经久耐读，"用青春的金线，和幸福的璎珞，编织你们"，讴歌 50 年代理想主义的青年群体，至今激动人心。杨沫受小说《钢铁是怎样炼成的》的影响，创作的自传体小说《青春之歌》，1958 年首次出版，这是一部充满理想、激情昂扬的红色经典文学作品，迅速成为青年人精神解放的寓言和精神皈依。这部《青春之歌》引发一代代青年人心灵深处强烈的共鸣。

人一生很短暂，青春只有一次。

青春只是人生的一个瞬间。

青春，是压在抽屉底下的那一沓无人知晓的心事，

青春，是不知天高地厚的自由畅想，

青春，是一刻不停跳动的心灵琴弦，

青春，是渴望远走高飞的美丽翅膀。

心血与汗水滋养的花瓣铺垫人生路，

在时序轮替的历史坐标、人生旅途中，

薪火相传精神旗帜和奋斗的模样！

人生没有预演，也没有标准答案。每个人的成长过程，都是在汹涌的时代浪潮那随机跳动的各种偶然性、可能性中，努力寻找和选择一个最适合自己的角色，并以此活出属于自己的精彩。尤其是刚大学毕业，选择什么样的城市、什么岗位？刚步入社会，在哪里寻找自己的朋友圈和精神领地？这是个首要问题。

有网民说，2023 魅力淄博传齐之夜演唱会，嗨翻淄博，让人享受了一场身体和心灵的双重享受和理疗！海岱楼钟书阁既像优雅稳重、方正大气、潮酷帅气的美少男，又像眼含羞涩、细致温柔、范味十足的美少女。无论从造型还是空间的设计上都令人惊羡，大面积玻璃镜面的使用，让人感觉整体空间被拉伸，更显通透辽阔，带来强烈的视觉冲击力，仿佛真到了"书中的万花世界，万花筒中的图书繁花"。怪不得毛姆曾经说："养成阅读的习惯等于为你自己筑起一个避难所，几乎可以躲避生命中所有的灾难。"正如钟书阁创始人金浩先生的志向：

"一家只做书店的书店","希望把每间书店带到不同城市的时候,能把这个城市的文化体验出来,用美学的方式体现出来,成为广大读者理想的精神乐园"。

地球经过四十多亿年的演化,地震、火山喷发、海啸、地基沉陷等重大自然灾害于当代仍然频生,给人类生存造成巨大威胁,然而换个角度审视问题,这样一个持续发生板块重构、从内到外充满活力的地球的存在,于我们而言又何尝不是一件极为难得的幸事。生物本能的自私和环境资源的匮乏,成为生物持续进化的驱动力。当前世界,多种困难和挑战叠加,现代人普遍存在精神危机,都能够从进化论中找到线索。从一粒平常无奇的种子长成一棵枝繁叶茂的大树,如此进化论的公理体系和逻辑推演露出了真面目!

人类作为地球地表上的"常住居民",在这漫漫的人类历史长河中,青年是整个社会力量中最积极、最有生气的力量,保持着旺盛求知欲和好奇心,是有勇气"纵身一跃"的人。各界社会青年英雄辈出,心灵绽放出一种你平时感受不到的诗意状态,当然令人兴高采烈,也令人哑口无言。

"富润屋,德润身",从人的个体而言,我们并不追求苦行僧般的日子,当然也不能只停留在最基础的身体和物欲的满足上。应当高度重视年轻人的思想引导,做好价值观和人生观的纠偏。纸醉金迷、穷奢极欲不是美好生活,浑浑噩噩、昏天黑地也不是美好生活。生活的美好是比翼齐飞,既有物质的丰裕,更有精神上的富足。"秀才不出门,尽知天下事。"唯有书籍能解救和慰藉挣扎在精神贫穷边缘的灵魂,把人带入崭新的世界。

淄博努力建设青年友好发展型城市,努力成为青年求学、就业、定居等多向选择的第一站,让青年人愿意来、留得住、过得好、能出彩,青年因城市而聚、城市因青年而兴已成为双向的呵护与成就。

"天生我材必有用,千金散尽还复来。"齐文化的开放和包容,诸子百家的思辨精神和家国情怀,回归齐人热爱读书的风气和尊重知识、尊重人才的传统。正因为这座城市不遗余力推出涵盖青年人才各个成长阶段的关爱举措,才赢得了越来越多年轻人的心,也提升了城市美誉度和向心力。近些年，淄博市建设科学城、大学城、创新创业谷"两城一谷"，打造淄博绿色化工与功能材料山东省实验室等一大批高能级的创新平台，全面推进"创业苗圃＋孵化器＋加速器＋产业园区"创业创新载体链条建设，切实增强高端平台对青年人才的承载能力、吸附能力。

"栽下梧桐树，引得金凤凰。"事业这块高磁性的"磁铁"，形成了凝聚人才的强"磁场"。淄博2022年共引进专科以上高校毕业生47209人，其中博士160人、硕士3250人、本科生20302人。2021年，驻淄高校毕业生留淄人数达到9485人，留淄率达36.5%，比2020年提高10.5个百分点。

目前淄博省级以上创新平台数量突破400家，形成集聚人才、创新创业新引擎。更多成长性强的企业人才在淄博诞生、培育、成长、壮大。2023年，淄博市高新技术企业数量预计达到1650家，上市企业达36家，科技型中小企业达到2329家，链接青年人才4万余人。山东大学文学院山西籍硕士研究生张丽萍在2019年校园招聘会上入职世纪天鸿教育科技股份有限公司，已成为智能教育事业部的工作骨干。

在发展压力特大的今天，秉持从外化的物质层面向内生文化精神层面拓展的理念，用文化更好地"标识"城市灵魂，推动城市成"形"立"神"，实现人与文化、资源、环境和谐共生，由"烟火气"向"青春气"的嬗变。当然，建高楼看得见、摸得着、过得硬，文化是软实力、能管长远。而涵养文化，必须具有"衣带渐宽终不悔"的恒心、"久久为功"的毅力、"水滴石穿"的韧性，严防草上露水、鼠目寸光、急功近利。那天我和一位正在钟书阁一楼读书的青年聊天，他夸赞说："钟书阁这里，是个可以托付心灵的地方。闲暇之余，养成读书的兴趣爱好，读书掐灭了我浮躁的心火，再读看清了往前走的路面。"

短视频成为读书的重要入口，尤其是速读短视频呈现"流水线生产"的同质化趋势，也引发人们对优质作品内容价值流失的担忧。如果网友止步于"三分钟读完名著"的文化快餐，如果拿过一本书翻阅完书皮和腰封，就算步入了精神大餐的圣殿，那显然是文化的悲哀、灵魂的堕落。人是脆弱的生物，但有了文化注入的精神力量，就会出奇地柔韧和顽强。勇于探路，才能将"不可能"变成"可能"，求解"无解之解"。把图书完美地呈现给读者，让读者安心读、喜欢读，是一件很不容易的事。海岱楼钟书阁的运营团队有七八十人，天长日久，硬性开支就摆在那儿，管理、维护图书不说，保持良好的公共卫生就挺不容易。就是最普通的电费吧，"店内灯带近20000米，灯泡4000多个，一年电费就要200多万元"。还有其他的一些酸甜苦辣。

中华文明拥有5000多年的历史，是世界文明古国中唯一没有中断的文明。虽经风雨，未失本色，就是因为文脉的赓续传承绵延不绝。书店是中华优秀传统文化创造性转化、创新性发展、"活态"传承的重要载体。越来越多的青年走进书店、走进钟书阁读书，品味醉人书香，接近和亲近传统文化已经成为追求美好生活、涵养文化自信的重要方式，折射出中华优秀传统文化的时代魅力与旺盛生命力。

读书是对青春和生命的礼赞，它珍爱、呵护乃至捍卫生命中一切美好的时光。

成长是童年梦想与生命价值的飞翔，如同参天大树摇曳每一片绿叶的光芒。

人从青年时期始，穷极一生都在寻找自我价值，但有些人往往在寻找过程中迷失了自我，或因七情六欲的羁绊，或因在追寻过程当中把目标当作手段、把手段错误认为目标。其实是对事物的认知和判断偏差或误差导致的。沉迷游戏和短视频，用娱乐化的节目和低级的快乐消磨时间和人生。随着科技的发展，人会越来越舒服和安逸。当代青年出生、生活在社会大变革的年代，自主意识更强，考虑问题既简单、又复杂，这是自然。也就是说青春是迷人的，青春又是有迷茫、阵痛和困惑的。确有一些青年人有"躺平""摆烂""沉迷信息茧房"等现象，但这不是主流。青年是最具活力和革命精神的群体，是社会肌体中最优质、最鲜活的"细胞"，"蕴含着改造社会的无穷能量"。唤醒和激励青年，必须走近青年，感知他们的脉动，倾听他们的心声。

青年马克思曾经指出："为了实现思想，就要有使用实践力量的人。"淄博由建齐时"尊贤尚功"，发展到新时代"尊才尚功"，这种务实开放的政策和创业环境，正吸引更多优秀人才来淄留淄。

淄博市上下社会各界逐渐达成了共识，淄博作为一座规模不大的老工业城市，要脱胎换骨、增强竞争优势，既要增强硬实力，又要增强软实力，归根到底取决于人才实力，于是倾力呵护青年创新创造的兴趣和热情，不断畅通社会流动渠道，鼓励青年在创业创新的热潮中展现才华，让扑面而来的青春气息化作源源不断的创新动力，展示出淄博这座城市的"时代精华"和青春风采。2022年，按照"最优加一点"原则，重磅推出"淄博人才金政50条"，持续优"塔尖"、壮"塔身"、夯"塔基"。主动回应青年人才生活、住房、教育、医疗等关心关切问题，坚持资金、平台、服务一体化联动，对中专生、大专生、本科生、硕士、博士的支持资金标准在全国领先。

所有的幸运都是汗水和努力埋下的伏笔，所有逆袭都是有备而来。青年人拼命读书、昂扬奋进的样子，的确酷，确实美！

广大人才投身淄博这片热土，纷纷崭露头角，初步显现出理想的效果。

硕士研究生胡志坤，毕业于清华大学，现就职于智洋创新科技股份有限公司，已成长为技术带头人。他在淄博市求贤若渴的人才招引与企业过硬的科技实力双重吸引下，2019年来到淄博、扎根智洋，从事人工智能运维领域的产品研发工作，主导的2项科技成果被中国电力企业联合会鉴定为国际领先、国际先进水平，其中"基于多维数据空间定位和人工智能深度应用的输电线路智能检测系统"于2021年7月被鉴定为国际领先水平。

满族姑娘李明月，本科就读于江南大学纺织工程专业，2023年7月入职鲁泰纺织股份有限公司色织面料开发部。她积极适应岗位要求，充分表达自己的设计思路，在企业新面料产品开发中融合彰显出青春的色彩和设计潮流，迅速得到市场认可。

毕业于山东大学物理化学专业的博士研究生张德良，2022年7月入职新恒汇电子股份有限公司，承担公司技术攻坚工作，他带领团队开展技术攻关10余项，带头攻克的第二代镍钯金框架技术属国内首家，填补国内空白，产品质量达到国际领先水平，一举打破国际垄断。

毕业于青岛大学法律专业的女硕士研究生刘杰，2022年7月入职山东凯盛新材料股份有限公司，成为一名法务专员。她致力于建立合同全生命周期合规化管理体系，制定合同模板50余项，基本涵盖公司主要交易事项，有效提高了交易效率、降低了交易时间成本和风险。自入职后，配合律师处理诉讼案件5起，并取得了1件原告撤诉、4件胜诉的成绩。

毕业于中国科学技术大学物理学专业的博士研究生田茂瑾，现就职于淄博市中心医院转化医学中心。他被家乡求贤若渴的精神感动，他感觉淄博的人才政策可比肩上海、深圳等一线大都市和省内济、青、烟等GDP位居前列的城市，于是他怀着报效家乡和人民的愿望，入职医务岗位。一年多来，他聚焦医院感染常见的铜绿假单胞菌及大肠杆菌，开展对病原微生物集群迁移及趋化运动机制的基础研究，希望通过相关研究，降低上述致病菌的感染致死率。以项目负责人身份主持国家和山东省自然科学基金各一项，市级科研课题若干，入选淄博市青年卓越人才培养对象。

……

世界多极化、经济全球化、文化多样化、社会信息化深入发展，人类社会充满机遇和挑战。波澜壮阔的中国式现代化，正是马克思所说的"以铁的必然性发生作用并且正在实现的趋势"。中国式现代化是赓续古老文明的现代化，而不是消灭古老文明的现代化；是根扎中华大地的现代化，不是照搬照抄其他国家的现代化；是惠及每一位中国人的现代化，不是少数人或某部分人的现代化。现代化的本质是人的现代化，但人不能变成冷酷的机器，智能机器人开发也是以服务现实的人为目的的。智能机器人正在"加感情"、提智商，这昔日"幽灵"般的天方夜谭，可能是把"双刃剑"，既能带来实用和便利，也可能伴随危机与灾难。

"一切都是为了未来。"社会变革，知识迭代，有血有肉的现实人，要养成不拘形式随时随地学习的习惯，关键得有百折不挠的追求、永不言弃的恒心和耐住寂寞的心境。拥抱机遇，直面挑战，留住年轻人张扬青春的心思和模样，就留住了城市未来！

我思考良久，原来拨动当代青年人健康向上、时尚浪漫心房的，是一缕书香！是那太阳金丝状的语言、心海浩瀚的蔚蓝、开满鲜花的风景，同频跳动在青年人心灵殿堂之上的悠扬旋律。

"阅读之美"成就"生命之美"。读书，会有暖流和阳光穿越心房，脚下顿增挺直脊梁、登高望远的力量，放飞远大理想和美好志向，"万类霜天竞自由"。

淄博这座城市像是一位鹤发童颜的长者，怀揣着几千年的辉煌文化历史，在城市高速迭变、高质量发展的大潮中展示着独特的底蕴和气质；又像是一位衣着时尚、怀揣理想、昂扬向上、不甘落后的年轻人，奔跑、嬗变成为一座张扬青春风采和青春气息的"青春之城"。一曲又一曲壮丽的青春之歌，穿越古今，在历史漫漫长河中飘荡，在淄博上空回响……

淄博，一座"我的青春我做主"的青春之城！

它不大，它有我们梦想的阳光与土壤；

它不高，它有我们奋斗的激情与顽强；

它不张扬，它有我们心向往之的内敛与静谧。

淄博是我们情有独钟的家园！她有善良的心灵，她有温暖的双手，她是可靠的臂膀！

参考文献

冯梦龙《东周列国志》人民文学出版社 1955 年 11 月
金冲及等《以史为鉴》中央党校出版社 2022 年 7 月
司马迁《史记》中华书局 1959 年版
范文澜、蔡美彪《中国通史》人民出版社 1997 年 10 月
陈焕章著；宋明礼译《孔门理财学》中国发展出版社 2009 年 10 月
叶朗，朱良志《中国文化读本》外语教学与研究出版社 2016 年 8 月
《齐文化丛书》（1—22 卷）齐鲁书社 1997 年 6 月
易华《夷夏先后说》民族出版社 2012 年 4 月
晏谟《齐记》北京图书馆出版社 1997 年版
张光直《番薯人的故事》生活·读书·新知三联书店 1999 年 7 月
毕四海《东方商人》山东文艺出版社 1994 年 5 月
淄博职业学院稷下研究院编著《齐文化通俗读本》山东人民出版社 2020 年 12 月
王同国主编《齐文化经典故事》线装书局 2017 年 8 月
任传斗，毕雪峰主编《齐文化要义》齐鲁书社 2020 年 11 月
岳长志主编《淄博文化通史》山东人民出版社 2017 年 1 月
《〈第八届齐文化与稷下学论坛〉论文集》北京大学、淄博市人民政府 2023 年 9 月
周颖《游学记：给中学生的 20 堂中国哲学课》中国青年出版社 2017 年 12 月

毕雪峰主编《齐史通览》齐鲁书社 2023 年 6 月

《齐文化名言 100 句》临淄第七届国际齐文化旅游节领导小组办公室编

张守君主编《淄博城市奏鸣曲》淄博市旅游发展委员会

毕雪峰《简读齐文化》齐文化研究院

范跃进主编《齐文化旅游丛书》中华书局 2003 年 7 月

武斌《文明的力量》广东人民出版社 2019 年 9 月

临淄区齐文化研究社《齐文化理念·美德·精神》齐鲁书社 2017 年 12 月

白云翔主编《文化临淄》山东人民出版社 2021 年 5 月

淄博职业学院稷下研究院编《稷下茶座》中国石油大学出版社 2022 年 5 月

淄博市委宣传部齐文化研究院《晏子春秋》齐鲁书社 2022 年 2 月

淄博市委宣传部齐文化研究院《管子》齐鲁书社 2022 年 2 月

郭丽《齐国成语典故今读》九州出版社 2018 年 1 月

张炜《芳心似火》作家出版社 2009 年 1 月

张洪兴《稷下学宫》金城出版社有限公司 2023 年 3 月

殷允岭，陈新《焦裕禄》花山文艺出版社 2012 年 1 月

《焦裕禄的 80 则贴心话》人民日报出版社 2017 年 8 月

陈思《焦裕禄的九年洛阳岁月》中共中央党校出版社 2022 年 1 月

陈思，张宇辉《肝胆长如洗：焦裕禄生平采访实录》中共中央党校出版社 2022 年 7 月

焦守云《我的父亲焦裕禄》中共中央党校出版社 2022 年 8 月

焦伟主编《蒲松龄诗词论集》齐鲁书社 2017 年 6 月

王清平主编《聊斋俚曲论集》齐鲁书社 2021 年 3 月

蒲松龄著；王立言，王皎译《聊斋志异》吉林出版集团有限责任公司 2011 年 7 月

张光明主编《丝路探源》文物出版社 2019 年 10 月

朱丽霞主编《文化周村》山东人民出版社 2021 年 5 月

宋美云《鲁商周村帮》山东友谊出版社 2018 年 6 月

成中英《新觉醒时代——论中国文化之再创造》中央编译出版社2014年10月

万松浦书院《徐福辞典（修订本）》中国书局2015年10月

卢梭《一个孤独的漫步者的梦》商务印书馆2023年4月

陈晋《书山有路——毛泽东的学用之道》广西人民出版社2022年1月

后 记

为"齐鲁文脉"续一把柴

一方水土养一方人。山东人,一个人对外介绍自己都会说"我是山东人",一群人时会自豪地说"我们是齐鲁儿女"。那么齐鲁大地与我创作这本《齐风淄火》有什么关系呢?这应从2023年春天说起,"淄博烧烤"爆火之后,《中国作家》杂志安排我跟踪了解,创作解读这一现象的文学作品。近5万字的报告文学《"淄博烧烤"传奇》发表在《中国作家》杂志当年第8期头题位置上,广大读者认为这是一篇全面客观理性介绍"淄博烧烤"的作品。因此我和作家出版社建立起了联系。作家出版社希望我以"淄博烧烤"为燃点,聚集齐文化这一富矿,以"为城市立传、为人民书写"为主旨,创作一部可作为淄博这座历史文化名城文化名片、文学读本的图书。我愉快地接受了这个任务,又倍感压力山大。有好心朋友劝我:"你胆子可真大,齐文化如此博大精深,关注度又高,怎么写呀?""60多的人了,何必再劳这个心、费这个神?"我深知难度挺大,可这是一次"倒逼"自己学习的难得机会,也是尽一名齐鲁儿女的拳拳之心。我思来忖去,还是下定决心啃这块硬骨头。仿佛生命中有一种无声无形的力量在召唤我、推动我,义无反顾地做这件有意义的事。

为什么写?

在庆祝中国共产党成立一百周年前后,我先后创作了《延安答卷》

（党建读物出版社）和《沂蒙壮歌》（山东文艺出版社）这两部长篇报告文学，讴歌了延安革命圣地发扬延安精神、绿色生态脱贫的英雄史诗和沂蒙革命老区弘扬沂蒙精神、推动脱贫攻坚与乡村振兴有效衔接的壮美画卷。作为一名齐鲁儿女，能为挖掘齐文化、传承"齐鲁文脉"出一份力，续一把柴，文学书写博大精深、价值连城的齐文化，文学呈现淄博人民在灿烂齐文化滋养下推动高质量转型发展、创造美好生活的新风貌，既是一份义不容辞的责任与使命，也是莫大的信任与荣幸。

从大处考量。任何一个民族和一个区域的优秀传统文化，都是长期积淀和赓续传承的结果。通过创造性转化、创新性发展，让优秀传统文化焕发出时代光彩，滋养人们的心灵，这是文化建设的初衷和本意。山东是中华文明发祥地之一，因春秋战国时期的齐国和鲁国被称为"齐鲁之邦"。春秋战国时期，齐、鲁是文化的"重心"。秦汉以后，伴随儒学主流地位的提升，齐鲁作为孔、孟故里，成为中华民族的文化圣地，鲁文化影响力持续扩大，齐文化等文化支脉逐步融入中华优秀传统文化的主脉。中国共产党人把中华民族一切优秀传统"看成和自己血肉相连的东西"。2013年年底，习近平总书记视察山东曲阜发表重要讲话，以儒家文化为代表的中华优秀传统文化的挖掘传承开创了新纪元、步入新阶段。守正创新，兼容并蓄，赓续齐鲁文脉，成为重大时代命题。这些年，山东和淄博也越来越重视齐文化的研究和传承，想了很多招数，积极探寻齐文化与当代社会相协调、与时代文化相适应、与民众心灵相贴近，跨越时空、具有当代价值的优秀文化精神。探索运用文学笔触呈现博大精深的"齐文化"，追寻齐文化的科学内涵以及与鲁文化的内在关联和融合的脉络，对于推进文化"两创"，找到彼此的闪光点、契合点和融合点，让老百姓喜闻乐见，形成情感与精神共鸣，从中获得精神滋养和行动力量，进一步增强文化自信、文化自觉与文化自强，无疑是有价值的。

走进历史深处。习近平总书记强调："树立大历史观、大时代观，要求我们不仅看见脚下和眼前，还要望向历史的纵深处与延长线，在更为宏大的历史坐标系中看到'我'之外的广阔天地，看见历史长河中的'我'和'我们',探寻历史运行的规律,勘察人世变迁的奥秘。"纵观我国朝代更迭历史,西周存世三百年、东周存世五百年,唐、明、清都存世近三百年,齐国作为"春秋五霸之首,战国七雄之冠",存世八百二十五年。齐国八百多年的历史波澜壮阔,上演过中国文明史上重大事件,诞生了众多明君贤相、英帅良将。傅斯年在《夷夏东西说》里指出:"自春秋至王莽时,最上层的文化只有一个重心,这个重心便是齐鲁。"着眼世界百年未有之大变局的历史坐标和拐点,用历史视角和长远眼光追逐文化奥秘,探寻影响国运盛衰、朝代更迭、人民命运的文化元素,梳理齐地在历史长河中变迁、发展的文化基因和人民创造奇迹的动能,挖掘践行齐文化、书写新篇章的新人物、新故事,可作为回答时代之问、历史之问,人民之问的有益佐证与参照。

甘到沙里淘金。齐文化博大精深,齐文化的古籍、图书卷帙浩繁、汗牛充栋,经典著作琳琅满目,影视等文艺作品也是不计其数。我翻阅拜读了很多图书,感觉在浩渺如烟的书籍中理出个头绪和脉络确实很难。尤其在信息化快速推进和微阅读、浅阅读、碎片化阅读盛行的当下,除非搞专业研究,否则安静下来持续仔细地阅读实属不易。这众多的作品,金光闪闪,处处宝贝。能否用通俗简短的文字把我的收获传递给广大读者?可我是肉眼凡胎,目光不能穿透,必须知难而进,反复挑选,尽量让读者节约阅读时间。如果能从宏观层面、用读者话语、聚焦式地记录下我阅读的发现和感悟,让一得之见抛砖引玉,点燃大家广泛涉猎和持续追踪齐文化的兴趣,以及深度思考的愿望,这很有意义。

写什么?

建一座好房子,一般都得先有设计图纸,至少有个总体考虑,再去砌砖垒墙。根据整体设计图去施工,省工省时省料,能盖出心仪的好房子。写作也是同理,动笔前也需要搭建个基本框架,即文章的脊椎,然后根据需要搬砖拾瓦,精心施工。这文章主干就如同一块强"磁铁",把周围的"螺丝帽""铁片"甚至"铁屑"都吸附到周围,成为备料。

一是坚持马克思主义唯物史观和现实主义创作手法,努力贯通历史、现实与未来。习近平总书记在文化传承发展座谈会上强调:"如果不从源远流长的历史连续性来认识中国,就不可能理解古代中国,也不可能理解现代中国,更不可能理解未来中国。"这本《齐风淄火》由9个独立篇章构成,齐国故都、稷下学宫、淄博陶瓷、蒲松龄故居、焦裕禄、大商之道在"无算"、"淄博烧烤"、马踏湖和"海岱楼钟书阁",每个题目都聚焦彰显齐文化的重要标识,着力用历史目光、从文化侧面进行挖掘和呈现,各有侧重。任思绪在时间隧道和历史天空飞翔,粗线条地描写和记录。虽然不是史书,但遵从"历史的真实"和史书的创作规律与态度,既要求正确、准确,又追求恰当、精准,既不用民间传说和演义代替历史,也避免个人主观认识覆盖历史客观真实,造成对历史的歪曲。凡引文均有权威出处。重要但不清晰的,力所能及地咨询和考究,力求接近真实。文学描写带有个人感情色彩,但避免虚无和虚幻。

子曰:"齐一变,至于鲁;鲁一变,至于道。"齐、鲁文化同根同源、同生共存,相互融合,互认、包容、赋能,逐步走向"尚一统、求大同",成就了天下向慕的"礼仪之邦"。齐、鲁文化各有千秋。外在地看,鲁文化注重维稳守成,齐文化关注变革突破。内在分析,鲁文化内核是"仁",讲究"仁义礼智信",侧重做人,解决的是社会有序问题;齐文化内核是"智",重视"尚功""重商""惠民",侧重做事,解决的是社会活力问题。当下,世界各国在现代化的艰难探索进程中,都面临着相同的难题,那就是如何处理好"社会秩序"与"社会活力"这二者的关系,社会既不能惊涛骇浪,也不能一潭死水。尤其是国家在从传统社会向现代社会转型,必定经历社会矛盾和风险的高发期。鲁文化强调个人修养、重德隆礼,重视解决社会有序运转问题。齐文化强调变革、开放、务实、包容,重视解决社会活力问题。同步研究挖掘和弘扬传承鲁文化、齐文化的精神内涵与时代价值,就能找到一把让社会活跃有序、活而不乱、热气腾腾、动态平衡的"金钥匙"。

二是坚持历史眼光和独立思考，聚焦融合宏观、中观与微观。文学的性质决定它必须以反映时代精神和现实生活为神圣使命。博采众长，广泛吸收营养，融入框架结构，成为有生命的筋骨、血肉和文学解读的鲜活材料，努力做到历史与现实相贯通、思想和艺术相交融、内容和表达相一致。齐文化、鲁文化生长在同一片土地，相生相伴，同生共存，各有千秋。我力求以"淄博烧烤"爆火现象为切入点，深入挖掘这背后的深层次文化原因，挖掘齐文化对优化营商环境，人们精神世界构建和党风、政风、社民、民风改善的价值与作用。

《论语·述而》记载："子在齐闻韶，三月不知肉味。"这个故事，大家耳熟能详。在鲁国动乱的状况下，孔子来齐国，意在寻求仕途、实现政治抱负。据记载：孔子先做了齐国高昭子的家臣，不久就与齐景公会了面。面对"礼崩乐坏"的大千世界，孔子希望他的价值体系能够为纷杂的春秋乱世提供药剂良方，同时齐国礼数不繁琐，思想比较开化，能顺理成章地接受他和他的施政思想。当然，这是孔子的想法。我们细分析起来，当年鲁国走的是"尊尊亲亲"的内圣外王之路，而齐国走的是"举贤尚功"的争霸之路，齐国与鲁国在价值目标和文化传统上的差异，成为孔子不被齐国接纳的深层次原因。试想，胸怀天下、壮志未酬的孔子难道真的在《韶乐》优美的旋律中忘记了自己的使命吗？当然不会的。但缺少史料的佐证。据记载，孔子一行也感受到齐景公前后态度的变化，加之听说齐国有大夫要对孔子下毒手，于是就匆匆逃离了齐国。《孟子》曰"孔子之去齐，接淅而行"，是说孔子走得仓促，饭都没顾上吃，只好带上没有滤干的米就上路了。所以即使衣食周到，且有音乐相伴，孔子也不可能沉湎音乐，"三月不知肉味"。有可能是焦灼的心情导致孔子闷闷不乐，甚至苦恼忧愁，没心情辨别肉味，才有"三月不知肉味"之说。当然这个看法是否成立，期望共同探讨。

周村古商城被誉为"活着的古商业街市博物馆群"，是齐文化的重要载体和鲁商文化发源地，上演着无数精彩的商业故事，《中国商人》

《旱码头》等影视剧拍摄于此。然而鲁商的思想灵魂是什么？我久思未解，十分苦恼。当沉湎于纷杂的历史线索与事件，终于理出"大商之道在'无算'"这个章目的纲，"天下同利""诚信立世""大商无算"的商业追求和"左手捧《论语》，右手拨算盘"的立身之道，写起来也就行云流水了。怪不得老祖宗发明杆秤时，就定下了说道和规矩："天地一杆秤，三尺有神明。"

淄博作为一座历史文化名城，齐文化像一棵参天大树，庞大稠密的根须，深深扎根和遍布整个淄博大地，文化主干之下，繁茂着多样文化因子和文化形态，值得思考和聚焦。譬如，齐国故都临淄的齐文化、稷下文化、蹴鞠文化，蒲松龄家乡淄川区的聊斋文化、陶瓷文化，鲁菜重要发源地博山的饮食文化和孝文化，旱码头周村的商埠文化、丝绸文化，清代诗学泰斗王渔洋的家乡桓台县的廉政文化和建筑文化，牛郎织女传说起源地沂源县的爱情文化和沂蒙文化，北靠黄河南临小清河的高青的湖河文化，淄博所在地张店的民俗文化……

三是坚持人民立场和百姓视角，寻觅历史感、现场感与亲近感。精神之光需要经过中转或传播，经过心灵的咀嚼消化，才可能照耀心灵、启迪人心、烛照未来。毋庸置疑，任何作品其实都携带着作者的信仰执念和价值观。如何穿越浩如烟海的史料和材料，选择打动人心、让读者刻骨铭心的材料，体现出价值趋向性、文学性和通俗性？淄博烧烤"火"是因为它是一串人间烟火，点燃了人们对政通人和和人间真情的美好渴望。"烟火气最温暖、最亲切、最打动人心。"这是它给我们的启示，也给《齐风淄火》这本书的创作提供了动力。坚持普通百姓立场和角度，还原当时场景，跟着百姓心声走，用百姓眼光看人、看事，追寻纯朴且时尚的人情味和人性美。

淄博陶瓷很有历史文化底蕴，多数人却和我一样不很熟悉。为说明陶的诞生，孩童玩的"那泥碗儿，如果放火里烧，也就是陶制品"。生活的本色就是锅碗瓢盆、柴米油盐。近代淄博陶瓷的标志是走平民化、生活化道路，生活用瓷的占比大。

"写鬼写妖高人一等，刺贪刺虐入骨三分"的蒲松龄，因为为人、从文、做事面向普通百姓，始终关心民生疾苦，能为百姓仗义执言，甚至奔走呼号，才留下了《聊斋志异》这百姓喜爱的传世之作。

县委书记的榜样焦裕禄，是山东淄博博山人。家乡博山的山山水水、纯朴善良的人民和孝文化滋养了幼年和青年时的焦裕禄，淄博是他的出生地、成长地和焦裕禄精神发源地。1964 年，已经生病的焦裕禄计划带着妻子和孩子一起回山东陪老母亲过春节。时任县长发现他的棉袄是光滑的筒子袄，里面连件秋衣也没套，就埋怨他，焦裕禄笑了笑说："是。可我这不是没衣服套吗。家里人口多，布票少，钱又不凑手，将就着穿吧。再说，老百姓还有很多穿不上棉衣的呢。""没布票，我帮你借。说啥也得穿上件衬衣吧。要不，你穿着个空心袄回老家，让咱老娘看见心里是啥滋味？如果问你这县委书记怎么当的，你怎么回答？"在那个年代、在焦裕禄身上，这是多么正常，又是多么高尚！2024 年是焦裕禄逝世六十周年，焦裕禄事迹和焦裕禄精神仍然让我们怦然心动，热泪洗面。

鲁商文化正在周村古商城展现着鲜活的形态。周村古商城有一户"丁家煮锅"，我不仅直接去品尝了一顿，还接着又去了两趟，主要是想拜访店主 87 岁的母亲解玉兰，请她一边拨弄着算盘，一边自我介绍。"这个店生意红火的秘密是什么？""面向普通百姓，诚信经营。关键一条：不坑人、不害人。"这话很朴实，却又很深刻，是老百姓概括的"真经"。

作品是奉献给广大读者读的，真正识货的是读者，最终评判的也是读者。因而，一切努力都是为了对得起读者。文章中除历史人物和事件外，着力挖掘当下代表性人物和普通老百姓的故事。语言力求通俗易懂，既充满对齐文化的敬仰、敬畏和尊重，又有汗水味、泥土味和人情味。"稷下学宫"遗址，即将被揭开神秘面纱。守门的农民说："具体我也说不明白，反正守护好祖宗留下的宝贝，我义不容辞！"

怎么写？

自从答应承担这个创作任务，我就感觉诚惶诚恐、压力巨大。我在山东省直部门工作三十多年，也曾数次到淄博为市级领导班子建设服过务，自我感觉对淄博的人和事、历史和文化相对比较了解，平常大家在一起聊聊也没问题，但真要往纸上落笔的时候，又感到举步维艰，感觉每个字都有千斤重。我的情绪也像乘坐过山车一样，时而迅猛冲升、狂甩翻转，热血沸腾；时而又如同跌入混沌漆黑的世界，找不到光亮和出口，寝食难安，焦虑难耐。

只好拼命淘书、读书，倾心思考，在历史的足迹中寻找线索和故事。与此同时，怀着敬畏和谦恭的心态，深入一线，潜心当小学生，在远与近、高与低、悲与喜、大与小的反转中寻找合情合理的答案。"地刨得越深，土越新鲜。"2023年，我先后五次到淄博现场调研和采风，考察了解和体验齐文化，向当地同志求教。努力做到亲眼见，亲耳听，直接到现场，自己辨认和判断。周村古大街是旅游景点，一般逛一趟四十分钟左右。我逐店拜访，两天没走到头，又搭上了一个晚上。面对纷纭复杂的材料，犹如乱麻缠身，坐卧不安，食不甘味。当理出了头绪，犹如拨云见日，豁然开朗。譬如齐国八百多年波澜壮阔的历史，线索复杂，故事和人物众多，应当如何叙述？最后用"姜太公钓鱼——愿者上钩""一箭之仇""一鸣惊人"三个成语串联起来，既简明扼要讲述齐国的兴盛历史，又让人感到亲切熟悉、通俗耐读。当写淄博陶瓷这一章节时，虽然对陶瓷用品不陌生，但对陶瓷这行当却一窍不通。当年淄川的陶瓷业很繁荣，怎么表述呢？淄川渭头河村，姓氏近一百一十个，这些姓来自天南地北，各有神通，大多数是陶瓷世家，家家都有感人故事。我在淄川区渭头河古窑遗址，拜访了致力于渭头河古窑遗址的司先生。他说："我自己觉得：这古窑址、古遗址是上天赐给我的，必须挖掘好、保护好，这样才对得起国家，对得起祖宗，对得起子孙，一个字'值'！"眼下这家民营企业正配合文物部门，本着"宁愿慢，不能烂"的原则，打造中国唯一、完整的古陶瓷工艺流程的古窑址。这个村单独写一本书都可能，但在这本书中只能一笔带过，留下充分想象和继续关注的空间。当然一部书的创作，不只是凭热情和冲动就能完成的，更多的是蛰伏于孤独寂寥的深夜，静心思考权衡和默默写作。

　　优秀作品的生命力在于为读者提供真、善、美的享受。如果读者不爱读、读不懂，也就失去了创作的意义和价值。尤其是展示齐国故都的文化更不容易，如何"链接"当代读者审美取向和心理需求，如何表达、用什么语言表达？这就如同画家选颜料、木匠选刨子一样，努力用自己的眼睛去看、用耳朵去听、用双脚去量，用平常人的心境去想、用老百姓的语言去写，尽可能写明白、写准确，让文字有新意、有嚼头、有味道。当我冒着酷暑来到"稷下学宫"遗址时，中午的太阳火辣辣地照着，气温还在攀升，风也有气无力。远远望去，"一片片、一畦畦正扬花吐穗的玉米，时而有暗香随风飘来，玉米叶'沙沙'作响，让人立刻感到一股浓浓的蓬勃向上的学术氛围和昂扬的生命气息，仿佛听到学子们激情澎湃的讨论声甚至是辩论声"。淄博陶瓷名气大、大师多。当年淄博陶瓷厂破产，某下岗工人为传承祖宗创造的淄博陶瓷技艺，在路边租一间房子，给客户加工刻瓷工艺，维持生计。为烧制一件上等窑变陶品，他和妻子不顾天寒地冻，在室外的窑炉边一守就是几个昼夜，手冻出了冻疮，一炉烧完，常常是一连几天的重感冒。陶瓷艺术大师都是这样滚爬在泥土里，用勤劳、智慧的火焰，蘸上汗水、泪水淬炼出来的。"抒真情、说真话"是作家维护良知与操守的武器，我努力做到不说假话、不编瞎话。

　　在创作过程中，我拜读了大量古典书籍和前辈著作，吸收和借鉴了诸多先贤巨儒和当代专家、学者的观点、数据等，我感激不尽。得到淄博市委、市委组织部、宣传部、政研室、市文联、市作协和相关区县等机构、专家、作家的鼎力支持帮助，我非常感激。我妻子朱晓梅全力支持，陪同采风，帮助查图书资料、校对文稿等，让我很是感动。

　　中国作家协会和作家出版社的相关领导、专家更是悉心关怀、精心指导，我衷心感谢。

　　由于我水平能力有限，加之时间相对紧张，书中肯定会有不少缺点、错误或者遗憾，恳请广大读者赐言、提出宝贵意见，为进一步挖掘传承齐文化服务。

  我作为齐鲁儿女，能为齐鲁文脉尽一份心、添一把柴、非常荣幸、自豪和欣慰。

  文学是我一生割舍不掉的热爱，因热爱而敬畏和执着。我将不忘初心、牢记使命，倾情齐鲁大地和钟爱的家乡，继续书写有灵魂、有温度、有生命的文字。

厉彦林

2024 年 3 月 27 日于泉城

图书在版编目（CIP）数据

齐风淄火 / 厉彦林著 .—北京：作家出版社；济南：山东文艺出版社，2024.5

ISBN 978-7-5212-2802-1

Ⅰ.①齐… Ⅱ.①厉… Ⅲ.①报告文学—中国—当代 Ⅳ.① I25

中国国家版本馆 CIP 数据核字（2024）第 085278 号

齐风淄火

作　　者：	厉彦林
责任编辑：	王　烨
装帧设计：	天行云翼·宋晓亮
出版发行：	作家出版社有限公司
	山东文艺出版社有限公司
社　　址：	北京农展馆南里 10 号　　邮　　编：100125
电话传真：	86-10-65067186（发行中心及邮购部）
	86-10-65004079（总编室）
E-mail:	zuojia @ zuojia.net.cn
	http://www.zuojiachubanshe.com
印　　刷：	河北鹏润印刷有限公司
成品尺寸：	152×230
字　　数：	230 千
印　　张：	16.25
版　　次：	2024 年 5 月第 1 版
印　　次：	2024 年 5 月第 1 次印刷
ISBN 978-7-5212-2802-1	
定　　价：	78.00 元

作家版图书，版权所有，侵权必究。
作家版图书，印装错误可随时退换。